密云晨光

亚比煞 著

北京联合出版公司
Beijing United Publishing Co.,Ltd.

图书在版编目（CIP）数据

密云晨光 / 亚比煞著 . -- 北京 : 北京联合出版公司 , 2018.11
ISBN 978-7-5596-2679-0

Ⅰ.①密… Ⅱ.①亚… Ⅲ.①随笔－作品集－中国－当代 Ⅳ.① I267.1

中国版本图书馆 CIP 数据核字 (2018) 第 226954 号

密云晨光

作　　者：亚比煞
产品经理：赵琳琳
责任编辑：李　红　徐　樟
特约编辑：丛龙艳

北京联合出版公司出版
（北京市西城区德外大街83号楼9层　100088）
北京联合天畅文化传播公司发行
天津光之彩印刷有限公司印刷　　新华书店经销
字数 229 千字　　880mm×1230mm　　1/32　　印张 9.25
2018 年 11 月第 1 版　　2018 年 11 月第 1 次印刷
ISBN 978-7-5596-2679-0
定价 : 45.00 元

写作、阅读和爱情一样，

不会拯救你，

但是绝对可以滋养你。

目录

时事 / 光阴变幻的流 云

电影 / 黑暗造梦的 密 境

光

作

内 心 闪 烁 的 微 光

阅读的才华，
到底多重要？

　　最近一阵子，各式各样的写作班，忽然遍地开花。我身边好多朋友，不拘以前是干什么的，忽然都开始热衷于写作，也经常有人写邮件给我，问我是怎么学写作的。正巧前两天，在"豆瓣"广播里，又看到这么一条消息：

　　"我想将我的痛苦转化成文字，可是写出来的东西浅薄又无知，远远配不上我遭受的痛苦，真希望才华能够降临在我的身上，让我痛快地写出自己挣扎在卑鄙、无耻以及崇高之间的软弱和勇猛，这样我就闭嘴了。"

　　我想，他的这种痛苦，大概是很多人共同的心声。现代社会，人往往孤独，一肚子的话想说，一脑子的意见想表达，却通常没什么人有耐心听自己说，或者就是难以信任身边的人，说出来了，也不确定能获得什么反馈。

　　恰好，自媒体的发展如日中天，会写作的优势，这时候就表现出来了。写得好的人，就能获得显而易见的红利，最低的红利，是能收获他人的理解和关注，获得孤独的疏解，更高的红利，甚至能成名，赚钱，接广告，走上人生巅峰。

于是，人们一股脑儿地都想来学写作了。憋得慌的人，想通过写作来疏解自己的倾诉欲；或者有点追求的人，希望通过写作来为自己的人生找一个定位，为前途找一个突破口。

但是，我要说，虽然你很想把写作学好，恨不得一个写作班学下来，马上就能妙笔生花，但写作这事真的和别的事不太一样，技巧虽然得有一些，但真不是仅仅通过了解一些技巧或通过简单的重复劳动就能写好的。

因为大家都没有时间，都追求速成，追求抄近路，眼睛就盯着写作的技巧，却忽略了一个更重要的问题，那就是阅读。在我看来，阅读的才华，远比写作的才华更为重要；而写作的才华，也一定是和阅读的才华相生相伴的。

有人可能要不解了。阅读，还需要有什么才华，只要识字的，谁还不会读书？还真不是。《圣经》里有句话说，愚昧的人，有眼却看不见，有耳却听不到。我们中国的词造得更好：聪明。所谓"聪"就是耳朵好，"明"就是眼睛好，这不是生理机能上的好，而是一种连接能力、一种理解力。有的人就是有那个本事，能看到别人看不到的，听到别人所听不到的。那就是一种阅读的才华。

在我看来，很多好作家，首先都是有极高的阅读才华的。

比如米兰·昆德拉，他自己的小说写得极好，但是在《小说的艺术》这本书中，完全展露出他作为一个读者高超的阅读才华；比如曹雪芹，他在《红楼梦》里，曾经借贾母、黛玉之口来评论前人的诗作，犀利别致，让人印象深刻；再比如鲁迅，在《中国小说史略》中，精彩的洞见简直层出不穷；又比如莫言，他的偶像是福克纳，他写过一篇文章《说说福克纳老头》，也是非常有趣的，感兴趣的人可以找来一读……这样的例子，不胜枚举，几乎所有的好作者，都曾经站在读者的角度写出过精彩的文学评论，而且很多作者，在我看来，他们的阅读才华，甚至远胜于写作的才华。

因为很简单，阅读是水池，而写作是水桶。要想有充沛的思想放进自己的作品中，阅读才华是必不可少的。阅读的才华，其实也就是理解的能力。能力这玩意儿，一以贯之，一通百通，无论是读，是写，是分析文本，还是分析世界，处处给力，处处好用。

举个我自己的例子，我大概从十岁开始，就阅读《圣经》。但是，在很长一段时间里，我其实是蛮讨厌《圣经》的，根本不会主动去读。当然，我是不敢说《圣经》如何如何的，如果我这么说，只会显得我自己很无知，因为《圣经》太有名了嘛，所以我也就随大溜地说，嗯，写得好。但是好在哪儿呢，我根本不知道。

比如，《但以理书》第三章中写了这么一件事：尼布甲尼撒王铸造了一座金像，要行开光之礼，《圣经》原文是这么描写的：

"那时传令的大声呼叫说：'各方、各国、各族的人哪，有令传与你们：你们一听见角、笛、琵琶、琴、瑟、笙，和各样乐器的声音，就当俯伏敬拜尼布甲尼撒王所立的金像。凡不俯伏敬拜的，必立时扔在烈火的窑中。'因此各方、各国、各族的人民一听见角、笛、琵琶、琴、瑟，和各样乐器的声音，就都俯伏敬拜尼布甲尼撒王所立的金像。"

曾经，我看到这一段，心理活动就是，这也太啰唆了。要是让我来写，首先"各方、各国、各族"有必要出现这么多次吗？直接划掉，改成"他们"不就完了吗？"角、笛、琵琶、琴、瑟、笙，和各样乐器的声音"也是够啰唆，有必要非得这样重复呢？

但是有一天，当我再看到这段文字的时候，忽然就明白它为什么这么写了。

　　为什么呢？因为要制造一种压迫感，通过这样的陈列和重复，来为王的盛典制造一种如临现场的声势，通过对"各方、各国、各族"的不断重复，让我们看到如蚂蚁般密集的人民不断地在王的金像面前下拜；通过对"角、笛、琵琶、琴、瑟、笙，和各样乐器的声音"的重复，让我们看到一种皇族威权的不可侵犯，也唯有如此不断地重复，加强这种心理威慑，把场面的氛围充分铺垫好，才可以更好地带出下面的情节：所有的人都臣服于这一权威之下，跪拜金像。而唯有但以理不拜。也唯有如此，才能真正地让读者了解到，但以理的勇气，是怎样的冒天下之大不韪，这个故事的核心精神才能立起来。所以这样的重复，并不是啰唆，也并非无用的闲笔。

　　类似这样的理解，在我后来阅读《圣经》的过程中，一再地发生，如同找到一块块小小的拼图，让我看到了隐藏在这本《圣经》之下的另一本《圣经》。也正因为如此，我才真正感受到阅读《圣经》的乐趣。

　　再举另一个例子，毕飞宇的《小说课》中，有一段关于《水浒》的解读，说的是林冲杀人，施耐庵是这么写的：

　　"（林冲）把尖刀插了，将三个人头发结做一处，提入庙里来，都摆在山神面前供桌上，再穿了白布衫，系了搭膊，把毡笠子带上，将葫芦里冷酒都吃尽了。被与葫芦都丢了不要，提了枪，便出庙门投东去。"

　　看完这段，我们先停一停，请问，你在这段里，读出了什么。

　　我第一次读时，看到此处，只是一带而过。这有什么出奇的呢？比起"鲁提辖拳打镇关西"那样浓墨重彩的段落，又或是比起潘金莲勾搭西门庆的故事来说，这一段简直是稀松平常，无非就是林冲做了一些零碎的事情，连一点形容词的渲染也无。可是，就是这样简单到近乎白描的段落，却不能细看，一看之下，简直堪称可怕，说是细看之后背后冒凉气都毫不为过。

看了毕飞宇的解读，我们会惊觉，其可怕就可怕在这种平淡、这种冷静。这是刚刚杀完三个人的林冲，一个被逼到命运的绝路之上，还处在极度暴怒之中的林冲，这不是一次有预谋的杀人，而是激情之下的杀人。而你再看林冲的反应，却冷静得就像做家务似的，按部就班地处理现场：先用仇人的脑袋做了祭品，再换掉血衣，把酒葫芦扔了，甚至没忘记喝掉那一点残余的酒。这就够变态了，然后他提起枪，往东走了。

他为什么往东走？这一句很容易被忽略掉。很简单，因为城在西边，往西走就是进城，自投罗网，所以他往东走。这就是林冲。一个"往东走"这么简单的句子，就把林冲这个人的性格——他的冷静、他的可怕、他的决绝，都写出来了。但是，作者写出来了，读者能不能看出来呢？到了这个时候，就是拼阅读才华的时候了，看得出来，你就会毛骨悚然，看不出来，你就会觉得稀松平常，一带而过。

木心先生说："从前的'人心'被分为'好''坏'两方面，嚷嚷'好'的那面逐渐萎缩，'坏'的那面迅速扩张，其实并非如此，而是好的坏的都在消失，'人心'在消失，从前的戏剧和小说将会看不懂。"

一本书，你能不能看出来它的精彩，也就是木心先生说的"有没有心"，这种心不分好坏，它就是一种敏感的直觉，好的坏的，都在一心之内，有心，你就看得懂；没有心，你就是睁眼瞎，看不懂，视而不见，听而不闻。

"读书破万卷，下笔如有神"，这句老掉牙的诗大家都听过，它很清晰地点出了阅读和写作之间的因果关系。

但是，我们通常都误会了它的重点，以为读书的重点在于"万卷"，要读得多，自然写得好。其实不然，读书的重点不在多，而在于"破"。

"破"不是非得读很多遍，把书都翻烂了，韦编三绝了，那就是破万卷。不是的。"破"是要读破书中的精义，要破开它表面的字句，看出作者藏在字句下面的东西，看出这么写到底好在哪里，又不好在哪里。

如果说好书是一座冰山，水面上露出来的东西只有1/10，那么一个好的读者，一个有阅读才华的人，就能够把水面下的9/10都给打捞上来，那么同样是读书，你的所得就比别人多得多。就像同样拿到一本武功秘籍，有人就当是天书，一字看不懂，扔在一边吃灰；有人能懂一半，能练出点防身的本事；有人就能参透其中最精微的要诀，练出一套绝学，独步武林。

所以，书的看破，不光是看你读过几遍或是读过几卷这种数量上的积累，它更讲究的是一个效率问题，你到底读懂了没有？品出味道来了没有？面对一本作品，能说出个四五六吗？阅读的水平，决定了写作的起点。

所以，你怎么学写作呢？去学一套写作的公式吗？去背几篇范文吗？这都是治标不治本的路子。说到底，要学写作，不是一个头痛医头、脚痛医脚的问题，要想写得好，必须先学会阅读，读明白了，自然就能写出来。阅读的才华越高，写作的能力就越强，甚至我可以这么说，阅读的才华，就是写作的才华。

人家的书写得好在哪里你都看不出来，你反而能写得好，这有可能吗？阅读的重要，一方面是帮助你训练直觉，训练理解力，另一方面是帮你建立一个好的写作标准——好的文字是什么质感，好的结构是怎么编排的。

很多人，只是把阅读当作消遣，不想费那个劲动那个脑子，所以就老是在一些浅显的东西里，在自己的舒适区里打转，但是又幻想自己只要读得够多，自然就一定写得好，这是没道理的。

而我发现，有阅读才华的人，通常都有一种神来之悟，能把一些毫不相关的东西连接起来，却又令你觉得这真是天作之合，恍然大悟。除了本身的记忆力好，知识量储备得多以外，生理上的基础，大概就是脑神经突触特别多，所以各种信息的交流密度就比别人快很多。

但是，你看到这里，也不要心灰气馁，心想自己没有才华，就自我放弃吧。不必如此，因为，阅读的才华，除了少数天才以外，几乎没有人是天生就有的，这绝对是可以锻炼的、可以提高的，而提高的方式，依我个人经验，认为有以下三种：

第一，要学会去给自己找问题，去寻找文字中的蛛丝马迹，去揣摩很多看似无关紧要的细节，多问一问：作者为什么这么写？换作我，我会怎么写？然后试着从不同的角度去回答这些问题，搞不好你就会发现一座大冰山。先学会提问题，这是找到答案的第一步。

读书，最忌讳贪多和虚荣，像猪八戒吃人参果似的，稀里呼噜吞一堆，然后把书一丢，跟人炫耀，你看我读了这么多书，有用吗？你消化了吗？甚至有的人兴致勃勃找人列了一张书单，结果没有一本读得下去，然后就发脾气了，什么玩意儿，看不懂，好啰唆，好无聊，评个一星，写个"装×"，然后就给打发过去了。下一次，又来要书单，又是同样的结果。浮躁，急功近利，都不是好的阅读态度。

第二，要学会写书评，写读书笔记。读完一本书，有什么所得、琢磨出什么、想到些什么，就随手写下来。哪怕一开始啥也写不出来，能在书上做个标记，画个重点，写个疑问，也总比啥也没有写强。有意识地训练自己去想，去表达，时间长了，阅读的能力就会逐渐提高。

第三，学会去看别人的读书笔记。这一点也是"豆瓣"存在的最大意义，不管你看没看懂，去看看别人怎么说，搞不好就能被点化出一些思路。慢慢地，你就能找到感觉了，今天解一个穴，明天解一个穴，慢慢地，你就会发现自己的任督二脉被打通了，再看以前看不懂的书时，也能看出自己的心得，颇觉趣味无穷了，这种感觉真是千金不换，幸福无比。

这是一个积累的过程，是基本功，没有近路可走，但是你踏踏实实地走下去，困而求知，无论天分高低，总会逐渐看到自己的进步。

在我看来，这才是学习阅读也就是学习写作的正路吧。

好的小说家，
是要能入戏的

十五六岁时，我很喜欢写小说。

但是年岁渐长，我发现很难再写下去了。

当然也陆续试着写过一些，但是无论如何也不能令自己满意。原因大概在于读过的好的小说越来越多，越来越知道那条"金线"在哪里，很难再对自己粗制滥造的作品心满意足。

在一边阅读、一边打击自己的同时，也逐渐从好作品中摸索出一个小说作者该有的一些素质。

最关键的是要能入戏。

所谓入戏，就是要有足够的开放心态，能让自己进入要写的人物的世界，进入他的性格，进入他的处境，去真实体会他的一切情绪，真正用他的口去诉说，用他的身体去行动。这需要作者放下自己的学问、知识、记忆、情绪所带来的一切是非判断，这一点是很难的，尤其是对自我意识太强的人来说，几乎不可能。

最好的教材，自然是《红楼梦》。

看曹雪芹写刘姥姥，在家里数落女婿"拉硬屎"，口吻活脱儿一个乡下人的粗野。再看他写刘姥姥到了王熙凤屋里的那一段：

"刘姥姥只听见咯当咯当的响声，大有似乎打箩柜筛面的一般，不免东瞧西望的。忽见堂屋中柱子上挂着一个匣子，底下又坠着一个秤砣般一物，却不住的乱晃。刘姥姥心想：'这是什么爱物儿？有甚用呢？'正呆时，只听得当的一声，又若金钟铜磬一般，不防倒唬的一展眼。"

看到这儿，我们大概猜到了，刘姥姥见到的这个"爱物儿"，当然是一只西洋钟。若换其他作者来写，大约写"刘姥姥见壁上挂着只西洋钟"也就一笔带过了，却没想过，一个乡下老太婆，何曾知道什么是西洋钟？

曹雪芹写刘姥姥，绝不是站在一个旁观者的角度去写的，他是真正地钻进了刘姥姥的身体一般，用她的眼睛去看世界，用她的嘴去说话，所说所做绝不违背人物的身份，才能让这个人物真正地立起来，而毫无平面感。

而且可怕的是，接下来，到了王熙凤出场的时候，他又能立马切换视角，钻进王熙凤的躯体里，使唤下人，安排家事，与贾蓉调笑周旋，又活脱儿成了一个精明的少奶奶。再看看他写黛玉进贾府，又完全成了一个敏感孤傲的小姐，黛玉初到贾府时的那些谨慎、畏惧、自怜，纤毫毕现。

而且，他还擅写些大场合，写多人对话，也是切换自如，替众人作诗，宝玉的诗，就是宝玉才写得出，黛玉的诗，也就是黛玉才想得到，各人妥妥帖帖各成其性，一举一动带着固定的行为模式，分毫不乱。

这种思维模式切换的速度、聚焦于一个点时精神的集中程度、思考的敏锐度、入戏的精准度，简直是恐怖的，每每看得我又是佩服，又替他担心这样到底会不会导致精神分裂。

有人问过福楼拜如何看待《包法利夫人》，他只答了一句："我就是她！"

而巴尔扎克写小说时，一会儿痛哭，一会儿大笑，一会儿站起来手舞足蹈，一会儿又趴进枕头里像死了一样，整日里疯疯癫癫的，写完了才能恢复正常。

托尔斯泰的太太则说，托尔斯泰一写起小说，就对着空气喃喃自语，挥拳，流泪，有时痛苦得想找绳子自杀，她不得不藏起所有东西，他仿佛鬼上了身。

陀思妥耶夫斯基，就更不必说。他彻夜写小说，灌大酒，写到脑子短路，癫痫发作，爬起来继续写，又再发作，如此反复。

正是如此，他们笔下的人物才真实到这种地步，那些感情才如此有力，直击人心。好的作者，大约都是这样用心血来喂养笔下人物的。他们如同演员，要让自己充分地浸泡在故事中。但演员只要演好一个角色，而作者却要写好笔下所有角色，才能让整个故事浑然天成，这种难度，是呈几何倍数上升的。

反观如今一些大热的玄幻啊爽文什么的，一天能更新一万字，但随手一翻，对话之虚假、人物之僵硬、背景之潦草、价值观之陈腐，处处透着一股子烂塑料假橡胶的味道，看一段就直反胃。这种东西看多了，人的感官会彻底麻木。

好书会滋养人的感觉系统，让神经元生长，大脑会越来越敏锐。而烂书则会摧毁人的觉知，让人陷进温水煮青蛙一般的处境中，最后掐灭你所有独立思考的火花。所以，要警惕读书，读书如同吃饭，吃进去的东西就会变成自己的一部分，吃的是良药还是毒药，最后的效果天差地别。身体长期吃垃圾食品，得了病，或许还可以治，但若灵魂长期被烂书腐蚀，简直无药可医。

长期被真正的好书滋养过的眼睛和心，会形成本能的判断，对

"垃圾食品"有本能的抵触，但是对养刁了的舌头，轮到自己亲力亲为动手做菜时，才知道，那些看起来似乎毫不费力的叙述，要想做到，是多么困难。

最难的，一是知识的积累。内化于心却又信手拈来，将知识放进故事，衬托故事，活化故事，而不是僵硬地掉书袋子。这也像练琴、练剑，练到行云流水毫无停顿生涩之感，也是需要漫长的工夫，还有悟性。

二就是难在接受和自己不同的价值观。常写评论的、写杂文的，少有能写出好小说的。他们的知识储备并非少，思维也并非不敏锐，对事物的洞见也并非不深刻，但就是写不出好故事，大约就是难在总想去分析，去判断，放不下自己的价值体系和道德尺度，转换不了坐标系。

我在写不出小说的时候，也曾去找来许多"写作课""小说鉴赏"之类的读物研读，却发现，尽管了解了很多技术，却越发写不出想要的故事。后来想想，原因可能是这些读物不过是一种分析，它只能强化我分析的逻辑、判断的逻辑，强化我的理性。**而我需要的，恰恰是能够放下分析和判断，去进入故事和人物的能力，需要的是在感情和心上面去贴近、去共振。**

那种分析和判断的习惯，过于强烈的自我立场，或者急于表达自己观点的欲望，写到书里，就变成了急着去给故事里的人物下判语，而不是先去接受这个人物的一切，再一笔一笔地把这个人物原原本本、好的坏的、矛盾的、挣扎的部分，全都呈现出来，没有一砖一瓦建造一个世界的耐心，也没有去接受和理解与自己价值观不同的人的心态。

在这样的心态之下，即便去写小说，范围也不会太广，题材也必定一再反复，视角会始终锁定在为自己代言的人物身上，最终只是不断强化自己原有的理念，始终没有跳出自己世界的小圈圈。

当然，这样的小说，如果写得足够真诚，也不失为好的小说。读这样的小说，如同观赏一个私人的博物馆，也会偶有令人惊奇的所得，可是比起真正的大师作品，这样的小说在境界上到底还是差了那么一截。大师们那种宏大的视角、海纳百川的包容力、强有力的对节奏的掌控，都是人必须敞开自己，去拥抱、去切实感受这个世界才能拥有的。

写小说，对他们来说是一场修行。

所谓修，就是如同米开朗琪罗塑造大卫一般，拿着锤子、凿子，一点点地把混沌的石头修出清晰的线条，修出美，修出一个自我的过程。这是内心的劳作。

而所谓行，就是一日一夜地过，一字一句地写，一步一步地走。批阅十载，增删五次，最终完成并把自己交付给这个世界。这是身体的劳作。

在修中行，行中修，如攀天梯，不停地享受超越自身的快感。

这才是写小说这件事真正让人着迷的原因吧。

我是怎么挤出时间
来阅读写作的？

老有人问我，你哪儿来的那么多时间读书？我知道读书是件好事，但我就是坚持不下来。上一天班回到家里，累得要死，只想躺在床上刷手机，打打游戏，或者发个朋友圈，做点这种不需要费脑子的事情，连公众号都没力气读。

基本上吐槽的都是这两个问题——一是没有时间，二是不想读，觉得很累，认为读书会消耗掉大量的精力和意志力。

关于这两个问题，我想谈谈自己的做法。

首先，其实我每天的工作也是挺忙的，我是朝九晚五的上班族，还是在创业公司，也会经常面临加班的问题。

我还有个一岁半的女儿，每天下班回到家，我都尽量抽出时间陪她。陪她看看绘本，或者是陪她跳舞、吹泡泡、搭积木，我都觉得是很珍贵的。陪伴家人绝对比读书重要。无论多忙，都应该留出时间给你认为重要的人，不要觉得反正是家人，是恋人，就理解我一下又何妨，不是这样的！**不要去透支人的等待和耐心，除非你真的已经决定失去她，这一点很重要。**

所以，包括周末，我都会尽量陪她玩，带她出去走走。

那么问题就来了，我到底是用什么时间读书或者写东西的?

首先，我利用的是上下班的时间。我从公司到家来回路上需要耗费一个半小时，我相信很多生活在北、上、广的人在上下班路上耗费的时间会更长。我通常是开车，有时候也会搭地铁或骑自行车。这个时候用眼睛看书肯定是不行的，所以我选择的是听书。

其实我的资源平台也不多，有两个主要来源：一个是家常读书，另一个就是听"喜马拉雅"。

按照我的听书经验，每天上下班路上，合计可以听一个半小时，那么一本书通常用五个工作日或者最多一周的时间就可以听完。也就是说，基本每周我可以听一到两本书，那么一个月下来就是五到六本。

对于高质量的书来说，你能每个月读五六本已经比较可观了。因为这类书的内容密度很高，你还需要一定的时间来消化。并且这种听书的方式其实是不能中途停下来的，所以它对阅读来说就是一个浏览的作用。

通过听书，我可以把一本书的全貌，整体地、详细地浏览一遍，听到一些比较好的部分或者值得研究的段落，我会大致记一下是在哪章哪节，回头会再详细地阅读一遍。

如果认为一本书有必要详细重读，那么我通常会选择去买一本纸质书。

纸质书是在什么时候读呢?我认为比较好的时候是晚上睡觉之前。

下班回到家到九点之前，我通常会陪着孩子。等到她睡觉后，一般是在九点钟左右，我给自己设定的睡觉时间都是十点半或十一点，那我就还有一到两个小时的时间，可以用来阅读，那么这段时间我会读纸质书。

　　读纸质书的时候，建议最好不要躺着读，而且要把手机关掉，免得分心。我在卧室里放了一张小小的书桌和台灯，等孩子睡了以后，我会在这张小书桌前面看纸质书。

　　当然并不需要每天都这样，但是你至少每周能够抽出一两次的时间，每次一两个小时，独自在书桌前面坐下来看一本纸质书，应该也不是很难做到的事情吧。

　　看纸质书的目的，主要是把听到的书里面觉得很精彩的部分重新复习一下，做一些摘要和笔记。浏览一下目录和序言，再择其精华部分详读。这样读书的效率就会很高，也比较容易吸收到对自己有价值的部分。我通常一两个晚上就可以把一本纸质书里面我所需要的内容阅读一遍。

　　那么又有人会说了，可是我想看的书，"喜马拉雅"或者家常读物里面都没有，我没有资源，只有电子书，怎么办呢？

　　其实也有办法，比如有一些好用的阅读软件，你可以把文本格式的书上传上去，然后利用语音朗读的方式来阅读，我认为这样读得相对流畅，还可以调整语速什么的，听起来没有困难。

　　市面上大部分阅读软件应该都有这个功能，你也可以买到很多不错的电子书。

　　所以，基本上，你只要能够找得到电子书，用听的，就都没有问题。

　　再来谈一下写作。我是用什么时间来写作的？

　　我写作，主要是利用散步的时间。一般是中午吃饭和休息的时间，我通常都是自己出去走一走，找一家小店去吃东西。通常我会找比较远一点地方，这样我在路上的时间就比较多，来回路上我差不多可以走一个小时，这样也就顺便锻炼了身体。走路的时候，我就可以开始写作了。

走路要怎么写作呢？其实这个也很简单，推荐一个我常用的APP"印记"，在这里面写字，可以不用打字的方式，只需要直接用语音方式录入，它就会把你说的话变成文字记录下来。

我发现自己走路的时候脑子特别活跃，所以当场想到什么，就直接对着手机说，把它变成文字存在那里，等到有时间的时候，再把这些零碎的念头集中起来，调整一下，就是一篇完整的文章了。

这样做有个好处，就是比较便于抓住即时的灵感和念头，不用等到有合适的条件，要坐在电脑前或者不受打扰时才能开始写，因为到那个时候，我可能已经忘记之前想写什么了。

现在这种记录型的软件应该也非常多，你可以去多试几种，找到适合你的就好。总之，能随时拿出来让你用最方便的方式去记录你的想法就好。

互联网时代就是有这个好处，我们可以充分地利用这些APP打破文字的局限，带给我们阅读和写作上的便利。其实这都不是很困难的事，只是你有没有养成这个习惯而已。

我想，很多人需要调整的是心态问题。首先，你要建立一个概念：阅读并不是一件很困难的事情。就像你走在路上是不是也要听音乐呢？临睡前或者无聊的时候是不是也会听些东西呢？那不如把这些时间都拿来听书好了。其实我觉得它比听音乐更有意思一些。

另外，也不要把写作看作一件多么困难的事情，需要在那里琢磨半天——如何开头啊，如何润色啊，如何去升华啊，非得有一个多么值得写的东西才可以下笔。其实写作没有那么难，可以把写作看成说话，就好像你突然冒出一个念头，身边刚好有个朋友，就想跟他聊聊，张开嘴就可以说，没有那么难的，是不是？

写作，在我看来，和说话没有很大的区别。写作和说话的技能，也并不是一定要等到自己熟练了才可以开始做，而是你常常去做，在做的过程中，就会越来越得心应手。直到有一天，你会发现，你已经能够很轻松地把自己脑子里面想的东西表达出来了，那种感觉还是挺开心的。

不要给阅读和写作加上太过高大上的头衔，什么"阅读的女人有深度"，什么"阅读的男人有未来"之类的，给某事冠上一道光环，你就会觉得这是普通人做不到的事情，反而会在心理上给自己增加负担，增加自己实现它的难度。

就以普通的心看待阅读和写作吧，把它当作必要的生活方式，如果你养成阅读和写作的习惯，它会有益于健康，能够避免你把思维集中在一些鸡毛蒜皮和毫无意义的事情上。**它会让你每天都有一种在不断吸收营养并且不断成长的感觉，让你的思维集中在更正面的地方。**当你突然从书里学到了一个知识点，点化了你一个思考了很久却没有解决的问题，或者你终于用你的写作把一个模糊的概念整理清楚，那时你会得到一种自我肯定的快乐。

我相信，常常生活在这种感觉里的人，一定会比不断自我否定的人的生活状态更加积极和健康，不太容易陷在孤独、无助、失败的感觉里无法自拔。

写作有益于了解你自己内心真实的想法，也让你能够更好地和自己以及周围的人相处。与其把时间耗费在向不相干的人倾诉甚至在倾诉中造成误解，然后再去没完没了地解释和烦恼，还不如花点时间好好和自己相处，好好用写作把自己的思维和情绪整理清楚。这样你自身不仅得到了净化和成长，同时我相信，你将所获得的结果分享出来，也会一样有益于他人。

但我不建议加入太多读书的团体，什么彼此激励、彼此监督之类的。我认为那在某种意义上还是有强迫性，是不可持续的。有人问过村上春树，为什么几十年来能够坚持每天跑一个小时。他说："我认为自己的感受才是正确的，无论别人怎么看，我绝不打乱自己的节奏。喜欢的事情自然可以坚持，不喜欢的怎么也长久不了。"

找到自己的节奏，这件事非常重要。我能给你的建议就是，你在读书的时候，千万不要总带着一种被鞭策被强迫的感觉，不要制订让你自己不舒服的读书计划，不要强迫自己去读感觉枯燥而看不懂的书。

按照你自己觉得舒适的节奏来就好了，每次进步一点点，如果一个月的时间内你能够读完一本好书，并且尽量去理解它，这已经是一个进步了。

之后你就可以循序渐进，慢慢地增加数量，但是一定要以你自己舒适的节奏推进，养成习惯，才会持续下去。你会慢慢把读书和写作当成一种享受，而不是痛苦，不是怀揣着一种"我一定要成为读书人！成为作家！"这样的想法。

不要去神话它。不要认为我一旦读了某本书，我就能马上具备某种智慧，变得多么聪明，问题就能迎刃而解。我绝对不赞成把某本书追捧到秘籍一样的高度，期待读完就能立刻对你整个人产生多么巨大的改变。

这一切都不会发生，你读了一本书，很大的可能性是没过多久你就把它忘记了，但是它所留下的一些思维会沉淀在你的脑子里，如果你长年累月地读下去，读书必定会对你的性格和思维模式产生影响。

写作也一样。一开始你写出的东西质量可能并不高，而且也没有人看，没人来给你点赞。这时你要清楚你写作的目的是什么。

你只是为了跟自己对话，你只是为了能够练习和自己交流的能力。你是为了自我净化，为了更清晰地去理解事物，而不是要追求那种语不惊人死不休的效果，不是为了让别人给你叫好，崇拜你，赞赏你。

不要觉得，我一旦能够写作，就是一个作家了，能出书了，能当网红了。**能够和一个东西长期和平相处的最好方法就是既不要神化它，也不要贬低它，对人也一样。**

写作、阅读和爱情一样，不会拯救你，但是绝对可以滋润你。它们不是神，也不是魔。你既不需要把它们当成救命稻草，当作改变你生活的希望，也不需要在遭受一点挫折后就灰心丧气地宣布，我再也不相信爱情了，我再也不写作、不读书了。

只需要用平常心去对待就好了，如果这次没有按照计划完成，好，不要责怪自己，我们想想问题出在哪里，下一次该怎么调整。这次我是不是对自己太严格了，目标定得太高了，下一次，我是不是可以稍微放松一点去做就更好了？

我的经验就只能分享到这里了，如果你觉得有用的话，就试试吧！与其把时间消耗在反复地刷新朋友圈或者去看很多没用的垃圾新闻上，不如利用这些时间去读点好书。

该写出什么，
该隐藏什么？

　　很多人大约都在脑海里构思过自己想写的故事，也有些人想写写自己曾经度过的难忘岁月，可是到下笔之时却一筹莫展，面对着一整个笼统的事件，要怎么来呈现它，才会最好看？什么该详细去写，什么该省略？是不是需要事无巨细地交代清楚？是不是要把所有经过都摊在台面上来讲，才能把故事交代清楚？

　　很多人大概没有考虑过这些问题，所以我经常看到这样的故事，仅仅是一味地叙述，像流水账，到最后，事情是讲明白了，可是一点都不能打动人，问题就在于写作者不懂得藏，只懂得露，不懂得留白，给故事留余韵，给读者留余地，留下思考和回味的、尊重读者智力的想象空间。

　　稍有心理学知识的人都会知道弗洛伊德的冰山理论。他认为，人的意识只是浮在水面上的冰山一角，而藏在水下的潜意识才是冰山的实体。写作，同样如此，不好的写作，总是停留在意识层面，写一些大家都知道的也都看得到的陈词滥调，而好的写作，则绕过意识，只用一些符号和暗示，就可以调动读者的潜意识，召唤出回味无穷的感受。

对这种写法，最擅长的是诗人。

诗，就是把运用符号和暗示玩到极致的艺术，以境写情，不着一字，尽得风流。比如："风乍起，吹皱一池春水。"再比如："落花人独立，微雨燕双飞。"

当然，除了诗以外，故事也可以这么写。

而用这个方法写小说的圣手，我认为要首推海明威。他做过很多尝试，把冰山理论运用到写作中，玩得非常精彩，尤其是他的短篇小说，比如《乞力马扎罗的雪》《印第安人营地》，还有《白象似的群山》。

以《白象似的群山》为例：

> 姑娘正在眺望远处群山的轮廓。山在阳光下是白色的，而乡野则是灰褐色的干巴巴的一片。
>
> "它们看上去像一群白象。"她说。
>
> "我从来没有见过象。"男人把啤酒一饮而尽。
>
> "你是不会见过。"
>
> "我也许见到过的，"男人说，"光凭你说我不会见过，并不说明什么问题。"

我曾推荐好些人读《白象似的群山》，在我看来，它写得极其美妙，可是大多数人都告诉我，看不懂，不知道在写什么东西。

这个短短的故事，从头到尾，只讲述四十分钟里发生的事，一对男女在闷热的天气中等车，女人怀孕了，男人想劝她做手术打掉孩子。但这些信息都是隐藏在对话深处的，他们的对话就是水面上的冰山，如果你不仔细倾听，就不会看到水下那事实的全貌。

仅就刚才的那几句简短对话，人物的性格、彼此的关系就已经呼之欲出。我们可以看出，姑娘是一个天真而感性的人，她看到山，就诗意地想到，那好比一群白象，而男人仅用一句"我从来没有见过象"就粗暴地打断了她的幻想。"你是不会见过"，这话不仅是在说象，姑娘真正想说的是，你从来没有试图了解过我的感觉。而这时，男人又幼稚地反驳"我也许见到过的，光凭你说我不会见过，并不说明什么问题"。

你看，你并不需要去直接告诉读者这两个人的性格差异多么巨大，这段关系的结局可能是个悲剧，这个姑娘可能会受到多么残酷的伤害，一切都在这短短的几句话里就交代清楚，最妙的是，它没有直接提到感情本身，而是把话题从两人身上拉到了远处"白象似的群山"上，又是一个绝好的以景写情的范例。远山的洁白和诗意，与"灰褐色、干巴巴"的现实的对比，如同在故事里铺陈下的明光暗影，让整个故事和人物都变得立体而动人。

汪曾祺也曾如此谈起小说的含藏："'逢人只说三分话，未可全抛一片心。'这是一种庸俗的处世哲学。写小说却必须这样。李笠翁云，作诗文不可说尽，十分只说得二三分。都说出来，就没有意思了。"

电影，也同样可以这么拍。

我认为把这一点做得最好的导演是侯孝贤。他很善于捕捉暗流涌动的场景，在波澜不惊的日常细节里，表达出人物内心的交锋。最典型如《海上花》《聂隐娘》，看起来平淡，节奏缓慢，其实没有一处闲笔，真正看进去了，会觉得处处有玄机，接招都接不过来，根本就不会感到无聊。

朱天文曾在《最好的时光》一书中这样评价侯孝贤的创作："以他的说法是取片段，用片段呈现全部。他说：'问题是，这个片段必须很丰厚，很饱满传神，像浸油的绳子，虽然只取一段，但还是要整条绳子都浸透了进去。'"也就是说，要细心去找到那个可以代表整体的碎片，选取能够窥见整体的最饱满的片段来写，把它写真实，写清楚，那么，剩下的部分，你不用说，读者就可以大致推演出故事的全貌。

好的作者，就应该懂得引诱读者，不需要一五一十把故事和盘托出，而是应当逐渐给出线索，一步一步引人入胜，最后让读者自己领悟到这个故事的无限可能，只有这样，和作者互动的那种阅读的快感，才会被激发到峰值。

但我知道，不是所有读者都懂得欣赏这样的作者。很多人认为，好的作品就是要让所有人都能看懂的，看不懂，就都是故弄玄虚，就是装×，就是应该直接打个一星完事。可是，读书的目的是什么呢？是为了求知，为了让自己能够获得更好理解这个世界的能力。

现实的世界，就不是一本清楚明白的书，很多时候，这个世界是晦涩的，是模糊的，它更像海明威的小说、侯孝贤的电影，不是你一眼就能看到底的。你只能看到表象，而看不懂它内在的规律，因此，你也就只能在表象上打转，受困于表象之中。那么，好书在这时就像一种现实的逼真模拟，让你不需要真刀实枪地到现实里去碰个满头包，而是在小说里预先演练了真实世界的莫测、深沉与残酷，这才是一本好的作品，能给我们最宝贵的财富。

所以，读者不应该只在读书里追求消遣，像傻子一样，躺在那里不动脑子一味地接受，等着作者把饭喂到嘴里。最好连嚼都不用嚼，直接咽下去就得，这样的书，说实话，是不值一看的，它不会让你成长，反而让你的消化和咀嚼功能退化。好的作者一定能够在阅读中设置障碍，不断挑战和提高读者的能力，让读者离开书本之后，观察力和理解力也变得更敏锐，能够更懂得这个真实的世界。

就像毛姆说的："凭什么你认为美——世界上最宝贵的财富——会如同沙滩上的石头一样，一个漫不经心的过路人随随便便就能够捡起来？美是一种最奇妙、奇异的东西，艺术家只有通过灵魂的痛苦才能从宇宙的混沌中塑造出来。在美被创造以后，它也不是为了叫每个人都能认出来的。要想认识它，一个人必须重复艺术家所经历过的一番冒险。他唱给你的是一个美的旋律，要是想在自己的心里重新听一遍，就必须有知识、有敏锐的观察力和想象力。"

好的读者，必须像个好的采集者，进入一座大山，能够从露出地表的各种痕迹上辨别出哪里埋着松茸、哪里又埋了一株老山参，挖宝的过程可能很艰难，往往不得其门而入，但同样也很刺激，在每一次用自己双手挖到宝贝的瞬间都会开心好半天。读这样的书，你会上瘾，你会一去再去，一找再找，随着你的技能不断地提高，你就能挖出更多的宝贝，这些宝贝，是活的，是可以伴随着你的理解能力不断生长的。

而好的作者，就是创造那座大山的人，懂得藏起什么、给出什么，懂得把一个冗长的整体浓缩在许多典型的片段中，把值得解读的细节埋藏在作品的各个角落里，这样的打磨，给自己乐趣，也给读者乐趣，这样的作品，才是值得流传并且被人一读再读的。

创作者的重与轻

前几年，有一阵子，我忽然不想再上班。

工作了快十年，忙忙碌碌地运转了十年。

回头望去，似乎没真正做什么有价值的事，颇有些虚度光阴的空无感。

终于，在确定自己能够依靠足够的散单养活自己的时候，我决定辞职，想着这下就自由了，可以任性地读书、看片、写作、旅行、睡到自然醒啦！

辞职最大的动因是，原先上班的时候，总有时间被占据的感觉。行路时，开会时，与人谈话时，心中总会生发出许多想法和灵感，如同火花闪闪烁烁，瞬息即灭，因为忙碌的工作日程占据了所有时间，根本无从记录，只能任其遗忘和丢失。那时总想着，若能有时间去捉牢，能安闲地给予养分，让火花生发为一团火，踏踏实实地写些自己想写的东西，那该多好。

于是果断辞了职，开始穿梭在家与图书馆之间。日常除了必要的生活所需，几乎不再与人说话，不管别人在做什么，也不受他人的管。每日一味闭门读书，钻进思维的世界里，与各种看见和看不见的念头博弈。

但奇怪的是，心情不能再恢复往日读书时的悠游，而总像是在急着寻找些什么、榨取些什么，似乎生怕一无所获而浪费光阴，对不起这场辞职。

读书如此，写作更是这样。不上班了，却更不能放松，给自己定下每日必须写至少 3000 字的目标，就像在地上挖了一个洞，一直往里钻，想从中挖出矿藏，找出宝贝，拣出从前那些遍地闪耀的黄金，可是所见却唯有黑暗，心潮不再汹涌，而是变为一潭死水，波澜不惊。

于是惊觉，原来从前那些火花四溅的灵感，正是在与他人的交往中才生出的。如今，无人丢入石子来与之碰撞，自然也就捉不到可供记录之物了。

有文章想写时，没有时间。

待到有了大把时间，却又发现无事可写了。

于是，写不出字的时候，我总是问自己：

辞职真的是值得的吗？

我真有那样的能力，去完成自己预想中的规划，得到预想中的幸福吗？

万一我选错了怎么办？不能再回头了怎么办？

万一我离开了此岸，而到达彼岸却遥遥无期，万一我运气不好，刚好碰上逆风而行，逆流而上，又该怎么办？

如果我用尽全力却只能在海的中心打转，漂流无定，一事无成，永远上不了岸，又该怎么办？

我的时间也不多了，是不是应该拿去做更有可能看到结果的事？

我该继续写自己想写的，还是写社会认可的、好卖的东西？

这些问题，成为我辞职之后想得最多的。

这些问题，令辞职之后的生活失去了预想中的自由和美妙，自由反而成了新的枷锁，成了不可承受之轻。曾经，那离开陆地，踏上小船，信誓旦旦去寻找新大陆的决心，似乎仅仅一念之间就已飞到天边，剩下的唯有对茫茫未来的担忧和恐惧。

这是人的本能。

总是倾向于去抓取立刻就能吃到的糖果，而很难寄望于需要长久投入的事情。若延迟满足是为了获得更大的满足，那么当这被延迟的满足来得太慢时，也会慢到令人心生绝望，想要半途而废。

每到这时，只能不断提醒自己："你想要的，是马上抓在手里的东西，还是成为理想中的自己？"如果确定是后者，你就需要和欲望拔河，把自己不断地拉回来，把自己伸向糖果的手拉回来。

如同徒步横穿沙漠的旅人要不断地抽自己巴掌保持清醒，不断地提起沉重的双腿继续前进，在烈日灼烧的焦渴之下，要严格按照计划去喝自己仅存的水，否则绝对走不出沙漠。

创作，有时就是这么严酷的一件事。它从来不比创业容易。

或者说，想要创造什么，从来都不是一件容易的事。

无论是写一本书、经营一家公司、编织一段感情、生养一个孩子……

一旦决定去创作，去建造，就是决定背负重担，承担一份长久的责任。

那些不用费力的事，是堕落，是放弃，是毁坏，是寂灭与长眠。

创造是生的本能，是重的；寂灭是死的本能，是轻的。

这两种力量永远在拔河。

年岁越长，需要创作和承担的就越多，死的本能，也就会越发占据上风。

所以，年岁越长，越需要坚定的信念，如同定船的锚。否则，一

路走来，幻灭太多，疲惫太多，一路的日晒风吹，使灵魂失去水分，风干、破碎、剥落，又背负越来越多的重担，人会慢慢在长途的跋涉中耗尽力气，自然会渴望休息，渴望死亡，会更容易被向下的力量拖走，而出现严重的精神危机。

而能够把根深深扎入这向下的危机，吸取力量向上生长，长成一棵枝叶繁茂的大树，并为其他旅人提供荫凉，这样的人，才是真正有价值的创造者。

但转念想想，也许我的焦躁并不是灵感的错，不是它有意在和我藏猫猫，而是我自己缺乏耐心，不能忍受那些灵感缺位的空白时刻。

我总以为，既然我热爱写作，对写作有感觉，那这感觉就应该是呼之即来、充沛如泉涌的。一旦发现居然灵感也会枯竭，我也会有写不出来，或言之无物的时候，整个人便焦躁不安起来。

因为，从前我不依赖这灵感，我只是欣赏它，并享受它。它来时，我感受到喜悦和激动；它去时，我因有其他事做，也就淡然处之，没有过多留意。

而一旦成为专职的作者，需要依靠这灵感来工作，来给出作品，来定义自己的存在的时候，对于灵感就显得分外没有平常心了，就分外不能忍受它的不在。它弃我而去，又不知何时归来。它带给我一种深刻的不能控制局势的不安全感。我越想抓住缪斯的裙角，就越发只能抓住风。抓累了，就只好放弃，认命地等着，看它几时才愿再回来找我。

创作者和灵感，也在时时玩着一种类似恋爱般的游戏，有灵肉合一的美好，也就有分崩离析、相互冷战的痛苦吧。

但是，所谓爱，真相就应该是一段又一段的虚线才对吧。

正如一些神仙眷侣，相爱了几十年，纵然有过将对方爱到血肉里

光
/32

的时刻，但若细究起来，他们是每时每刻都在如此爱着对方吗？恐怕也不是吧。深爱有时，怨恨有时，但更多的时候大概是空白的，是寡淡的，是默然相对的，是琐碎平常的。有虚，有实，渐渐完成了整体的轮廓，若不凑近细看，只是远远看着，那也是一幅完整的图画。

在外人看来，这段感情似乎总是充实、圆满的，从来没有断线的时刻。但唯有作画者自己才知道，是如何走过那些空白的、没有感觉的时光的。

一个优秀的创作者，正如一位优秀的爱人，一定是有耐心的，不会因为空白的出现就认定灵感已死、爱情已死。他心中会有整体的轮廓，他熟识人性的规律，对时间有充分的耐心。他不会焦躁地在原地打转，而是不停下生活的脚步，向前走，等着空白自己过去，不久，一段实实在在的感觉又会从虚空中浮现，继续把图画下去。

因为说到底，这幅画真正的作者并不是你。

如老话常说："文章本天成，妙手偶得之。"

真正的好作品，都似天成，而写作者本人只像一个虔诚的容器，准备好肥沃的土壤，去接受这颗种子，浇灌它，等它自己发芽、生长，直至开花结果。

好的创作者，都是神的器皿，懂得分辨内心微弱的声音，像个猎手，能够跟随上帝留下的蛛丝马迹，一路前行。

持续地跟随，虔诚地等待。如同一个僧侣，每天每时去完成自己应尽的课业，在那些等待空白过去的岁月里，规律地作息，劳动，读书，过日子。如此日复一日，慢慢坚固自己。像一个齿轮，匀速地旋转，慢慢把装满清凉井水的桶，从黑暗的井底打捞上来。

给人喝，给自己喝。

喝空之后，再次打捞。

词语是阳光灿烂，
词语是深不见底

朋友曾对我说起，人其实是不需要读书的，读书有它的局限性，人不读书也可以活得很好。

想到自己作为一个写字的人，在某种程度上，是对文字和语言有依赖的，甚至是迷信的。

毕竟，在生活的所有维度，都依赖着语言文字和周遭世界发生接触，无论是与人交流还是谈论事物，无论是描述一个具体物质还是表达抽象的思想，除了语言以外，很少想到还能有别的方式。

每个人被困在自己的身躯之中，如同住在一座小小的铁塔监牢，唯有词语能穿过厚实的墙壁，穿过千山万水，抵达他人的世界，如果没有了语言，我们又该如何被别人看见？如果没有语言，我们又如何从孤独之中自解呢？

即便如此，还是得承认，语言是有它的局限性的。

相对于我们心中涌动的感情、我们脑中浮现的意象、人性中许多幽微的层次、种种复杂而光怪陆离的闪念，语言所能表达、所能记诵者，万中不足其一。

福楼拜曾在《包法利夫人》中如此写道：

"灵魂丰盈无比如光华泻地，化成白纸黑字却是一片惨白。因为我们当中没有人能够纤毫毕露地表达他的需求或是他的思想或是他的悲伤；而人类的语言就像一个敲破了的水壶，我们原本冀望用水壶奏出可以熔化星辰的音乐，结果胡敲乱打为熊群伴舞。"

同样地，毛姆也曾在《月亮与六便士》中发出过同样的感慨：

"我们非常可怜地想把自己心中的财富传送给别人，但是他们却没有接受这些财富的能力。因此我们只能孤独地行走，尽管身体互相依傍却并不在一起，既不了解别人也不能为别人所了解。我们好像住在异国的人，对于这个国家的语言懂得非常少，虽然我们有各种美妙的、深奥的事情要说，却只能局限于会话手册上那几句陈腐、平庸的话。我们的脑子里充满了各种思想，而我们能说的不过是像'园丁的姑母有一把伞在屋子里'之类的话。"

他们想说的，都是同一个道理。

意象和语言之间，是有障碍的。心灵的思考，是以意象为媒介的，但是要和别人沟通时，必须先把意象处理成思想，然后再把思想转换成语言。这三层的转换，都会将原本鲜活的存在丢失一大部分，每转换一次，就失真一次，发生质变也是必然的。

原本脑中的意象质感是丰富而绵密的，是柔软而富有弹性的，隐秘而又激烈，如光如声如电，可是我们却硬要把它们塞进语言的框架之中，如同一片脱水的干花，原貌难以辨别，实在不足为奇。

《亲密关系》中，曾有一张图，很简洁地指出了问题的核心。

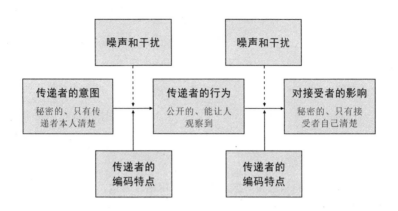

在图中，可以看出，当意象被编码成为语言时，已经损失了大半的原貌。接着，它还要穿越外在环境的干扰，抵达接受者的耳畔。之后，还要被他以他特有的方式解码，再以他独特的方式来理解。最终，这些词语在他心中产生了何种影响，世上唯有他一人知道。

然而，语言对于本质的蒙蔽，并不只在沟通之中，在我们的内心也是一样。

尼采曾说："先民们无论在何处搁下一个词，便相信自己做出了一个发现，其实他们只是触到了一个问题，并不是找到了答案，却误以为已经把它解决了。

"对人们来说，事物是怎样称呼的，比起它真正是什么，远为重要得多。一个事物的名称是多么任意啊，它就像一件衣服，盖在事物之上，与其实质根本是两回事。但是由于对它们的相信，由于一代代的生长，它们仿佛逐渐生长到了事物内部，化了为事物的躯体，我们已经习惯在没有词语的地方，不做仔细的观察了。

"词语领域的终止之处，存在的领域也随之终止。愤怒、仇恨、爱、同情、渴望、快乐、痛苦……这些是为极端状态准备的全部名称，而我们忽略了和缓的中间的状态，更忽略了一直进行着的细微的状态，但正是这些被忽略的，才织成了我们的性格和命运之网。"

人的大部分内心生活是无意识的，无法用语言表达。词语夺去了思想和情感的个性，把它们一般化了。实质上是，一种痛苦不等于另一种痛苦，一种快乐也绝不同于另一种快乐。当你用语言表达你的痛苦或快乐时，每个人都将按照自己的经验来理解，结果，还是夺走了你的痛苦和快乐的个人性。

越是独特的思想和情感，越是难以用语言表达。有独特个性的人，经常感觉到这种不能表达的痛苦。

于是，艺术家们另辟蹊径。为了准确地传达意象，他们不再诉诸准确的词语，而是试图使用更原始真实的方式表达，如意识流、魔幻现实、梦境、胡乱的呓语、天马行空的想象力……

他们试图直接通过暗示、隐喻、象征，以便在读者的心灵中唤起类似的意象。

诗人、画家、音乐家、舞者，莫不如此。

然而，这样的艺术，是让人更明白了还是更糊涂了呢？对于已经习惯接受一套固定的语言体系，早被僵硬语言驯化的人来说，能够成功地领会到他们奋力想要传达的真相吗？

想起了小狐狸。小王子问她："我们该如何驯服对方呢？"

小狐狸告诉他："应当非常耐心。开始，你就这样坐在草丛里，坐得稍微离我远些。我用眼角瞅着你，你什么也不要说。但是，每一天，你都坐得靠我更近一点……你什么也不要说，话语是误会的根源。"

话语是误会的根源。能够真正了解这个道理，大概，业已参透人生大半。

从前，弗洛伊德创立精神分析派，试图用语言的分析来穿透人性的幽暗。然而，现代心理学，尤其是人本主义和存在主义的心理学流派，却越来越相信，**唯有关系，唯有在治疗者和病人之间建立一份亲密的、支持性的、有安全感的关系，才是使人心灵得到疗愈的关键所在。**

欧文·亚隆曾说，心理治疗师，从属于一个世上最古老、值得尊敬的治疗者团体。他们所跟随的，不仅是弗洛伊德、荣格，追溯到他们的先辈——尼采、叔本华，还可以追溯到基督、佛陀、柏拉图、苏格拉底、希波克拉底以及所有伟大的宗教领袖、哲学家和医生，他们共同关注的，都是人类的绝望。

如同耶稣和他的弟子，除了语言之外，他们还有彼此的陪伴，有眼神的鼓励，有共同被诋毁、被追杀的危险经历，他们彼此争吵，却也彼此拥抱，在同一张桌子上吃饭，也在同一片大地上行走。他们真切地看见并感觉到对方的存在，他们之间保持着一种关系，而这才是人们心灵得以在其中休憩的真正的支撑。

再如《红楼梦》里宝玉和黛玉的爱情，最刻骨铭心的一段，大约是黛玉和宝玉最后的诀别。听说宝玉将娶宝钗之后，黛玉一时急痛攻心，痴痴迷迷，不自觉地走到怡红院里来，正巧那时宝玉也痴傻了。黛玉傻乎乎地进了屋子，对着宝玉坐下。两人都失去了理性，失去了往日里的伶牙俐齿，只是对坐，对望，也不问好，也不说话，只管对着脸傻笑。这一刻，好像时间都静止了。前尘往事，前世今生，所有的风流冤孽，尽数偿清。两个人，在孩童般的笑容里，赤诚相见。这一笑，穿透了所有语言的屏障，无言无语，也无声音可听，却在这一瞬间，两人交割了所有的爱恨情仇，黛玉终于还尽了眼泪，最后留给宝玉的是一个天真无邪的笑容。

在黑白的老电影中，内科医生因为没有听诊器，只能把耳朵紧紧贴在病人的胸腔上，听心脏跳动的声音。这种毫无感情色彩的画面，忽然如此打动我，如果有一天，人们的心灵也可以如此紧紧相贴，如同草履虫那样彼此交换微核，直接转印对方的思想和意象，不知会变成何种光景。我们是否还会觉得如此孤独？

试图解读人类脑电波的研究一直是科学领域的难题，每个生命都是经纬万端，其丰富、细致，都是独一无二、瞬息万变的。人心如海，想穷尽人心所想，大概无异于海底捞针。科学，大概永远只能在其后趔趔趄趄地追赶。

但转念一想，如果有一天，我们都能清清楚楚地看到对方心中的每一个细节，对于人类来说，这到底是幸福还是灾难？亦舒曾说："我们永远不知道别人在想什么？感谢上帝，我们不知道。"

交流的困难、误解的普遍，有时并不仅仅是由于语言的局限，而是每个人也或多或少、有意无意，都有自我隐瞒的企图，我们在编码的同时，在竭力传递的同时，也在竭力隐藏。

我们用语言雕塑着自己的形象，也接受他人的语言，在心中雕塑起他人的幻象，在这个巨大的幻象世界里，我们自以为踏实、稳妥，手握世界的真理，若有一日，我们彼此心心相印，大约也正是这幻象的世界崩解之时吧。

最后，我想到毕飞宇的《小说课》中有这样一段话，拿来总结此文，可能最合适不过了：

一种语词与一种语词构成了政治；

一种语词与一种语词构成了文学；

一种语词与一种语词构成了经济；

一种语词与一种语词构成了军事；

一种语词与一种语词构成了幸福；

一种语词与一种语词构成了灾难；

一种语词与一种语词构成了爱情；

一种语词与一种语词构成了诅咒；

一种语词与一种语词构成了滥觞；

一种语词与一种语词构成了最终的审判。

是语词让整个世界分类了，完整了。是语词让世界清晰了、混沌了。语词构成了本质，同时也无情地销毁了本质。语词是此岸，语词才真的是彼岸。语词像黄豆那样可以一颗一颗捡起来，语词也是阴影，撒得一地，你却无能为力。语词比情人的肚脐更安全，语词比鲨鱼的牙齿更恐怖。语词是堆积，语词是消融。语词阳光灿烂，语词深不见底。语词是奴仆，语词是暴君。

心平气和吧，我们都离不开语词。我们离不开语词与语词的组合，那是命中注定的组合。

无论你最后获得的，是理解还是误解，是真实还是幻觉，我给出我所能给的，你们拿走所能拿的。

这一给一得之间，若能有某种触动和温暖，其实，也就足够了。

读者爱人物，
胜过爱情节

　　刚开始学着写小说的人，总是纠结于写什么主题、编什么情节，到底什么了不起的事才值得一写；总是把想象力全放在对情节的安排上：接下来会发生什么事？怎样让故事发展得峰回路转、跌宕起伏、出人意料之类的。

　　这样写出来的故事，或许节奏很快，马不停蹄，一直出现各种状况，各种高潮层出不穷。然而，这种"精彩"的故事，看到最后却会让人感觉腻味，因为其中的人物只是为了情节的存在而服务，失去了自身的光彩和立体性。

　　许多小说尤其是类型小说，最容易出现这样的毛病，所以尽管情节写得上天入地，又玄幻又悬疑，又毁天灭地又要死要活，但始终谈不上多么吸引人，写得再轰轰烈烈，也会让人过目既忘。

　　其实，在某一种类型小说刚开始出现的时候，还是有不少好书的，但时间久了这种类型的小说就往往被写烂掉。因为很多人开始有了套路，直奔情节而去，却忽略了人物塑造。

　　他们基本都是套用许荣哲提及的故事的七步公式："目标—阻碍—努力—结果—意外—转弯—结局"，就可以先编织出一个小说的大纲，然后把细节和人物填充进去，一部差不离的小说就可以完成了。

我对类型小说没有贬低之意，类型本身没有任何问题，它们的优劣和高下，就在于其中有没有真实的能够打动人心的人物。

因为读者爱人物，永远胜过爱情节。

不信你想一想你最爱的一本书，或电影和电视剧，你爱它的理由是什么？得到的答案多半都是：我喜欢其中的某个人物，他身上有某种品质，让我感动、欣赏或是怜惜、遗憾，等等。很少有人谈到一部自己喜欢的作品时，只谈情节，而对其中的人物没有感觉。

因为人读书，尤其是读小说，潜意识里是在模拟一种社交经验，是想去体验在不同的世界里与不同人物相处的感觉。虽然它需要架构在情节的基础上，但核心需求仍然是想要获得一种虚拟的相处经验。

我们在小说里看到众生百态，了解到一些行事做人的准则：不可以学这个人，应该学那个人，这个角色的身上有我曾经爱过的谁的影子，另一个角色的身上有我自己的缺点。

由此，我们可以在有限的生命里得到无限的经验，推演出我们可能的命运走向。这才是令人真正心潮澎湃、欲罢不能的关键所在。

所以，小说作者太重视情节，甚至超过重视人物，这是一种失焦。作者真正应该思考的问题是写出什么样的人物。把人物的真实性放在第一位，然后再围绕着人物去编织情节，才会是一个好故事，不然，就永远只会是二流小说。

读书越多，越发对情节复杂的小说不感兴趣，尤其是不喜欢人物被情节扯着走的小说，反而更喜欢一些弱情节的小说。

举个例子，还说《红楼梦》。

有人曾问我，《红楼梦》到底在讲什么，你能不能把它的情节大致讲一下呢？我发现，我做不到。

说它是讲宝黛爱情吧，不对；说是讲家族管理吧，也不是。它看似有情节，其实又没有，像棵大树一样，不断地长出旁枝。大家每天就是做些平平凡凡似乎不值一提的事情，什么看戏啦，赏花啦，逛园子啦，不像很多书的主线情节非常明显，马不停蹄地往前赶。它偏不赶，能花上好几回的笔墨在那里扯闲篇。

其中有很多典型的章回根本就没有情节。

比如第十九回"情切切良宵花解语，意绵绵静日玉生香"，这一回完全没发生任何事，就是着力在刻画人物，刻画宝玉生命中两个重要的女人和他之间的关系。

前半回在讲袭人，后半回在写黛玉。袭人劝宝玉，要长大了，要成熟懂事了。而黛玉呢，却让宝玉又肆无忌惮地重新做回小孩子。两个人躺在榻上，讲笑话，抢枕头，呵痒痒。

在这种扯闲篇里，我们认识了这两个人物：袭人实际，黛玉超脱；袭人老练，黛玉天真；袭人周到又隐忍，黛玉敏感又直接。两个人的性格，被放在同一个章节里，一前一后，两相辉映，在对比中又加强了刻画性格的效果。

另一个我欣赏的作家简·奥斯丁也是一样，她的小说的情节性也是弱得可怜，来去都是一些舞会啦，宴会啦，要不就是草地上散步，你来探望我，我去拜访你。

但是就在这些看似水波不兴的场景里，我们爱上了她笔下的人物，她把我们真实地带回了那个时代，达西、伊丽莎白都好像是活在我们身边的人。

陀思妥耶夫斯基也是一个刻画人物的高手。他的小说，一样是情节性很弱，甚至不只是弱，简直就等于没有。整本书几乎都是人物的谈论，从东扯到西，从宗教扯到道德，从死亡扯到爱情。有时候看了几十页，都还在那一个场景里，还是那一群人围着桌子抓着酒瓶在讲讲讲，此外啥事也没有发生。

但是，请注意，这些对话绝不是废话。对话不是水龙头，而是必须与人物的性格紧紧相连的。一本好的小说，最终的目的就是让其中的人物活起来，活到甚至比你身边实实在在的人还要鲜活，还要生动，还要能够调动你的感情。

一切都是为这个最终目的服务的。所以，情节是刻画人物的方式，对话也是。情节一定是要为刻画人物而服务，否则就是无意义的情节。好的情节，能让读者清楚地看到，一件事发生了，这个人物是如何应对的，他是勇敢的还是怯懦的，是高尚的还是卑鄙的，是智慧的还是愚蠢的。如果是我置身于那个情景之中，我又会怎么做？又或是，我曾经也置身过类似的情景之中，当时我是怎么做的？

情节不需要多，需要的是精准。

反观现在的很多小说，情节各种复杂，主角一天到晚在经历各种奇遇，练成各种神功，碰到各种贵人，当上各种帮主和教主，被各种美女帅哥爱上。这种故事，可以像流水线一样源源不绝地生产出来，不信可以去"起点"看一看，很多作者日更万字都是轻轻松松做到的。这样的小说，情节大同小异，人物也都像戴着面具一样，是千篇一律的。这种小说，就特别适合如今风行的"五分钟带你读完一本书"的模式。

但是，五分钟你根本讲不完《红楼梦》，你要选哪部分来讲呢？讲了起诗社，就要漏掉群芳宴，讲了薛宝钗，就要漏掉史湘云。

《红楼梦》是无法被描述和概括的，你必须老老实实地去读里面每个字，必须都读了，你才能知道作者到底想告诉你什么。

好的小说，都是带你去认识人，认识各种精彩的人。要真正认识这些人物，你就需要付出时间。你必须听他说的每一句话，看他做的每一件事，然后才能在所有的细节里建立起对他的全部印象，你对他的感情，才会有充足的丰富的来源。

如果只追求在五分钟之内就读完一本书，那么你就等于只看到了一个人潦草的漫画像，根本不可能真正认识他，因此，也就错过了这本书最紧要的部分，和没读过没有什么区别。

好的小说，可能情节琐碎，写的是一些看起来毫不重要的事，丫头、媳妇、老妈子，送东西、拌嘴、闹别扭，但我们看着这样的文字的时候，就像在看自己的生命，就像我们的生活，每一天都平凡到好像没有发生过任何事。可是那些琐碎、无聊甚至留白，在生命里都是不能分割的片段，它们构成了我们生命里如此动人的一个过程。

当我们再去看自己的生活，就会发现，和家人朋友闲来聊聊天，讲的可有可无的一些闲话，现在已经完全记不得了，但那都是我们生命里面不可分割的一部分，它们最终成为我们最重要的东西，成为生命本身。

我们都在经历着这样的人生，却不懂这样的作品，也不屑去写这样的东西。就如蒋勋所说："有时候你坐在那边，摆好稿纸，拿起笔来，很慎重地觉得自己要写一个传世之作，写一个惊天动地的事情来，其实最后写出来的东西，大概都是大家不想读的，怪无聊的东西。"

可是曹雪芹在家败人亡之后，他回想自己的一生，确实好像什么也没有做，就在那边吃喝玩乐，看戏，赏花，和姐姐妹妹们消磨时间。但是，这本书今天就变成了我们百读不厌的作品。

因为它有丰盈的血肉，这些血肉是长在骨架上的，不是填进去的棉花，是剥不掉的。

因为文学和艺术从来不应该只是一个大道理，而是生活本身，是

实实在在要去体验的过程。

所以，我们爱这些故事里的人，永远胜过故事本身，发生了什么事，已经没那么重要，重要的是，这些事都是和谁一起经历的。和黛玉一起看《西厢记》，就是幸福又美好，但要是和玛丽苏、龙傲天一起看的话，大概就只想翻白眼了吧。

写作的不是你，
是你身上的"鬼"

　　从小到大，写作的人大概总会被赞几次"文笔好"，这个文笔是什么东西？

　　我上高中时有个同学，经常被人夸"文笔好"，她特别会写一种繁花锦簇的散文，内含各种伤感的情绪，读个一两篇觉得还挺好，读上三四篇，就开始觉得腻味了。终于，有一次在群里遇到，问起她，她说，早就不写了，那个时候写的东西，都是为赋新词强说愁。

　　从那以后，我也不喜欢被人夸"文笔好"了，就像一个女孩子老被人说长得像花瓶，其他好处都没有，大概也是一种悲哀。这个同学，让我懂得了，光有文笔，懂得很多形容词，能够铺陈出一大堆华丽的句子，但深究下去，却如浮光掠影，所写的东西都不过是老生常谈，轻飘飘的，毫无重量，是远远不够的。港台地区有阵子也特别风行这种"文笔好"的作家，但最终能够沉淀下来的、能让你喜欢很久的作家大多不是这种人。

　　因为，写作最核心的东西，不应该是文笔，而是其中的力道。哪怕你不会用任何形容词，哪怕你根本没有任何"文笔"，但你只要有思想，有真实的情感，你触碰到了那个真正打动你的东西，哪怕是用最大白话的方式把它表达出来，都比"文笔好"的文章有价值。

因为写作不只是要在笔头上下功夫，琢磨着到底用这个词还是那个词，而是要在眼睛上下功夫，在脑子里下功夫。

如果说写一篇好文章需要十个小时，那么用在笔头上的大概只要两小时，其他的功夫都要下在眼睛和脑子上。

很多人写作，还是停留在小学生写作文的阶段，挤牙膏一样，搜肠刮肚，冥思苦想，一点点地往外挤。写得那么痛苦，因老是想模仿别人是怎么写的。比如小学生写春游，都是这样开头的："我们怀着喜悦的心情，走进了美丽的公园，啊！一片姹紫嫣红，鸟语花香！"结尾："这真是一次有意义的春游！"

全都是背来的范文，背了一堆所谓"文笔好"的文章，熟极而流，根本不是发自本心。说到眼睛，一定是"眼帘"；说到脑子，一定是"脑海"；说到笑声，一定是"银铃般的"；说到红领巾，一定是"烈士的鲜血染红的"。

为什么没有别的比喻？为什么比喻都如此陈词滥调，新奇而准确的比喻为什么我们写不出来呢？

前阵子我看到"豆瓣"的友邻转发一条广播——"比喻只服张爱玲"，那么，我们就拿张爱玲最简单的比喻来举个例子：

"那扁扁的下弦月，低一点，低一点，大一点，像赤金的脸盆，沉了下去。"

你看，这个比喻，简单朴实，来自非常真实的经验，新鲜直观，完全没有假大空的感觉，看了以后，一轮月亮就如在眼前。但她的比喻，从来只用一次，下一次写到月亮，则换了一个新的比喻："三十年前的月亮，该是铜钱大的一个红黄的湿晕，像朵云轩信笺上落了一滴泪珠，陈旧而迷糊。"

为什么比喻只用一次？因为比喻本质上是一种创意。第一次是原创，令人叫绝，第二次就沦为平淡无奇，第三次再用，就令人厌烦，不免有炒剩饭的嫌疑。更何况，大多数人文章里的比喻，都是抄了又抄，用了又用，简直比前年剩的隔夜饭还要让人反胃。张爱玲是何等骄傲的人，衣服可以多穿几次，但相同的比喻，绝不会再用第二次。

所以她写月亮，同样是月亮，带出的意境却截然不同，跟着心情和剧情的需要而变化。王国维先生说"一切景语皆情语"，写景是为了写情。所以必须先从自己的内心找到感觉，然后投射到外在的景物上，才会有新鲜又贴切的比喻。如果只是生搬硬套，没有内心的泉源，自然笔下干枯而无趣。

周汝昌先生曾如此评价语文教育：

> 那些钝汉，专门将活龙打做死蛇来弄。须知，凡属文学艺术，当其成功出色，无不是虎卧龙跳、鸢飞鱼跃样的具有生命的东西，而不善讲授的，却把作死东西来看待，只讲一串作者何年生、何年卒、何处人氏、何等官职，以至释字义、注故实、分段落、标重点……如此等等，总之是一大堆死的"知识"而已，究其实际，于学子的智府灵源，何所裨益？又何怪他们手倦抛书，当堂昏睡乎？

"活龙"被当作"死蛇"，这就是典型的我们从小学习的作文大法。

所以，要真正写好春游的文章，该怎么写？就要真正地回到那一天里去，让一个小朋友真实地去叙述当时所见所闻所感。你真的感觉公园很美，春游很有意义吗？不一定。

那一天，真正给小朋友留下印象的事，可能是被蜜蜂叮了，好吃的东西被抢了，可能有同学骂人打架了，被老师批评了。当然，也会有很多让小朋友惊奇的景色，但未必是那丛花，可能只是一个小蘑菇。也一定会有很多纯真的快乐，比如在草地上滚了一身泥。

真正该好好去写的、能打动人的、能出彩的，应该是这些。

但是，这样的东西很少被鼓励去写出来。大人总是不相信孩子，觉得这些东西不值得一写，或者总是揠苗助长，希望他们立刻就能写得像范文一样"文笔好"，所以，这样教出来的孩子，长大了也一样不会观察，不会诚实地去面对和表达自己的感情。

于是，一说到写作就特别痛苦，想写的不能写，能写的不想写，于是为了图方便，图省事，这里学一段，那里抄一段，凑个差不离的字数，交了就完事了。自己的感受呢？从来没有被真正地在意过。

这种习惯一直延续到成年，从说话到写作，一切都是现成的官样文字、约定俗成的句子，完全地僵化。同这样的人讲话，味同嚼蜡；读这样的文章，废话连篇。

所以你现在应该知道了，写不好，最重要的原因是你根本不懂观察，不观察外部世界，也不观察自己的内心。别人看到什么，告诉你，你就记住什么，从此闭上自己的眼睛，别人说什么就是什么。这样的人是瞎的，也必然是傻的，没有眼睛，就不会有脑子。

所以"格物致知"，"格"就是长久地、深入地、认真地去观察，除此以外，很难再有别的方法去获得真理和真相。从别人那里听来的，或许轻松，但未必可靠；可以参考，但不能全信；可以用来开阔视野，但不能因此丧失自己的视力。

顾随先生曾说：

议论批评不等于思想，因为不是他自己在讲话，而是他身上的"鬼"在讲话，"鬼"就是传统思想。他说的话，都不是自己的思想，只是"鬼"在作祟。

把这个"鬼"——这些你模仿来的、一切别人的道理和概念，先从你身上赶出去。在空空如也的境地中安静下来，好好地和自己对话，真切地去体会内心的感受：是疑惑，还是恐惧？是烦躁，还是兴奋？无论它是什么，不要急着去判断。

不要满足于给它一个符号，就把它糊弄过去，而是要仔细地看着它，观察它的每一个细节，抽丝剥茧，练眼睛，练你内在的天眼。这是训练自己写作的第一步，真正的知识，自然就会向你呈现。

说来有趣，让我明白这个道理的，不是关于写作的书，而是一本叫作《像艺术家一样思考》的教人画画的书。

书中有个实验令我吃惊。找出一张人像线条素描（推荐毕加索《斯特拉文斯基》），将这幅画临摹下来，之后，再将整幅画倒过来临摹一次，你会发现倒过来临摹的那张，居然比原先那张要好得多。

这个实验，说明了你画不好画，原因并非你对线条和轮廓的把握能力不强，而是你脑中固有的辨别系统在提醒你"这是眼睛，这是鼻子"，你没有办法真正地去观察它，而只是服从你固有的经验在画。

但当你把画倒过来的时候，你的经验就无法辨认出它是什么，这时你的直觉就开始接手，你真正可以开始观察这幅画的原貌，观察它的每一个线条，你对画面的感知力就瞬间变得准确而清晰。

这个实验，让我看到了自己对以往的经验是何等根深蒂固地相信和依赖。我太习惯模仿，太习惯根据事物的某些特征就强行给它们归类，而忽略了它们真正的样子。我把世界简化成了和别人一样的符号，我根本不曾真正认识它。

一般人安于这样的简化，艺术家则不然。艺术是什么？艺术的使命，恰恰就是要抗拒对生活的简化，尽可能复原那些被忽视的、被蒙蔽的真相。**伟大的艺术家都有极好的直觉，他们都如同婴儿一样，能对世界做出真诚而彻底的观察。**

一个小婴儿，当他们睁开双眼，打量这个世界的时候，所见皆色却不知何物，所听皆声却不知何意。一切的真理、一切的知识都需要他们去观察，去探索。

我女儿几个月大的时候，无论对什么都要拿进嘴里咬一咬，拿到什么都要往地上摔一摔。她在用这种方法，真实地去感受世界，去感知它们的颜色、味道和柔软度，感知它们被扔到地上的声音、滚动的样子。她相信自己亲身体验得来的经验和知识。

而这种强盛的好奇心、天真的探索精神，在成年人身上，早已失去。我们眼中的世界，是一个平凡无奇、早已不值得我们感到惊奇和新鲜的世界。我们以为自己早已经掌握了关于世界的确定的知识，所以也就早早地放弃了对世界的观察和思考。

而写作的价值，就在于让人看到这些显而易见却被忽视了的真相。被各种传统和文化洗脑的众生，已经失去了真理、真相，只有好恶。所以，写作者就在这里有了价值。写作者若能练出一双真诚的眼睛，一双剥离了政治、文化、传统、道德、宗教之分别的眼睛，就能把文化、道德颠倒了的真理和真相再颠倒回来，到那个时候，不管你怎么写、写什么，都是新意，都是力量，都有深度。

众生缺的就是这双眼睛。而这双眼睛，才是成全一个好作者的基本功。

而有了真正的观察，自然就会生出真正的思想，人时时刻刻总在思想，思想是不能禁止的，要在观察中思想，抓住思想中真正触动你的部分，让它转出点东西来，否则，就只能是胡思乱想。

存在主义心理治疗大师欧文·亚隆，特别强调关注"当下的力量"，其实也就是强调真正的观察。

他说："当我治疗一个病人，进入了瓶颈期，当我对他感觉到烦躁、拒绝，无计可施的时候，我就知道我的机会来了。我会诚实地面对我的这些感觉，我将和病人一起来面对当下这些困扰我们的感觉，我为什么开始厌烦你？为什么对你无计可施？往往，这就是我和病人关系的一个重要突破口，也会使病人的治疗获益良多。"

不拒绝任何感受，哪怕是负面的东西，哪怕你感觉到的仅仅是麻木和枯竭，它后面也一定藏着某种力量。斯科特在《少有人走的路》中提到心理咨询的一个方法：让病人自由联想，随口说出自己想到的一切事情，不管你认为它有没有价值，如果同时想到好几件事，那就说出自己最不想说的那件事。

这就是一种让人面对当下真实情绪的方法，哪怕是你想隐藏的，但只要是你当下真正的感觉，它就是一个线索，如果去"格"它，你就会有所得。

这一切的背后，除了真诚，不去预设判断，同时还需要一种安静。就像一条混浊的河流，唯有安静下来，才能变得清澈、明晰。就算是要表达痛苦、表达热闹，也要安静，让文字像一条船，在你心中的深河里顺流而下。

这深河就是你从观察中得来的思想、得到的感情。这感情，干枯了不成，拖不起文字的船；泛滥了也不成，只会决堤，丧失方向，淹没表达能力。如果它在你心中，时而干枯，时而泛滥，那么你就要好好地去找找问题所在了，该疏通堵塞的，就去疏通；该筑堤坝的，就要慢慢地筑起来。

　　治心如治水，人一生的努力，无非是为了让心中的河流平静而有力地流淌，干净，没有恶臭，可以载舟，亦可以滋生万物。这是个大工程，需要漫长的时间，毕竟几十年来，它也经过很多天灾人祸。治理的过程，大概也会经常失败，就如一条黄河，从大禹治到现代，才终于服帖。

　　当你心中的河流终于顺畅了，当你把"鬼"都赶走了，当你从眼睛到脑子再到手中的笔，全都干净了，通顺了，写作这件事，自然也就水到渠成了。

唯有我一人逃脱，
来报信给你

　　大江健三郎曾在《小说的方法》中写道："唯有我一人逃脱，来报信给你。我把这句话，当作我小说创作的基本原则。"

　　这句话，来自《圣经·约伯记》，约伯是个义人，因为他的虔诚遭到了魔鬼的嫉妒，魔鬼在上帝面前控告他，上帝于是允许魔鬼去试炼他，夺取他除了生命以外，其余一切所有的，他的孩子、财产，都在一夜之间化为乌有。

　　他的仆人，跑回来向约伯报告这一惨剧的时候，说的就是这句话："唯有我一人逃脱，来报信给你。"

　　这句话，和小说创作又有什么关系呢？

　　这句话里有几个关键字："唯有我"，意味着我是这个事件唯一的生还者，也是唯一可能的讲述者，你唯有相信我所说的。那件事哪怕规模再宏大，亲历者再多，但他们都不可能讲述了，能够讲述的唯我一人。

　　然后，是"逃脱"。逃脱，是某种求生的、挣扎的意志，我曾经活在那个世界里，也险些随着那个世界同归于尽，然而我最终逃脱出来了。尽管无比艰难，但我不甘心就此沉没，不甘心关于那个世界的一切就此湮没无闻，我要逃出来。

逃脱的目的是什么呢？"来报信给你"。报信给所有的读者，报信给那些不知道这个事件的人。报信，就是写作，就是讲述，就是把事件发生的细节一五一十地告诉读者。这是我逃生的目的，是我余生存在的意义，也是我逃生的方式。我的逃生，是为了讲述。而我的讲述，令我能够逃生。

小说家，在某种意义上来说，是与约伯有着同样命运的人。或多或少，他们都曾经被夺走过什么，而且一定是极为珍爱和宝贵的东西。因为失去了这样东西，在他的生命里造成了巨大的伤痕，这件东西虽然实质上已经失去了，却在他的心里变得越来越沉重，成为缠绕生命的重负。

必须找到一个方式，将这个失去的世界拆解，一点点打碎，把心中回忆的碎片，细致地一一取出，再像拼图一样，重新将其还原。唯有这样，才能在心里真正疗愈，彻底放下。

约伯对他所失去的一切无法释怀，他的方式，是向朋友倾诉，向上帝追问，他觉得有某种不公是他必须去理解的。他需要不停地追问，在回忆里去寻找答案。

村上春树曾经在《挪威的森林》开头，提到男主人公或村上本人为什么一定得写这本书："那风景执拗地'踢'着我脑中的某一个部分。喂！起来吧！我还在这儿哩！起来吧！起来了解一下我为什么还在这儿的理由吧！……它们比往常更长时间地、更强烈地打着我的头。起来吧！起来了解吧！所以我才写了这篇小说。"

那个始终在他脑海里踢打的风景，是和直子曾经一起漫步的草原。直子是他曾经爱过的女孩，但她以一种他所不理解的方式结束了自己的生命，从此消失在他的世界之中。尽管过去了很多年，曾经的少年已经成为中年大叔，然而这段过往的恋情仍然顽固地盘踞在他的内心之中。

如果不以小说的方式写出来，这个遗憾就会永远留在他的心里，成为一个黑洞，与直子曾经漫步的那片草原，以后也将永远在他脑中不停地踢打着。他要从那个世界里逃脱出来的唯一方法，就是去了解它，在回忆中还原它的每个细节，把它们从黑暗中拿出来，从潜意识变成可见的意识。

一个遗憾，之所以会长久地留在我们的心中，是因为我们不曾好好地悼念，郑重地告别。所以，当亲人去世的时候，一场隆重的葬礼是极有必要的，它的意义，对于生者来说，远大于死者，而这"隆重"并不是指外在的形式多么复杂，而是要给每个人足够的时间去回忆，去悲伤，去用自己的方式卸下遗憾，如此亡者才能得到真正的安息，生者也才可能卸下重担，向未来前行。

可惜，少有人得到过这样的机会，或曾经试着去认真地对待过这份遗憾。在人们心底的最深处，沉埋着他们失落的世界，不见天日的过往，年深日久，成为一条条沉默而闪光的矿脉，他们背负着回忆的宝藏，却从来不曾认真开采，他们找不到从那个世界里逃脱，来报信给人们的方式。

我不知道，村上的少年时代是否真的曾经历过这样一场无法忘怀的感情。但是，曹雪芹是真正经历过的。我想，《红楼梦》之所以动人，很大原因是来源于此。曹雪芹如同约伯一样，是一个被魔鬼嫉妒的人。他的大观园，那个纯净而安宁的世界，被一场天灾人祸所焚毁，成为一片焦土。

在现实中，他只是个无权无势的书生，他无力挽救，但是他可以讲述，用他的一支笔把那个世界复原，让那些死去的人重现音容笑貌。他深信那个美好的世界不该就此沉没，他用自己的余生，用一字一句，为砖为瓦，来重建他的大观园。而这样的重建，虽然看似虚构，却成就了一种真实之上的真实。从某种意义上来说，他真的拯救了那个世界，他让那个大观园永远留在了人间，比一切物质的存在更为长久。

常有人把《红楼梦》和《追忆似水年华》拿来对比。普鲁斯特和曹雪芹在经历上确有相似之处，普鲁斯特的晚年，长达十四年，几乎都是在病榻上度过的，几乎就是一个废人，用曹雪芹的话来说，就是"半生潦倒，一事无成"。

普鲁斯特和曹雪芹一样，如果不是为了回忆，不是为了讲述，他们活在世上，其实已经毫无意义。约伯在失去一切之后，浑身长满烂疮，坐在灰堆之上，用瓦片刮着自己的身体。最好的时光已然消失，过往的美好已成灰烬，而余生不过是在灰堆之上，苟延残喘。从这个意义上来说，《红楼梦》和《追忆似水年华》都是一本约伯记，都是对上帝的追问，都是用瓦片在刮着自己的灵魂。

其实，不只是小说创作，司马迁的《史记》也是一样。司马迁出生在史学世家，从小就立下宏愿，要著一部通史，为此他从少年时代就开始游历天下，收集了很多第一手的历史材料。却不想，壮志未成，他就被卷进政治风波，受了宫刑。他承受了巨大的屈辱和不公，在人格和尊严都受到严重打击的情况下，他想过一死以成名节，但最后他还是选择活下来，目的就是要写完这本书。

他在《报任安书》中如此写道："假令仆伏法受诛，若九牛亡一毛，与蝼蚁何以异？……人固有一死，或重于泰山，或轻于鸿毛，用之所趋异也。……盖文王拘而演《周易》；仲尼厄而作《春秋》；屈原放逐，乃赋《离骚》……《诗》三百篇，大抵圣贤发愤之所为作也。此人皆意有所郁结，不得通其道，故述往事，思来者。"

因为不甘心就如蝼蚁一般死去，因为不甘心让自己心中的世界沉没，他选择了忍受屈辱，而奋笔疾书。述往事，正是"唯有我一人逃脱"，思来者，所以"来报信给你"。

无论是曹雪芹、司马迁还是普鲁斯特，他们之所以还活着，就是为了写书。写书，就成为他们活着的全部价值、全部理由。加缪曾说："真正严肃的哲学问题只有一个，那便是自杀。"他的意思是，判断人生值不值得活、为什么而活，才是唯一重要的问题。

所以，如果有一天，你觉得生命已经了无价值，你活着只是为了写本书，到了那个地步，我想，你无论怎样都会写出一部好作品的吧。但现实中，大多数人去写作，都只是为"活着"这件事锦上添花而已。我想，这可能就是平凡的作品和天才杰作的区别之所在吧。

这样的写作，还有很多，比如《古拉格群岛》。我也无意再举更多的例子，只是想借此谈谈文学的意义。文学的魔力，在写作者的叙述中被显现出来，那就是，记述能够造成权势的翻转，能够让时光凝固，让时间倒流，把已经消失和毁灭的重新创造出来，并使其永远存在。

这样的力量，就连皇帝也没有，拥有这魔力的，唯有写作者。

中国古时的文人，总觉得唯有出将入仕才是人生正途。学成文武艺，就是为了卖给帝王家，都拼命地想去博取个功名，必须做点政绩，有点战功，才觉得自己的人生具有价值。而文学创作，从来是被摆在次要地位的，诗词歌赋，都只是茶余饭后的消遣罢了。

然而，千百年过去，谁还会念念不忘李白的功劳、苏东坡的政绩呢？他们的生命之所以获得意义，被人们所喜爱、怀念，都是因为他们的诗文，是那些他们从来不曾视为正途的文字。他们用尽一生才华，去苦苦追求的"正途"，却常常失败，无人纪念。而让他们青史留名、永垂不朽的，还是那一份和世间所有心灵共通的感情。

的确，统治者有刀、有剑、有权、有势、有枪炮，他们可以一声令下就发动战争，改变无数人的命运；动动指头，就能让曹雪芹的家族万劫不复，把司马迁的尊严狠狠踩在脚下。文人，在权势的面前，总是脆弱得不堪一击，螳臂当车一般，根本没有丝毫还手的余地。

然而，时间是公正的。时间最终把权力交到了作者的手中。作者拥有书写历史的权力。再不可一世的君王，最终，也还是得靠文人手中的那支笔，才能让自己被后世铭记，获得某种意义上的"永生"。如果不被书写，再伟大的皇帝，也等于从来没有存在过。他们的存留、他们的形象、他们的传说，全在写作者运笔之间，君王们的权势再强盛，也不过维持短短几十年，必定要沉没。

最后，从那个世界里，唯一逃出来报信的，唯有作者，唯有文学。

我的写作，
到底有没有价值？

我的写作，到底有没有价值？

这个问题，是我在写作者的群体里，遇到的最多的一个问题。

其中很多作者，是我一直喜欢的，我从他们的写作里吸收到很多营养。可是，他们对自己作品的价值，却始终充满怀疑，甚至一度因为这种怀疑而放弃了写作。

究其怀疑，大概有以下几点：

1. 我写的东西是最好的吗？如果同样的东西，曾经有人比我写得好，某某大师，写得比我好上千百倍，我又何必写？

2. 我写的东西够独特吗？是不是废话？是不是矫情？

3. 我写这些到底为了什么？有人想看吗？还是我一厢情愿的厚脸皮的絮叨？

4. 如果没人看，或者看的人不够多，或者评价不够好，那我不是颜面扫地，更加证明了自己的无能？那还不如不写为好。

5. 绞尽脑汁，花费那么多时间写作，能得到什么？如果拿这个时间去学炒股，做生意，是不是更有回报？

6. 言多必失，多说多错，不如闭嘴。沉默最高贵。

　　类似这样的怀疑，想举，还能举出一堆来。而这些，还只是写作者的自我怀疑，如果这时再冒出几个路人或朋友打击一下，说你写得不对不好，或者干脆无视你的作品，那么，很多人就彻底放弃再写下去的勇气了。

　　说实话，这都是再普遍不过的想法。

　　可是，它们仍然是有问题的。

　　因为它们无一例外都把重点放在了外部评价，放在了结果导向上，而这个结果导向的标准，又是以极高的要求去设计的。因此，无论你写成什么样，你都不会满意，就算很多人都说你写得不错，你也仍然不会相信，你仍然可能是脆弱的，会被一个差评轻易击垮。

　　以极高的标准要求自己，始终想要控制自己保持高水平的稳定状态，这其实已经是一种病态心理，虽然在我们的文化中，这种心态普遍是被鼓励的，人们认为，这代表了自我要求、自我控制，精益求精。但这种心态过了头，就是有病。

　　说到这里，先撇开写作，举一个其他的例子：厌食症。

　　前不久我看到一则数据，说厌食症早已取代抑郁症，成为导致死亡率最高的心理疾病，可是与抑郁症相比，它的被重视程度却非常低，而且患病者95%是女性。为什么会这样？

　　这是因为社会审美对女性身材的病态要求，满大街张贴着骨瘦如柴的或是完美身材的模特照，以致很多女人对自己的外形极度自卑，稍微胖一点，就觉得自己在丢脸，已经失去了魅力，失去了一切可能被爱、被尊重或得到成功和幸福的可能。

　　现今社会，越来越多的女孩子苛刻地控制着自己的体重，稍微多吃了一点东西，就会引发严重焦虑，为了缓解焦虑，找回对自己体重的控制感，就开始用呕吐、泻药、绝食等方式来惩罚自己，永远觉得自己又胖了，最后宁愿把自己活活饿出病来，甚至饿死。

这种病症，在明星和名人中更为常见，典型就是戴安娜王妃，而她发病的原因，主要是查尔斯王子出轨对她自信的打击。

越是觉得无法得到爱，或越是觉得只有这一个途径可以得到爱，就越会在这一点上变本加厉地要求自己。最后，这种"自控"反而成了一个怪物，把自己逼上偏执的绝路。

究其原因，不过是为了别人眼中那一点虚幻的认可，认为自己只有足够漂亮，最漂亮，比所有人都漂亮，才配被爱，才配活着，才有价值。

从小，老师就告诉我们，第一个登上月球的是阿姆斯特朗。我们永远只会记住他的名字，第二个登月的人，没有人记得。

从小到大，严酷的竞争世界灌输给我们很多这样的观念："不优秀，就不配活。"但世上的人这么多，第一永远只有一个。也许你曾经登上巅峰，但你怎么可能永远占据第一？不可能每个写作的人都拿诺贝尔奖，每个导演都拿到奥斯卡奖，大多数人的创作难道就没有意义吗？

如果写不到最好，你就不该再写，那么如果你只是个平凡人，不是明星，不是总统，你难道就应该去死吗？

如果只有"最好，最优秀，最漂亮"才能让你感觉到自己的价值，那你的失望和焦虑就是必然的结果，自我怀疑、心理崩溃，也就是迟早的事。

想起中学时代的一个同学，从小到大，在我们那个厂办的学校里，他的成绩都是无可争议的第一名，每一门都是。后来考高中，他考上了我们望尘莫及的一中，大学去了复旦。可是到了大二，他却患上了严重的心理疾病，不能再继续学业，只能被迫休学一年，回家养病。他的父亲说，自从上了大学，他就经常情绪低落，甚至打电话回来痛哭，要不就是不愿意上课，泡在网吧里打游戏。

他说，从小到大，他都觉得自己在学习方面的优势是无人可以超越的，直到上了大学，才发现那里比他牛的同学数不胜数。一张英语试卷，他一个小时才能写完，勉强拿到90分，别人半小时就做完了，而且是满分。一道数学题，他花了整晚都解不出来，别人几分钟就能轻松搞定。而且，那些学霸中，很多比他家境更富裕，长得更帅，出手更阔绰，待人接物更有风度，更讨女生喜欢。于是，他原本对自己的那一点信心，就这样慢慢地被彻底击溃了。他放弃了，厌学了。

无论厌食还是厌学，与很多写作者的自我怀疑是同样的原理。如果，你只是在一个班级中，几十个人里面，想要拿到第一，这可能不难。那时你还能喜欢写作，并且相信自己写得不错。

但是，当你越写越好，你比较的对象就不再是身边那些不会写作的人，而是要面对网络上千千万万优秀的作者，甚至是古往今来所有的大师。就如同厌食的女孩子，她对比的是超模；厌学的同学，他对比的是来自全国各地和他一样从小就在班里占据第一的学霸们。他们自然就很难再对自己满意。

在这样严酷的对比之下，你所有的优秀和闪光点都会被瞬间秒成渣。比如，同样开了公众号，为什么别人篇篇阅读量十万以上，一条广告报价几十万，我的阅读量才几百？为什么那个人一写点什么，就打赏量爆棚，而我辛辛苦苦码了半天的字，连一块钱都收不到？

如果你把焦点不停地放在这些事情上，你就会写得越来越不好，越来越焦虑，越来越怀疑自己。最后，你会认定自己根本不应该去写作，放弃去做点别的，才是更好的选择。

于是，我看到很多作者的才华不是发挥在他们原本擅长的地方，没有用来产出更多更好的作品，而是被这些无意义的怀疑和内耗所消磨，以致好的作者纷纷退场，到处可见没营养的、逐利的文字，这才是最令人遗憾的。

我想到卡夫卡，他是魔幻现实主义不世出的大师，他一样怀疑自己，从不觉得自己的写作有意义，他藏着自己的所有作品，甚至在死前拜托朋友一把火替他烧了。但在他自己看来如此无意义的事，如今对这个世界产生了多大的价值？多少人受到他的启发，无数电影、小说、研究他的学者，都是依赖他的写作生存，更不要提多少人被他改变了人生观。

可这些，在他写作的当下，却是被他深深怀疑的。

相比之下，我更欣赏尼采写作的态度。虽然他在世时，读他书的人寥寥无几，但他始终坚持着写出那些在他心中回荡着的他认为有意义的思考。他坚持自费出版了《查拉图斯特拉如是说》，虽然这本书现在已经尽人皆知，但在当时，读者只有他的几位亲戚和朋友，但尼采仍然一本一本地写了下去。他说："我相信，我的思想有价值，我相信，未来人们会打开我的书，我会有我的读者。我应该为他们而写作。"

我欣赏这样的态度。

不为现在，不为眼前，为你自己写作，为你心中的读者写作。

有人曾经问胡适先生人生到底有何意义。面对这个千古难题，胡适朴素地回答道："你活一日便有一日的意义，做一事便添一事的意义，生命无穷，生命的意义也就无穷了。"

他又说："怕什么真理无穷，进一寸，就有一寸的欢喜。"

而写作，在我看来，就是我用来在真理的大海中航行的小帆船，进一寸，就有一寸的欢喜，写一字，就有一字的快乐。

如果，你忍不住又开始怀疑自己，就回想一下，最初，你是怎么开始写作的。

最初，也许你只是爱读书，也许是爱幻想，你渴望把你所学到的、看到的、想到的一切都描述出来，记录下来，就像一个孩子乐此不疲地在沙滩上堆砌一座沙堡，你喜欢做这件事，它让你觉得满足，你愿意把时间花费在这件让你感觉快乐的事情之上。

但是后来，你逐渐丢掉了这种快乐。就像小王子说的："孩子们坐火车时，只会把鼻子贴在玻璃上，惊喜地看着沿途的风景。而有一天，当你再也不关心这些风景，而只会焦急地关注着目的地，你就成为一个无聊的大人了。"

而我，不想做那种无聊的大人。

哪怕，这就是我写作的唯一价值，也就足够了。

晨

《红楼梦》:
谁能在入世出世间来去自如？

跟人聊《红楼梦》时，总难免被问到一个问题：你是支持黛玉还是支持宝钗？好像这两个人是在竞选总统，你非得有个立场，非得投个票不可。

据我所知，大多数人是支持黛玉的，因为黛玉纯真，不设防，没有功利心，对感情一片赤忱。或有支持宝钗的，原因也大多是认为她"稳重端庄，性格好，情商高，适合娶回家当老婆"之类，多是从实用角度出发。

而黛玉，总是被认为，她在精神层面上，是远远甩开了宝钗好几个层次的。真是如此吗？

白先勇先生曾说，《红楼梦》是集儒、释、道三种哲学精神为一身的大成之作。在我看来，最能将"儒、释、道"三家精神集于一身的人物，非宝钗莫属。

儒家：懂世道

许多人对宝钗的误解，始于宝玉那一句评论："好好的一个清净洁白女儿，也学的沽名钓誉，入了国贼禄蠹之流。"

宝钗劝宝玉好好读书，在仕途经济上用心，却遭了宝玉一顿抢白，被视为沽名钓誉。宝玉将黛玉引为知己，其中一个重要原因，就是"林妹妹不说这样混账话，若说这话，我也和他生分了"。

宝黛两人这一份对名利超然的默契，在我看来，不过是因为他们从来不懂世道，不知人间疾苦。

同龄的女孩子，往往总是比男孩成熟得早。宝钗更是如此。她出身皇商家庭，见多识广，家里开着当铺，赚的就是那些没落贵族、青黄不接的人手里的钱。她看过太多祖上富贵、子孙却走投无路的窘境。

她是真正地见识过人生的。而黛玉和湘云，看到了邢岫烟的当票，都完全不知道那是什么东西，只有宝钗认得。

当两人知道了当票的用处后，感叹道："人也太会想钱了！"完全是"何不食肉糜"的大小姐口气。只有宝钗懂，她见过哥哥强抢民女，打死冯渊，抢走香菱，拆散一段好姻缘，又若无其事地用权势摆平了官司。她见过一众小人物为了求生，围在哥哥身边拍马逢迎。

她太懂得弱者的艰辛与无奈，懂得一朝若沦为社会底层，要怎样辛苦求生，丧失尊严。所以，她劝宝玉在读书上用心，是不忍心看到他今后也落得同样的下场。宝钗太明白这世界的法则、弱肉强食的残酷，唯有变得强大，才能保护家人，保全自己。

这是儒家倡导的精神：君子当自强不息。一个男人，不可能永远不长大，不可能永远躲在父母荫蔽之下生活。如果不想当废物，成人世界中的技能迟早都要学习，主宰自己的命运。

而在当年，锦衣玉食、饭来张口的宝玉，是全然不懂这个道理的。黛玉也一样不懂。等宝玉真正懂得的时候，已经遍尝人世辛酸。

所以，曹雪芹才会写下这么一首《西江月》："天下无能第一，古今不肖无双。寄言纨绔与膏粱，莫效此儿形状！"还能说什么呢？

悔已无益，愧则有余。

黛玉曾讥讽刘姥姥："她算哪一门子的姥姥，叫她个'母蝗虫'就得了。"一个脏字不带，就把刘姥姥损到了骨子里。

黛玉从没想到过，刘姥姥多么不易，为了一家老小有口饭吃，她拉下老脸来贾府打秋风，七十多岁的年纪，还被一群十几岁的小姐太太拿来逗笑取乐。黛玉对刘姥姥，出言如此刻薄，并不是因为她有意嘲弄，而是因为她真的不懂。

刘姥姥尚且能进大观园里来看看，但黛玉从来没有到乡下去过。她不懂一文钱逼死英雄汉是什么滋味，人又能为生存卑微到什么地步，她和宝玉一样，从小不缺物质，以为一切都是天经地义的。

宝玉谈起贾府的亏空，口气轻松："管他呢，凭他怎样后手不接，也不会少了咱们两个人的。"他们理所应当地认为，名利是肮脏的，追求生计是令人不齿的，清白的人，就该鄙视一切营生的勾当，只追求精神生活的纯粹与高尚。

黛玉和宝玉，就像亦舒说的："好人家的孩子，往往天真得可怕。"当刘姥姥大声念出"老刘老刘，食量大如牛，吃一个老母猪不抬头"时，黛玉笑岔了气，湘云笑喷了饭，宝玉笑得滚进贾母怀里，但这时，宝钗在哪里呢？曹雪芹写了所有人的哄堂大笑，对宝钗的反应却一字不提。

我想，当时的宝钗，哪怕嘴角含笑，但是在她的眼睛里，一定可以看到深深的理解和悲悯。

佛家：见空色

宝钗，因为知书达理，宽厚慷慨，待人接物无一不妥，所以，在书中，常被人当作儒家文化的代言人，总推她是儒家体系忠实的信徒，其实不尽然。

她其实是外热内冷的，或者说是外儒内佛的。在她妥帖周到的外表之下，没有人发现，她的内心，早已在暗暗地向佛家的空无上走。

在人们都兴高采烈地为生活做加法时，宝钗已经开始给生活做减法。她从不戴花，被薛姨妈说"古怪"，衣服也穿得半新不旧，屋子里如雪洞一般："一色玩器全无，案上只有一个土定瓶中供着数枝菊花，并两部书，茶奁茶杯而已。床上只吊着青纱帐幔，衾褥也十分朴素。"

在佛教密宗的传统中，最好的闭关修行之所，一是雪山，二是洞窟。雪洞一般的屋子，正如宝钗之心，冷静自律，她生活得简朴清寂，物欲极低，以至平时一向和气的贾母看到她的屋子都忍不住批评："离了格，犯了忌讳。"

宝钗，虽然身在一个热闹绮丽的世界里，却把自己的蘅芜院打造成了一个小小的修行之所，是名副其实的"山中高士晶莹雪"。

顾城曾说："宝钗的空和宝玉有所不同，她空而无我，她知道生活毫无意义，所以不会执留，也不会为失败而伤心；但是她又知道这就是全部的意义，所以做一点女红，或安慰母亲，照顾别人。

"她知道空无，却不会像宝玉一样移情于空无，因为她生性平和，空到了无情可移。她永远不会出家，死，或成为神秘主义者，那都是自怜自艾之人的道路。她会生活下去，成为生活本身。"

金钏投井，王夫人落泪，宝钗轻描淡写地劝慰，看似好像没有一点同情心，可是她却能将自己的衣服拿出来给金钏做妆裹。

王夫人惊讶地问她："难道你不忌讳？"她却笑道："我从来不计较这些。"后来，听说了尤三姐自刎、柳湘莲出家，众人都唏嘘不已，唯有宝钗平静地说了一句："这是他们前生命定。"

貌似无情，却有一种通透，那是看破生死界限的释然。因果轮回，生而向死，死既往生，关于生死，宝钗心中如冰雪般明净。

真正的禅修，并不是非要像妙玉和宝玉一般离尘出家，也不是非要像王夫人一样整天吃斋念佛，供奉香火，不是善男信女们庸俗肤浅的许愿烧香捐银子，以为钱捐得多，功德就自然高。

真正的禅修，应该是从内心深处领会到佛家理论的精髓，由色见空，戒的是"贪嗔痴"，修的是"断舍离"，让内心远离欲望的煎熬，进入真正平和宁静的境界。

虽然黛玉是宝玉的知己，可是，最后真正点化宝玉悟道的人，却是宝钗。是宝钗念的一首《寄生草》："没缘法转眼分离乍。赤条条来去无牵挂。"

只这一句，让宝玉心中一静，懂得了什么是由色悟空，也是这一句点化，才有了他最后看破红尘，跟随一僧一道远离尘嚣，消失在大雪中的结局。

道家：任逍遥

佛家的境界，虽是超脱，然而，在某种程度上，也是一种厌倦。因为看破物质世界的空幻，繁华已经失去了吸引力，所以在内心远避红尘。但这境界中，总有一种自我封闭的意味。

但宝钗并没有停留在"见空色"的境界之中，而是继续向前。越到后来，她的心境反倒越开阔。到了第七十回，四大家族的命运都已经开始露出颓势，人人都心有所感，于是又有了一社，咏柳絮。

在词中，众人明写的是柳絮，其实都是心境的写照。黛玉写："叹今生谁舍谁收？"宝玉写："莺愁蝶倦晚芳时。"探春写："也难绾系也难羁，一任东西南北各分离。"就连一向洒脱的湘云也放悲音："且住！且住！莫使春光别去。"

　　而这时，唯有宝钗，见众人写得声气雷同，且过于颓败，便说："柳絮原是一件轻薄无根的东西，依我的意思，偏要把他说好了，才不落俗套。"于是挥笔写就："白玉堂前春解舞，东风卷得均匀。蜂围蝶阵乱纷纷。几曾随逝水，岂必委芳尘？万缕千丝终不改，任他随聚随分。韶华休笑本无根。好风凭借力，送我上青云。"

　　总有许多迂腐之人，硬要把这首词解读为宝钗的野心。但是在我看来，这整首词，分明有"行到水穷处，坐看云起时"的绝处逢生却又悠然自得的味道。宝钗此时，心胸和视角都到了另一层境界，潇洒积极中，还透着几分倔强与坚强，正与庄子的《逍遥游》中自由浪漫的道家精神一脉相承："鹏之徙于南冥也，水击三千里，抟扶摇而上者九万里。"

　　"好风凭借力，送我上青云。"何等阔朗，何等恣意。世界如此之大，天高海阔，又何必偏狭一地，徒然自苦？宝钗此言，真如长烟一空，皓月千里。胸中的阴霾和灰败，读之一扫而空。

　　子曰："三十而立。四十而不惑。五十而知天命。六十而耳顺。七十而从心所欲，不逾矩。"

　　三十而立，四十不惑，是儒家的懂世道。五十知天命，是佛家的见空色。而到了最后，"从心所欲，不逾矩"，则是道家的任逍遥。

　　如果把人生当作一场修行，那么，宝钗无疑真正领会了修行的真意。当同龄人还在青春的迷茫中跌跌撞撞，为命运的因果患得患失之时，宝钗却早已走过心中的千山万水，站在更远处，向尘世的深处回眸。世路如今已惯，此心到处悠然。八面来风，我自岿然不动。她自曲高，却从不和寡，她的心，在俗世与仙境之间，来去自由。

《乡土中国》:
中国式婚姻，不爱才是天经地义

费孝通先生的《乡土中国》，真是本值得一读再读的好书。

他解释了中国人很多根深蒂固的行为习惯的来处。

但它又不像很多书，一提到"国民性"就是纯粹的批判或嘲讽，他倒没有。他对中国人有踏实的了解，有敏锐的观察，有抽丝剥茧的犀利分析，却没有那种置身事外的态度、对"你国人民"的高高在上的指手画脚。他感同身受，却又不感情泛滥，始终保持着一个学者的理性。

阅读此书，他笔下带出来的这种观世的态度，比他告诉我的知识本身，对我的价值更大。

无法展开评述他的所有见解，本文只挑出他对中国人的婚姻的观察这一点来说。为什么"爱情"这件事，在中国人的婚姻中如此不受重视？中国人的婚姻为什么不需要爱，甚至相当多的人认为没有爱才是更合适的婚姻？

他在书中这样写道：

"中国的家是一个事业组织，家的大小是依着事业的大小而决定。如果事业小，夫妇两人的合作已够应付，这个家也可以小得等于家庭；如果事业大，超过了夫妇两人所能担负时，兄弟伯叔全可以集合在一个大家里。……

"我们的家既是个绵续性的事业社群，它的主轴是在父子之间，在婆媳之间，是纵的，不是横的。夫妇成了配轴。配轴虽则和主轴一样并不是临时性的，但是这两轴却都被事业的需要而排斥了普通的感情。

"我所谓普通的感情是和纪律相对照的。一切事业都不能脱离效率的考虑。求效率就得讲纪律；纪律排斥私情的宽容。"

在他看来，正因为如此，中国人的婚姻和家庭，不讲爱，不讲私情，讲的是纪律，追求的是效率。在门当户对的基础上相亲结婚，立马生一堆孩子，然后女人管家，男人赚钱，如同合作伙伴一样，分工清楚，责任明确。

所以，中国人不讲来世信仰，不讲形而上学，讲的是三纲五常、忠孝义悌、君臣父子、克己复礼。这些都是纪律，是家法。中国人不拜虚无缥缈的神，我们拜祖先，因为这更有利于家庭团结，打造一个事业共同体。中国的夫妇不讲相爱，只讲相敬，女子有着三从四德的标准，亲子间讲究负责和服从。这些都是事业社群里的特色：没有效率，就没有事业；没有规矩，就不成方圆。从古到今，中国的夫妇之间感情的淡漠是一种正常现象。

费孝通先生写道："我所知道的乡下夫妇大多是'用不着多说话的'，'实在没有什么话可说的'。一早起各人忙着各人的事，没有工夫说闲话。出了门，各做各的。妇人家如果不下田，留在家里带孩子。工做完了，男人们也不常留在家里，男子汉如果守着老婆，没出息。有事在外，没事也在外。茶馆，烟铺，甚至街头巷口，是男子们找感情上安慰的消遣场所。"

相反，在西方家庭中，夫妇关系却是主轴。因为《圣经》里关于婚姻，有与儒家传统完全不同的理解："人要离开父母，与妻子连合，二人成为一体。"

夫妻一旦结婚，就组成一个亲密的小团体，共同承担风雨，并不依赖外援。夫妻共同经营家庭，子女在这团体中是配角，他们长成了就离开这团体。对西方人来说，政治、经济、宗教等功能由其他团体来担负，不在家庭的分内，所以夫妇成为主轴，两性之间的感情成为凝合家庭的力量，成了获取生活安慰的中心。

而中国人的家庭则承担了太多功能，要同时解决经济、事业、宗教信仰、社会福利机构等所有需求，所以，父母天经地义地掺和儿女的婚事，儿女天经地义地要求父母给钱买房。所以，在一些相亲节目上，相亲者必须带着父母上场，父母不喜欢，就可以一票否决。因为这不是选择你喜欢谁的问题，这是选择你要找一个什么样的合伙人来加入这个利益共同体的问题。

就像亦舒所说，人们爱的是一些人，与之结婚生子的，往往是另一些人。

结婚生子，对中国人而言，就是一份事业。如同你必须考文凭，必须找工作，你也必须结婚、生孩子、买房子。只有这一切都完成了，你才是一个合格的社会人。做这些事，其实都不需要感情。

考文凭，不需要爱知识。找工作，不需要爱工作。所以，结婚、生孩子，自然也不需要爱伴侣。你只要认清楚，这是你需要做的事，然后拿出做事的态度，按照符合标准的模式，让它发生、存在并继续就算是合格的。

所以，上学时不许谈恋爱，因为感情会干扰成绩，毕业了，马上找工作，相亲、结婚、生孩子，什么时候就该做什么事，当作一个个通关任务去完成。不要去搞那些旁逸斜出的所谓理想、追求、爱好，那纯粹都是瞎耽误工夫，不务正业。

因为爱就是一种感情的激动，它会造成一种紧张的状态，从社会关系来说，感情是具有破坏和创造作用的，感情的激动，会改变原有的关系。要维持固定的社会关系，就得避免感情的激动。感情的淡漠，才是一种社会关系稳定的标志。

稳定社会关系的力量，不是感情，而是了解。

所谓了解，就是指接受同一的意义体系。

这个意义体系，就是文化。

文化，是一种从你出生开始就植进你骨子里的东西。它会成为你今后思考一切、决定一切行动的基础。

也许因为是身处农耕社会，农耕是需要稳定的。需要持续地扎根在一个地方，去播种耕耘，才能有收获。所以我们习惯了面朝黄土背朝天，日复一日，春种秋收，生儿养女，世世无穷，这才是我们所认同的生活的意义。

所以我们骨子里并没有什么自由精神、自我意识，我们认为最好的方式，还是相信家族制、家长制，还是要靠上一个大集体，傍上一个老大，抱个大腿，托个亲戚，搞点裙带关系什么的。让自己融入大集体，过上一种稳定而重复的生活。教育自己当个老实人，要顺从规矩，维持大局的稳定，才是压倒一切的准则。

当然，我们也知道，这世上还有很多不同的文化。

比如很多印度人，他们不在乎今生有多少痛苦，对他们而言活着只是修行，他们认为生活的意义就是为了来世。

我们很不理解，印度人为什么能什么都不在乎，住大街也行，住山洞也行，没吃没喝都无所谓，天天在脏兮兮的恒河里沐浴祈祷，这又有什么意义？

同样印度人大概也不理解，中国人为什么就那么短视，像老黄牛一样，年复一年，日复一日地埋头劳作，从不考虑来生，这样的人生又有什么意义？

而这就是文化，就是一种你觉得很傻但别人觉得就是真理的东西。

无论别人觉得你的文化、你的生活意义多荒谬、多没有价值，你自己却深信不疑。它已经成为你的本能，是你不需要经过大脑就会去遵守的世界观。

不按照这套标准生活，你就会觉得哪里不对劲、各种不正常。

你可能偶尔也会羡慕别人的生活方式。但是你心里始终觉得，还是回到自己熟悉的那套模式里，才最安全、舒服。

比如，我们抢着考公务员，进事业单位，渴望有一个编制和铁饭碗。不这么做，你就会恐惧，没有安全感，没有文化认同感。

但对原生在那种文化里的人来说，那才是他们最自在的活法，是最正常的生活方式。

所以，也许可以说，大多数的人从出生开始，命运就是注定的，被文化注定的。只有极少数敢思考敢行动敢冒天下之大不韪的人，才能活得与众不同。

从婚姻，扯到文化，我大概扯得太远了。扯回来说婚姻。

这本《乡土中国》成书于1948年，背景也主要集中在乡村，所以，和今天的中国社会现状有一些不同。

今天中国人的婚姻和感情，一方面受着传统中式文化和家族文化的影响，一方面又接受着西方爱情观和婚姻观的洗礼，使我们这一代人在恋爱、结婚、生孩子这些问题上显得尤为艰难，问题频出。我们与原生家庭、与父母观念的冲突也越发激烈，这也造成了我们这一代人的一种挥之不去的焦虑和迷茫。

　　每到过年过节回家团聚的时候，就是这种矛盾集中爆发的时机。我们一边在心中渴望亲情，渴望与父母团聚，享受天伦，一边又渴望过上自由自在的生活，脱离家族的束缚，成就自我价值，这使得我们更难和父母和平相处。同样，我们一边羡慕着白头偕老的婚姻、结婚生子的安稳，一边又难以忍受没有感情、只讲究效率的冷冰冰的家庭机器。

　　我们在传统和现代、东方和西方的撕扯中无所适从，进退两难。

　　我们无疑是被撕裂的一代，却也注定只能在撕裂中前行，承受撕裂之痛。

　　这种痛苦，不同于上一代人遭遇"文革"和物质缺乏的痛苦，也不会同于我们的下一代迷失在娱乐至死的浮华中的精神空虚的痛苦。这种痛苦，是我们独有的，我们作为同一代人，虽然能够彼此理解，但自己的问题，只能自己承受，自己去消化，去做出自己的选择，并承担它所有的结果。

　　中国式的婚姻，在我们这一代人身上，已经走到了分水岭：有人向左，有人向右，有人干脆不选。

　　爱，或不爱，哪一个才是天经地义的呢？

　　书里没有标准答案。

　　你的人生，只有你自己说了算。

《浮生取义》:
中国式自杀，要人命的家庭政治

在关于自杀行为的研究里，一直有个困扰很多专家的问题，就是"中国式自杀"，因为中国的自杀数据太奇怪了，它和西方国家的普遍调查数据表现出极大的差异，主要集中在以下三方面：

1. 男女比例：西方国家的数据显示，自杀的男人比女人要多出两到三倍，而中国的自杀者则是女性比男性高出25%，而且自杀者多数是年轻女性。

2. 与精神疾病的相关性：西方的数据显示，自杀者中90%以上都患有精神疾病，而在中国的自杀者中，仅有63%左右的人患有精神疾病，也就是说，有1/3以上的自杀者是没有精神疾病的，与疾病的相关性，明显比西方国家弱了许多。

3. 中国农村的自杀率明显高于城市的。这一点也与西方数据有很明显的差异。

那么，究竟是什么原因导致了如此特异的"中国式自杀"？从中国农村走出的哈佛学者吴飞，针对这些疑问，做了一次关于"中国式自杀"的田野调查，实地走访案例达数百个，最终他的调查结果就浓缩在这本我刚刚读完的《浮生取义》中。

但是，读完此书，你会发现他调查的结果却不仅仅指向自杀，而是着力于探寻中国文化背后一套独特的"家庭政治"的潜规则。这些潜规则，长期影响着中国人的生活，统治着人们的意识和行为，却不曾被清晰地总结和认知过，家庭中那些隐秘的权力游戏，使许多中国人耗尽了一生的力气与心血，受困受厄于此，却不曾有过多少反思和改变。

当然，家庭政治不只有中国才有，但与西方相比，中国人没什么超验信仰，中国人的价值大多是实实在在寄托在可见的今生之上的，对于终极、存在、信仰等概念没有西方社会的觉悟那么深刻。"子不语怪力乱神"，中国传统的儒家文化信奉的是"家天下"，很少有神法能够来约束人间的是非，家庭在中国的地位如此之重，以至人们普遍认为需要通过组建、经营家庭生活来证明生命的意义，通过经营家庭来体现自己为人的价值，来赢得社会身份和他人的尊重，在农村，这一点体现得尤为突出。

中国的家庭政治，无疑对女性的影响更大。男性大多还可以通过其他方式获取社会尊重和人格地位，而女性几乎把自己所有的筹码都压在了家庭上，因此，中国女性对于家庭政治游戏就更为上心，更加无法承受在家庭权力中的失败，父权社会中的性别差异，是导致中国妇女容易自杀的根本原因。

相比之下，西方人活得更为自我，更为关注个人价值的实现，在西方观念中，自杀常常是绝望和自我否定导致的，而绝望往往是抑郁等精神疾病的主要特征。吉登斯曾在《社会学》中提出过，西方人自杀的两个动机，一方面是出于耻感，即承认自己失败，另一方面是出于罪感，即把自杀来作为忏悔罪过的方式，二者都有很强的示弱和自我否定的成分。

而中国的自杀现象并不是普遍地与精神疾病相关，主要是因为它的动机不但不是示弱，不是自我否定，反而是以争取正义为主要目的，是为了在家庭的权力争夺中告诉对方，自己不是没理的，不是软弱的，所以才要以死相拼。

自杀不是一种自我放弃，而是一种反抗的手段，是为了成就自我价值的一种方式，中国式自杀，涉及的核心问题是"正义"，因此，这本书的名字才叫作《浮生取义》。

那么，人们在家庭生活中最在意的"义"到底是什么？

吴飞把这个"义"理解为"道德资本"。家庭成员对权力资本的争夺，大多是围绕着获取"道德资本"的方式来进行的。道德资本的积累，是为了决定在一个家庭里，谁更应该受到尊重，谁说的话更管用。人们都希望自己有更大的发言权，或至少得到更多的尊重，权力游戏是就此展开的角逐。

于是，在家庭中的付出、容忍，都成为一种积累道德资本的方式，当自认为已经积累了足够的道德资本，却没有得到足够的权力和尊重，没有使得家庭成员按照自己所期望的方式去对待自己时，就会被激发出深深的"委屈"，这种委屈就会导致争吵、赌气，如果仍然得不到满足，就有可能演变为"自杀"，民间将之总结为"一哭二闹三上吊"。

中国的电视剧里，就常年播着那种受尽委屈的卖惨的小媳妇角色，但无论她受了多少委屈，最后都会有一个大团圆的结局，会给她的道德资本一个合理的回报，这种影视剧在农村妇女中的收视率长盛不衰，就因为它完美地迎合了这种心理需求。如果你了解"道德资本"的概念，那么对很多看似突然的自杀现象也就找到了合理的解释。

书中的素荣，就是一个典型的例子。

素荣的丈夫是个混混儿，酗酒，赌博，玩女人。素荣在家里操持家务，照顾公婆，这无疑让整个家庭的道德资本在严重向她倾斜。因此，她可以无所顾忌地指责丈夫，让公婆也对她抱愧，她更可以对家里大小事都说了算，这个时候，虽然她过得很辛苦，甚至很痛苦，却始终没有起过自杀的念头。

她的自杀，发生在她哥哥被关进监狱之后。为了救出哥哥，她拿出了家里的全部存款，还借了几千块钱。但是，从此以后，她在家庭中的地位一落千丈。丈夫抓住了这个把柄，就经常讽刺她"说我不过日子，你不也一样吗"，甚至儿子在找她要零花钱的时候都会说"凭什么钱能给舅舅，不能给我"，于是，素荣自杀了。

素荣的自杀，看似突然，实际是一种必然。一方面，拿出家里的存款去救哥哥，使得她在自己小家庭中的道德资本被透支了，她从前一直是权力游戏的常胜者，所以对此心有不甘；另一方面，自杀更是她积累道德资本的终极方式，是一种对委屈的报复或矫正的手段，其后隐藏的往往是一种"我死了看你怎么办""我要让你后悔""我要让你屈服""要让你承认我是对的、你是错的"，意在以自己的死来使对方认识到自己的重要性，以这样的方式来确立自己绝对"正义"的地位。自杀，就成为她最终在权力游戏中取得胜利的一张王牌。

值得注意的是，她之所以对游戏的结果如此看重，是因为一场游戏并不是独立的谁对谁错就可以了事的，它的胜负，带来的可能是道德资本的重新分配，进而影响到以后的博弈，所以家庭政治是环环相扣的一系列权力游戏。

不仅在农村，城市里的家庭也一样在实践着道德资本的法则。甚至，很多情侣都不曾意识到，一些陷入僵局的关系症结大多在于道德资本分配不均匀，这是一种"准家庭政治"，在越认真的情侣关系中越容易发生。

一开始，双方都拼命对对方好，但却不自觉地把这当成了一个累积道德资本的过程，当累积到一定程度时，就自然地认为自己已经拥有了某种要求回报的权力，在对方达不到自己的期望的情况下，权力游戏中残酷的矛盾就逐渐凸显出来，互相伤害也就从此开始了。

大多时候，有一定教养的人，不会以自杀这种极端的方式来博弈，毕竟风险太大，但却经常用赌气的方式来展现自己的道德资本，比如表现为沉默、冷战，严重时或许还有绝食等自残行为。它的潜台词是："我希望你按照我的心意做一件事，但是我不说。你应该自己窥见我的不满，而思考自己究竟哪里做得不对。我已经对你付出了很多，我所掌握的道德资本足够要求你这样做。但是我不能明说，因为一说出来，就变成了我在要求你，我的道德资本就被消耗掉了。你必须自己去领悟，并且以我应得的方式来回报我。"

但问题在于，一方所坚持的"义"的标准，却未必是另一方所赞同的。有一个这样的故事，说某人开了所射箭学校，声称凡来学习者每射必中，次次十环。他的方法就是先让学生拿着箭往白墙上射，然后在射好的箭周围画上十环的靶子。这听起来很可笑，但这就是现代人对"义"的认识的真实光景。

现代社会的价值观如此强调包容和多元，对任何标准都可以讲出一堆辩证的理论来证明它的漏洞和不完整，所以人们已经学会了先随心所欲地作为，然后再设立一套"自义"的标准来给自己奖励一个"十环"。在一个只有"自义"而没有"公义"的世界里，难有一个真正有权威的标准来衡量到底谁才真正符合那个"义"，因此谁手里的道德资本随时都有可能贬值。也因此，现代人的人际关系也就变得更容易失衡，更容易一言不合就分手、离婚、取消关注、拉黑，老死不相往来，从此孑然一身，抱着自己的"十环"孤独终老。

人们对"义"的概念总是难以达成一致，因为大多数人期待的"义"并不是真的绝对公平，其实是总超过自己所应得的而不自知。所以情侣之间始终觉得委屈，都认为自己迁就包容了对方，但每一次的包容又不是真的包容，而是无形中又使自己增加了更多的道德资本，下一次双方的心理失衡就可能更为严重。所以我特喜欢看哈佛大学的政治哲学课《公正》，反复看了很多遍，如果不了解，不曾认真思考过何为"公正"，人就很难处理好与他人、与世界的一系列关系。

扯得有点远了，还是再说回"赌气"的问题。赌气一定是坏事吗？未必。赌气虽然是一种任性的做法，但也有其积极意义。"气"这个词有非常微妙的意义。人们确实会用"气节""气性""浩然之气"这样的词来正面肯定人格的价值，"赌气"有时确实会被看作"有骨气，有自尊心"的表现，通过赌气，一个人维护了自己的人格，表明了自己不是随便就能被欺负和作践的。

但赌气毕竟是赌，是以否定性的方式表达人格价值，表达对委屈和羞辱的拒绝，无论这场赌博是输是赢，最终都是两败俱伤。从长远的角度来看，赌气不仅伤害自己，也伤害与自己亲密的人，哪怕赢得了空洞的自尊，但谁也过不上幸福的日子。如果人们整天只执着于寻找可资利用的道德资本，以战胜对方为目的，那彼此的关系无论如何也处不好。因此，权力游戏的胜利，并不是决定一段关系是否幸福的根本因素。

当然，这种"以气成人"的方式，也和中国另一种特色文化"面子"息息相关。

"面子"这个概念可算是中国文化对世界社会科学的最大贡献了，许多外国学者都对此做过深入的研究。学者胡先缙曾给"面子"下过这样的定义："面子"代表的是在中国广受重视的一种声誉，是指在人生历程中步步高升，借由成功和夸耀而获得的名声，是个人努力或刻意经营而积累起来的声誉。

面子是中国人"成人"的一个重要准则，它特别需要通过获得别人明显的尊重，才能体现出自身的人格价值。因此，中国的人际关系，包括家庭政治中都常常涉及"给不给面子"的问题，因此就更加催发了中国人需要在维护、获得、给予"面子"的过程中形成人格，这被吴飞总结为"以面成人"，它和"以气成人"一起，造就了中国人独特的行为模式以及自杀的动机。

那么，中国人是否只能在"以气成人"和"以面成人"的封印之下兜兜转转，不得解脱了呢？当然不是。

除了"赌气"和"要面子"以外，更好的方式当然是"以理成人"，这个理，指的是"理智"。一方面，想清楚究竟怎样才对大家最有益，抓大放小，以免陷入琐碎的意气之争；另一方面，不要对权力游戏太过认真，胜负得失并没有太大意义，不是生活的目的，也不能真正成就人格。只有透彻地理解了生活，变得温柔、平静，踏实而缓慢地一步步靠近幸福，才能成就真实而完满的人格。

还有一点很重要，就是"以礼成人"，越是亲密的关系，其实越需要"礼"的维持，这一点也是很多人所忽视的。古人说"举案齐眉，相敬如宾"，家庭中的"礼"未必是某种虚张声势的仪式，而是建立在情感的基础上，通过适当的沟通、谦让、表达尊重等方式，去平衡家庭成员之间的道德资本，不使其过度倾斜，使人们在家庭政治中各得其所，达到权力的平衡和相互尊重，才是合宜的相处方式。

说到底，其实"义"，就是"宜"。

归结为一句话，家庭政治的真正赢家都要懂得："缘情制礼，因礼成义，以理成人。"

《虚无的十字架》：
寻求救赎的三种方式

　　东野圭吾的推理小说，这些年真是红透半边天。究其原因，我想是因为他兼顾了以下几点：情节设置巧妙，比如《嫌疑犯X的献身》；语言平实流畅，读起来十分顺滑，少有烦琐的场景描写或是深沉的理论分析；人物性格鲜明，情感剧烈，比如《白夜行》中的雪穗。

　　除此以外，他还很擅长小说结构的编织，比如设计两条情节作为纵线，其中再穿插几个人物，连接起来，作为横线，最后汇聚到一起，收一个漂亮的结尾。很典型的代表就是《虚无的十字架》。

　　这本书似乎读者不多，但它是东野圭吾作品中我最喜欢的一本。它的情节谈不上激烈，也不能说多么巧妙，但它让我看到了东野圭吾对思考疆域的拓展，他通过这部作品，对现行法律做出质疑和挑战，同时也在试图引导读者进入更高维度的思考，甚至是走向宗教命题的思考。

　　故事开始于一位母亲：小夜子。她曾经是日本无数家庭主妇中最平凡的一位，但五年前，因为把女儿爱美独自留在家中，导致了孩子被虐杀。从此她的人生就跌进了深不见底的深渊。

　　她为了寻求内心的救赎，与丈夫离婚，成为一名独立调查记者，也成为死刑坚决的拥护者。之后的五年里，她调查了无数案例，写下一部充满坚实论据的作品，只为了说明一件事：法律是虚无的十字架，如果只是把杀人犯送进监狱，他们被释放后犯罪的复发率是50%甚至更高，杀人犯在监狱里根本不可能被改变，他们不会忏悔。她认为，监狱改变不了任何人，既改变不了罪犯心中的罪恶，也不能安慰被他所伤害的人，唯有死刑，唯有偿命，才能赎罪，才能告慰遗族，唯有死刑，才是对杀人犯唯一公正的十字架。

而小夜子多年来，其实也一直把自己钉在十字架上，她曾说，因为不能保护女儿，她再也没资格做母亲。这种自责将缠绕她一生，她对杀人者的仇恨，其实也是对自己的恨，她把对死刑的寻求，作为她救赎自己也对女儿谢罪的方式。

很多人认为，东野圭吾想通过这部作品来探讨的是死刑到底应不应该废除。但它的意义远不止于此。死刑只是一个表面的法律，在法律之下，纠缠着的永远是人们的深情、利益、欲望、仇恨该如何真正得到释放和妥善的安置。

提到十字架，我们会第一时间想到基督教。十字架实际上是一种刑具，而如今，十字架却成为一个救赎的记号。这揭示了一个可怕的真相，人们是通过什么来救赎自己的？答案很残忍，这救赎，是建立在别人受到伤害和死亡之上的。唯有杀人，才能救自己，要让自己快乐，就必须让别人痛苦。

比如这个故事中的两对父母，第一对是高中生，他们亲手把自己的婴儿钉上了十字架，以为可以从此拯救自己的前途、声誉，维持一个平静的假象。而另一对则情有可原，但他们所寻求的救赎也一样是要把凶手钉上十字架，必须要用这样的方式来救赎自己的悲伤、痛苦和失去挚爱女儿的绝望。

整个人类社会，也莫不如此。首先是被伤害，然后为了让这种伤害得到补偿，就再伤害回去。于是，不少战争都有了正义的名字，所有的伤害都被命名为救赎，其结果就是伤害不断地呈几何倍数增长，冤冤相报，世世代代无穷尽。这样的十字架，最后到底救赎了谁呢？还是只带来更多的伤害呢？

小夜子终于没有写出的，却在对方律师口中说出来："死刑，同样也是一个虚无的十字架，即便让杀人犯受死，所有人也同样得不到救赎。"

小夜子一心想揭穿法律的虚无，揭穿监狱惩罚的无用。而当她以无可置疑的论据证明了这一切之后，却在对死刑的虚无上失去了勇气，哑口无言。她不敢记录下对方律师关于死刑的观点。死刑，已经成为她的信仰，她完全不敢质疑，生怕把自己推进又一个真正的虚无中，这时她又能从哪里寻求拯救？

她曾以为死刑是对虚无的拯救，是对不公的社会、不公的命运的拯救，而当她终于抵达她信仰的终点时，却不得不再次面对那更大的虚无，她就像一个收到礼物的孩子，期待其中有拯救，但当她一层一层地拆开礼物的包装时，却发现其中空无一物，到那个时候，你又可以去剥掉什么？

她费尽全力让杀死女儿的人被判了死刑。犯人蛭川在临死前没有一丝悔意，没有一丝对自己所犯罪孽的反省，有的只是对审判过程筋疲力尽的麻木，有的只是对人生的绝望和只求速死的心情。蛭川死后，小夜子仍然没有得到救赎，她甚至更加痛苦，因为连仇恨的目标也失去了，她原本投射在蛭川身上的仇恨，现在全都指向了自己。

而那对曾亲手杀死自己孩子的父母，也把仇恨指向了自己。纱织的方式是自我毁灭式的，极度地自卑，极度地回避，用各种方式折磨自己。而史也的方式是还债，他开始努力地救别人的孩子，甚至娶了一个想要自杀的孕妇，只是为了救下她腹中的孩子。他们是把自己钉上十字架的人。

这是救赎的两种方式——钉上别人或钉上自己，但东野圭吾用书名概括了这一切：虚无的十字架。他是悲观的，可见，对这两种救赎方式，他都不觉得有效。

然而，这世间还有一种救赎方式，是一种满有宗教情怀的救赎方式，它同样需要牺牲，需要死亡，需要付出代价，只是这一次，付出代价的不再是自己或他人，而是另一个愿意为罪恶付出代价的人。在佛教中，这叫作"舍身饲虎""我不入地狱，谁入地狱"，而在基督教的文化里，这种救赎更加明显，耶稣基督承担了世人的罪孽，被钉在十字架上。

耶稣的十字架，是历史上最著名的十字架。耶稣为什么要上十字架？他是一个毫无罪孽的人啊。《圣经》里说，耶稣上十字架的目的，就是用爱把虚无钉死。他没有亏欠人，却愿意付出生命，被人钉死。他像羔羊一样被牵到宰杀之地，在屠刀之下默默无声。

看似不公，一个无罪之人被钉上十字架。其实被钉死的是以恶报恶的死循环。一个人如果执迷于将别人钉在十字架上，或认为自己有权力将别人钉在十字架上，那么，有一天，在这条仇恨和鄙视的生物链之上，他也就难免被人钉到十字架上，更难免的是最终把自己钉到十字架上。

所以，耶稣说，终止仇恨的循环，只有付出与之相反的力量。不该死的人死了，不该被爱的人得到了爱，不该被原谅的人得到了原谅，这是一种不可思议的恩典，伤害从这一刻开始被弥补。只有在那时，人才会看到自己的可怕，也只有在那一刻，仇恨的力量才能被消减，冤冤相报才能停止，人性才能得到反转，得到光明和救赎。

《圣经》里写道："罪的工价乃是死。"仿佛罪是有生命的活物，它只要被创造出来，就自行工作，而且必须拿到它的奖赏，那就是死亡。你若不死，就一定有人为你而死。如同王尔德在《道林·格雷的画像》中写的一样，有一张画像承受了所有的伤害和衰老，才使道林能够青春不老。这世上本没有轻松的生活，你若感到轻松，那一定是有人在为你负重前行。

在俄国的文学中，总是贯穿着强烈的关于罪与罚、牺牲与救赎的主题。比如陀思妥耶夫斯基的小说《白痴》里的梅诗金公爵，就是个像耶稣一般的人。他怜爱着每一个人，总是卷进与他无关的爱恨情仇中，他牺牲自己的利益，去化解别人的仇恨，他的善良和无私，温暖了那些曾经被侮辱和伤害的、心如铁石的人，人们开始拥抱，忏悔，彼此谅解，泪流满面。当然，梅诗金并没有能够拯救这个世界，但是他的存在让这个世界变得更加温暖，他用微小而正面的力量，去试图抵消掉黑暗与寒冷，他是这个世界可贵的光。

这种救赎，并不只是靠公正，并不只是以牙还牙，它比公正还多出那么一点东西。它还有爱，有恩典，有希望。它带来有效的、有力的、能够治愈人的东西，这样的十字架，似乎比法律、监狱、死刑的十字架，更能启发我们重新思考仇恨与伤害的出路到底在何方。

《月亮与六便士》：
创造冲动与残酷现实的较量

当有人请我推荐一本小说时，我首先想到的，总是毛姆。

当然，很多评论家会认为，相对于雨果、托尔斯泰、卡夫卡这样的大师级作家来说，毛姆尽管创作了不少广受欢迎的小说，但最多只能归属第二梯队，挤不进第一梯队。

的确，我同意这个论断，毛姆的作品往往聚焦于很小的视角，没有宏大的历史背景，既缺乏古典小说里那些技巧高超的工笔描摹，又没有现代小说里对新形式探索的热情，他的写法，总显得过于中规中矩，太容易被读懂，也没有隐藏什么高深的东西值得评论家们一再挖掘。

但毛姆的优势在于他太会讲故事，他懂得如何引人入胜，不会像许多大师的作品那样，往往要读个几十页才能渐入佳境。毛姆的作品节奏明快，从不在一些细节上盘桓过久，而且他总是把自己也带入故事，成为一个角色，把故事里的主角们都写成自己身边的熟人，所以，读他的小说，颇有一种听朋友聊八卦的愉快和亲切。

但毛姆最特别的还是他那种英式冷幽默的腔调，时常冷不丁地蹦出一两句犀利又毒舌的评论，比如当斯朱兰太太被丈夫背叛，悲痛欲绝的时候，毛姆并没有被她的悲伤感染，而是略带讥讽地在心里嘀咕："她穿着一身黑衣服，朴素得近乎严肃，使人想到她的不幸。尽管她悲痛的感情是真实的，但却没忘记使自己的衣着合乎她脑子里的礼规叫她扮演的角色。我为人类的这一习惯感到惊奇。"一语道破这悲痛的表演性，使这个悲伤的场景带上了些许荒谬的色彩。

但有时，他又表现得异乎寻常地宽容："我们为自己的一些荒诞不经的行为遮上一层体面的缄默，我想这并不是虚伪。"好一个英国人。

而更多的时候，他体现出高超的艺术鉴赏力，他懂得什么是真正的能够打动人心的美："人们动不动就谈论美，实际上对这个词完全不理解，这个词已经被用得太滥，失去了原有的力量，因为成千上万的琐碎事物都分享了'美'的称号，这个词已经被剥夺了它崇高的含义。一件衣服，一只狗，无论什么东西，人们都用'美'来形容。所以当他们遇到真正的美时，他们反而认不出它了。他们用来遮掩自己毫无价值的思想的虚假夸大使得他们的感受力变得迟钝不堪。"

他的视角很冷静，无论他多么喜欢或不喜欢一个人物，他的姿态永远是平视的，不卑不亢，将人物的优点和缺点全面呈现，他呈现的人物永远是个性复杂的，很难被真正地归类到底是好人还是坏人，正如他自己所言："我那时还不了解人性多么矛盾，我不知道真挚中含有多少做作、高尚中蕴藏着多少卑鄙，或者，即使在邪恶里也找得着美德。"

毛姆是个好老师，但他从不说教，他只负责创造出鲜活的人物，像许多雪亮的镜子，把他们陈列在一个房间里，然后邀请你走进来，照一照你自己，很多东西也就尽在不言中了。《月亮与六便士》就是这样一间能让人照见自身的房间。

《月亮与六便士》是一本画家的传记，它的原型人物是高更，在书的开头，毛姆便抛出了对斯朱兰的结论："时至今日，很少有人觉得斯朱兰不伟大。"

　　斯朱兰伟大吗？或者说，高更伟大吗？当然，很多人都会认同他是伟大的。理由是："高更已经成了一个名画家呀，他的一幅画可以拍到上亿元，所有的作品不是在博物馆里，就是被顶尖富豪收藏。他只要动动画笔，就能挣来别人一辈子赚不到的财富。他当然伟大了。"

　　确实，在这个时代，人们已经学会了用金钱来衡量一切，衡量一个人的力量，衡量一个人的才华，甚至是衡量他的品德。然而，我不是因为这一点觉得斯朱兰是伟大的，不是因为他名利双全，不是因为他流芳百世，而是因为，从他的人生中，我看到了人类灵魂的爆发力，我看到了那不可征服的生命力和创造力。

　　斯朱兰在书中刚出场时，还是个股票经纪人，他有贤惠美丽的太太、一双乖巧可爱的儿女、气派的公寓、稳定的工作、体面的社会地位，还有许多这个阶层的朋友。他的生活可算中产阶级的典范，他是许多人羡慕的对象。

　　这样的日子，应该是稳定的、平淡的，但是我们在斯朱兰的身上看出了某种不和谐、某种争战和角力，首先是他的外表："他四十来岁，虎背熊腰，手足硕大，晚礼服穿得挺别扭，活像个为了赴宴而乔装打扮起来的马车夫，眼睛很小，胡子刮得精光，一张大脸似乎很不自在地裸着，组合起来实在不算好看，甚至拿不出手。"

　　他的外貌原始而粗放，却被束缚在优雅的晚礼服之下，是那么矛盾和别扭，上不了台面。他在这个本该放松和自在的环境里，显得那么拘谨和不自在，好像在和什么东西进行着无声的角力。

　　大家对斯朱兰的印象是，整个人平庸无奇，显然没有社交才能，也没有一点能让自己从人堆里出挑的特长，没有存在感，他也许是个有用的社会成员、一个好丈夫、好父亲、诚实可靠的经纪人，也许你会敬重其人品，但是肯定不愿意和他做伴，因为没理由在他身上浪费时间。

可就是这么一个人，在不久之后做出了让所有人大吃一惊的举动：离家出走。他绝情地甩掉了太太和孩子，一个人去了巴黎，躲在一个阁楼里开始学画画。

当毛姆受斯朱兰太太所托，前往巴黎去质问斯朱兰的时候，毛姆苦口婆心地劝他，你都一把年纪，四十来岁了，现在才开始学画画，能有什么前途？你永远出不了头，你会一生潦倒。而斯朱兰说："我必须画画，非画不可，由不得自己。落水的人不管泳技好坏都要游，不游就会被淹死。"

驱使他走出这一步的是一种纯粹的创作冲动，在他的内心，似乎有某种剧烈的力量在挣扎，似乎有某种无比强大、无以抗拒的东西控制了他，让他难以自拔，就像魔鬼附了身。他灵魂深处藏着某种创造欲，虽然被日常生活压抑，却像肌体癌组织一般坚持不懈地增生，终于将他完全控制，让他无法抵抗，只能服从。

这种创作欲，始终在与现实发生着残酷的较量。当他还是个股票经纪人的时候，他拼命压抑着内心的渴望，与责任、理性、稳定的生活较量着。而当他最终决定释放创作欲的时候，这较量就结束了吗？不，远远没有，只是更残酷。

为了画画，斯朱兰众叛亲离，重病缠身，几乎死在巴黎，后来，他又流浪到马赛。那是一座港口城市，每天有无数的船只往来。他在马赛度过了好几个月的艰苦生活，每天只能住在庇护所或大街上，靠上街捡东西充饥。运气好的时候，他也能干一些给货船做装卸工之类的零工。

最终，斯朱兰因为卷进一场斗殴，逃上货船当了水手，踏上了前往大溪地的旅程，这一年，他已经接近五十岁了。

我常常想象那个场景，一个五十岁的老人，踏上一艘破旧的轮船去寻找一个新世界，而大多数人在这个年纪早已舒舒服服地安定下来，到达了人生巅峰。我似乎依稀看到，在灰蒙蒙的大海上，狂风席卷着海浪，水沫飞溅，斯朱兰看着法国的海岸线渐渐消失，注定再也不会回到那里。他又一次大无畏地踏上了旅程，他代表了人类那不可征服的灵魂。

曾在三毛的《撒哈拉的故事》中读到过，三毛说她第一次到达撒哈拉，就知道那里是她曾经生活过的地方，那是她前世的家园。而斯朱兰遇到大溪地，也有同样的感受：

"那个时候，我正在擦洗甲板，突然一个家伙对我说，喂，到了。于是我抬起头，看见岛屿的轮廓出现在我眼前。我立马就意识到，这就是我毕生都在寻找的地方。我们越驶越近，我感觉自己像是来过这里。有时候，我在岛上徘徊，感觉一切都似曾相识。我可以发誓，我以前绝对来过这里。"

有多少人，曾经穿越千山万水，寻觅自己灵魂的故土。年过半百的斯朱兰终于抵达了。在大溪地，他画出了自己一生最美的画，最后因为感染麻风病，死在了岛上。临死前，他在丛林深处的破败小木屋里，留下了此生最后的杰作。

前去探望斯朱兰的医生是这样描述的：

"双眼逐渐适应了黑暗，他凝视着墙上的彩绘，胸中感情汹涌。他不懂绘画，但墙上的画面不知怎的让他深深动容。四面墙从底到顶是一幅精妙奇特的画卷，奇异而神秘，无法言喻。他差点忘了呼吸，心里充满自己无法理解也无法分析的感情。

"他感到敬畏又欣喜，犹如瞥见鸿蒙初辟，那景象恢宏、性感而奔放，却带着某种恐怖，让他心怯。创作这幅画的人，肯定进入大自然隐秘的深处，探索到美丽又可怕的秘密，知道了人类不宜知晓的东

西。画中有某种原始而骇人的东西，简直不像出自人类手笔，美丽而
淫秽，让医生隐约联想到邪魔。

"看到那幅画，像走进罗马西斯廷教堂。教堂穹顶上的绘画也让
人肃然起敬，那是气势磅礴的天才之作，叫人头晕目眩，不禁感觉到
自己的渺小、微不足道。但你对米开朗琪罗的伟大有心理准备。而在
深山中这座远离文明世界的土著小屋里，这幅画让人始料不及。再说
了，米开朗琪罗神志清明，身体健康，他的伟大作品崇高而肃穆。但
在这里，画面虽美，却莫名其妙地让人心乱，惴惴不安，仿佛明知一
个房间空空如也，却不知怎的总觉得里面有人，叫人毛骨悚然。

"'上帝，天才啊。'

"话语脱口而出，他自己都浑然不觉。

"然后他看见墙角的席铺，走过去，只见有一个恐怖、残缺、瘆
人的东西，那就是斯朱兰。他死了。"

斯朱兰死了。他最后的遗愿是让他的女人一把火烧掉他所有的画
作。他毫不遗憾这样的杰作无缘被世人得知。因为他仅仅是为了画而
画，他满足于创作本身。他令我想起黛玉，在临死之前，黛玉做的最
后一件事，也是一把火焚毁了自己所有的诗稿，那些在春天写下的葬
花词、那些在雨夜写下的断肠诗，她从来没有拿给别人看过。黛玉是
诗魂，为诗而生，她写诗，只是为了自己的心，就足够了。正如斯朱
兰，他是纯粹的画魂，为画而生，画画这件事本身，就是他的幸福。

我想，这大概也是斯朱兰或是黛玉最最打动我的地方，是那种不
计回报、只在乎过程、对生命本身的炽热的渴望。

我始终认为，创作欲的纯粹，对于作者是非常重要的事。所有为
了他人的目光而写的作品，大概终究总有某种目的性，不是为名，就
是为利，总会有某种妥协或不纯粹的东西。而真正最好的创作，一定

是出自热爱，不得不画，不得不写，不得不成为自己，哪怕要与无比强大的残酷现实较量，哪怕这代价是一无所有、灰飞烟灭。

阿富汗裔作家卡勒德·胡塞尼曾经说："有人问我，写出打动人心的作品，秘诀是什么？我告诉他，那就是没有读者。我只为一个读者写作，就是我自己。我只写我真正相信的、必须要写的事。"

再举个例子：《金瓶梅》。在我毕生读过的所有小说里，我不得不说，这是最诚实、最深刻也最无所顾忌的一本书。且不说书中大量为人津津乐道的男女之欢，它对人性的刻画也入木三分。明朝末期，整个官场的黑暗、社会伦理纲纪的败坏、人与人之间的尔虞我诈，它的描写真实到令人触目惊心的地步。

在《金瓶梅》之前，在中国，没有一本小说能够比它写得更彻底，原因是什么？就因为，这是一本纯粹出自创作欲的小说，因为它的作者是匿名的。匿名，就意味着作者在写作之初就已经放弃了创作之外的所有东西，这写作是毫无企图和目的性的。

从此以后，这部作品流芳百世也好，遗臭万年也罢，与作者都没有一点关系，没有人会因此记住他的名字，他也不会因为作品大红大紫而受惠分毫。那么，他为何还要花费这么多的时间和精力来创作它呢？很简单，就只有一个原因："我不得不写"。

这样的创作欲是无法遏制的，比情欲更有力，比爱欲更动人。它是一个人内心生命力的汹涌，是一个人来到这世间，为了成为自己而奋力挣扎的过程。正如一颗葵花子、一颗橡子，虽然能被炒成椒盐、奶油、五香味，也挺好吃的，甚至它们自己也不觉得被吃掉有什么不对的，但它们来到世上，是携带着神奇的基因和生命力的，它们存在的真正价值，应该还是长成一株向日葵，开出金黄的花朵，或长成一棵美丽的参天大树，才不枉作为一颗种子的一生吧。

斯朱兰的一生，就像是一颗快要被炒熟的葵花子，奋力地从众人觉得都很不错的却令他坐立不安的热锅中跳出，跳进土壤，跳进泥坑，再破土而出，承受着风霜雨露，最后生长为一株迎风摇曳的向日葵，纵然他失去了物质的丰富和安稳，却体味到了久违的充实与自在。

斯朱兰苦苦地挣扎过，他曾经犹豫，纠结，彷徨，迷茫，不知道为何自己这么想画画。他将要选择的这条路到底会给自己带来什么，这样的选择，到底是对还是不对？直到最后，这种创作的冲动大到他已经完全不能再思考这些问题，这种冲动令他窒息，来不及等到他做出合理的安排，做出理性的解答，这已经成为一个事关生死的问题。

要么，成为你自己，要么就被生活淹没，如同溺水死去。毫无疑问，他选择了前者，而且从此再也没有回头。

每次当我想起《月亮与六便士》，似乎其他的情节都已忘记，浮现在我眼前的总是这个场景：一个瞎了眼的病人，浑身烂疮，坐在阴暗潮湿的小破屋里。他久久地坐着，面对着那面墙壁，用瞎了的眼睛久久地凝望着他毕生的杰作。这时，他的心中，涌动着的是一种什么样的感情呢？

他会不会回想起他的一生呢？会不会想起当他还是一个孩子的时候，曾稚拙地拿起画笔在纸上乱画，父亲对他说，画画没用，学好数理化才是正经。会不会回想起他后来如何遇到了自己那位美丽的妻子艾米，他们在华丽的教堂中举办婚礼，回想起他们共同度过的那十七年的悠悠岁月，他那两个可爱的孩子在阳光里奔跑的场景？

也许，他回想起了在巴黎生活的那些岁月：没日没夜地在小阁楼里疯狂地画画，没有饭吃，每天只靠一块面包度日，好几次就差点死在那个阴暗的角落里，无人知晓。

或许，他想起了在船上度过的那些时光，年过半百，身无分文，不知要去哪里。蔚蓝的大海，一望无际。在那大海的尽头，他第一眼看到了那金色的岛屿——大溪地，就知道自己注定属于这里。

他会不会想起大溪地风中的花香，会不会想起成群棕色皮肤的土著在火堆边跳起热情的舞蹈？他应该还会想起那海边壮丽的日落，想起夜空中明亮的繁星……

但也许，他什么都没有想。他的心中只有一片宁静。他知道死神已经站在他的门口。他浑身大部分已经腐烂，失去了知觉，但他感到分外轻松，对死亡没有一丝恐惧。他终于画出了他心中翻涌着的让他终生不得安宁的图画，最后，他又要一把火烧毁那些画，赤条条来去无牵挂。

我想起从小就背过的奥斯特洛夫斯基的那段话：

"人最宝贵的东西是生命，生命属于人只有一次。一个人的生命应该这样度过：当他回首往事的时候，他不会因虚度年华而悔恨，也不会因碌碌无为而羞耻。"

从前觉得这话说得太主旋律，现在，年过三十的我才终于懂得，人一生最大的悔恨，莫过于在生命忽然走到尽头时才意识到自己虚度了一生，总在追求着那些其实并不重要的东西，却从没有一刻按照自己内心的期望而活，从来没有努力成为自己，只在人海中庸碌一生。直到生命的沙漏已经所剩无几，才醒悟，才恐慌，才知道"身后有余忘缩手，眼前无路想回头"是什么滋味。

而斯朱兰不属于这样的人。当他用瞎了的双眼，注视着墙上的杰作时，他知道，他曾经梦想的，如今都已经得到，他在这个世界上已经没有一丝遗憾。他曾经义无反顾、心如钢铁地去追求幸福，他这时，终于可以说，他不羞耻，也不悔恨，他对得起自己那仅有一次的宝贵的生命。

《不朽》：
你经得起不朽的审视吗？

前段时间翻了很多阅读软件，都找不到一本米兰·昆德拉的电子书，有点伤感，想不到他已经过气到这种程度了。

从前心情烦乱的时候，就习惯抄起一本昆德拉的书来读。

因为这老头儿很会毁三观，经常在你很抑郁的时候说出让你崩溃的话，但他能把人从当时的处境里面一下子拽出来，迫使你以一个奇特的角度去审视自己的生活，从当时受困的那个价值体系里面拔出来，找到一种洒脱和放松的感觉。

但是我仍然认为，二十五岁之前不要去读太多昆德拉的书，因为年轻人普遍眼高于顶，涉世未深，也没有足够的宽容心，而昆德拉又是一个特别擅长解构和讽刺的人，看多了昆德拉的书就会产生一种错觉，以为自己特别聪明，自然就变得特别挑剔。从他那里学会了刻薄，却没有学会理解和包容，人就容易失望、空虚，显得非常地格格不入，活得很痛苦。

可一旦过了三十岁就不一样了，那个时候昆德拉的书就变成了一种清醒剂、解毒剂，进入人生这个阶段后，人们难免在世俗成就、物质拜金、人际关系的不顺畅中纠缠不清，这时候来读昆德拉的书就比较能够自我反省，来反观自己所认同的价值，来深思所追求的东西到底是什么。

他可以带你去看那个核心的东西，让你挖到那个东西以后就觉得，原来是这样，也就释然了。或者你从他的解析里面能看到，原来实现这个最核心的东西不仅仅通过现在的这一条路，完全还可以通过其他的方式来实现。

就好比这本《不朽》，昆德拉在这本书中想探讨的就是人类的自我实现的问题，人为什么会执着地去追求自我实现，如何才能真正实现自我价值。

不朽，是自我实现的一个结果，也可以说是特别成功的自我实现。

一个人经历了漫长的一生，用他最特别的方式——他的语言、他的行动、他的选择，使他成为某个价值体系里面最最闪耀的那面大旗，然后，他本人就化为一个标签、一个象征物，如托尔斯泰、切·格瓦拉。从此，他就不再是他自己，而成为别人拿来实现自我的一个标签。比如人们会去阅读托尔斯泰，学习他，把他当作一个标签贴在自己身上，来找到实现自我的方式，这时候，他就成为一个非常好用的闪光的自我勋章。

但是，人为什么如此地渴求实现自我？昆德拉的小说里有这样一段对话令我印象深刻：

"你相信上帝吗？"

"我相信造物主的电脑。"

他不称其为上帝，而是称其为造物主，就好像是一个冷酷的工程设计师，他只负责设计一个原型设计图，把代码输进一个电脑，从此以后，这条生产线就开始源源不断地造出各种各样的产品，人类就是其中的产品之一。

所以，昆德拉认为，如果你遇到了困难想去向上帝祈祷，那就像你的灯泡坏了，去向爱迪生祈祷一样。

试想一下人类排排坐着，就像一堆从生产线上下来的排列整齐的丰田轿车。我们和其他人根本就没有本质的区别，都是一模一样的，可是正是这种一模一样就让人抓狂，它迫使你看到你的机械性，看到你的必然死亡性，它会让你找不到生命的价值所在。

所以人必须要给自己一个幻觉，那就是自我价值，也就是说，我在什么地方和别人不同，我在这个世界上是一个独特的存在吗，我的生命的价值和意义在哪里。

所以，人的一生，首要的目标就是去努力发现自己身上的不同，不断去发现自己在哪些方面可以比别人做得更好，可以让自己变得独特，然后不断地去强化，去打磨这种特质，使其更为精进和突出。

归根结底，人一生所做的所有事似乎都是为此：不断擦亮自己的名字，使它闪烁如钻石，使它穿越黑暗幽深的时间长河仍然光彩熠熠，即使这个名字所指代的生命本身早已烟消云散。这就是不朽，这是另一种永生，是对人类的终极诱惑。

在马斯洛的需求金字塔中，人解决了基本生理需求，必然会重视自我实现，重视自己在他人眼中的价值，重视生命的意义所在，这是和吃饭、安全感一样的本能。

我住在城市的郊区，每天晚上都会看到马路上有很多小青年飙摩托车，他们把消音器去掉，开得飞快，发出震耳欲聋的噪声，使路人纷纷侧目。其实发出噪声的不是摩托车，而是他们的自我。

昆德拉说，人从童年时代就已经在思考不朽。

因此各个领域的需求越分越细，人们都在拼命努力，想做出一个特别的东西，把信仰和自我实现都寄托其上，希望通过它的成功，赋予自己与众不同的才华或品格，赋予自己不朽。

马云、乔布斯，都是属于这个时代的不朽标签。

大多数人构建自我的方式是做加法。

首先，人会发掘自己的特长，然后再去发掘和自己同质化的标签，比如说一个女人喜欢猫，她认为猫独立、冷酷又性感，这些东西和她自己的性格有些相似之处，她就会特别热衷于告诉别人"我喜欢猫"。

人会把许多各种各样的标签拿来贴在自己的身上，从不同的生活、行为方式到五花八门的各种主义，人们选择标签就像选择衣服，让自己有别于其他人，从而也让标签变得闪闪发光。

所以，这个时代，陷入自我焦虑的人热衷于购买远超自己消费能力的奢侈品，拼命地去够那些高大上的存在，以图分沾一些不朽的属性。

人们要的不是物品本身，而是"我与不朽有关系，我是独特的"这样一种把自己和其他人区分开来的优越感而已。

杀死列侬的杀手，也是出于同样的心理，但却用了相反的方式。

他是一个小人物，以平常的方式生活，他不可能与列侬发生任何联系，最多只能获得与千万歌迷相同的一个平淡无奇的标签。但他崇拜列侬到一个地步，如果不能够用正面的方式去分沾他不朽的属性，那么他就采取暴力和破坏的方式。他杀了列侬，从此，列侬的名字就注定永远和他联系在一起，通过杀死列侬，一个小人物成就了自己畸形的不朽。

大多数人不会像这个凶手一样极端，但是人们仍然会用自己的方式来刷存在感，所以每天我们刷朋友圈都会看到层出不穷的秀、晒、炫：有人晒健身，有人秀恩爱，有人炫富，有人晒娃，无论是声嘶力竭的秀，还是假装不经意的晒，都是各种各样的自我在发出声响。

但做加法的自我实现方式总会面临两个矛盾。

　　第一点就是，当你贴上一个标签的时候，你希望他人来认同你，可是一旦他人认同了这个标签，也贴上了它，这个标签就不再仅仅属于你，它也就不能再证明你的独特性。

　　第二个悖论就在于你总会和身边的人的自我发生碰撞，人们都希望表达，以得到别人的认同和关注，若你的自我太过醒目，就会反衬出他人的自我是多么黯淡无光，如果你使他人所做的努力在你的对比之下显得平庸，也就无形中伤害了他人的自我，就难免招来厌恶。这个悖论带来的结果就是，大家都讨厌秀、晒、炫，但每个人又在不由自主做着相同的事。

　　所以，人与人之间需要距离感，被熟人认同是比较困难的，因为他们认为你本质上是和他们一样的，有同样一个标签，因此很难承认你的特别，中国人可能在这一点上表现得更明显，所以，很多中国电影、文学作品都是先到国外去得个奖，然后才被国人所认同。

　　当人们离得太近，尤其是产生平等交流的时候，一个人的自我就会容易对他人造成侵犯，无意中，人与人之间就形成了竞争。那些和你不在同一生活处境下的人反而更容易客观地去看待你的才华、你的成就，因为你已经遥远到可以变成一个标签，让他拿来装饰他的自我，从而使他对你产生认同。

　　所以，这就是耶稣基督可以被这个世界上其他的民族所接受却不为犹太人所容的原因，而《圣经》里的先知也常常被人用石头砸，《圣经》里多次提到这一现象："大凡先知，除了本地亲属本家之外，没有不被人尊敬的。"

　　说到自我，就很难绕开爱情的话题。

　　为什么爱情如此重要？不是因为性需求，不是因为繁殖本能，而是因为爱情是可以让人在最短的时间内被高效认同的方式。

当一个人爱你，赞美你，关注你，你就知道自己是闪光的，你就确认自己是独特的。

你是被他从千万朵玫瑰中拣选出来的那朵最不同的，你们对彼此的感情、你们共同拥有的那份独特的经历，让你们从此和这个世界上所有的人都不一样。

在爱人的眼神中，你了解到自己是被需要的，是具有价值的，从此在这个世界上，你的生命就与另一人的命运紧紧相连。

所以，爱情的忠诚才对人如此重要，爱情的忌妒说到底是一种自我迷失的恐慌。因为爱情最核心的价值在于使人成为独特的个体，而只有忠诚的爱、独一的爱，才能满足这样的需求。

人们谈起忠贞，认为它只是一种道德枷锁、一种利益原则，却不明白如果爱情失去独一性，它仍然可能是性关系，是友情，是出于各种因素权衡之下的不离不弃，但却不再是爱情，也就不再拥有那种令人目眩神迷的力量。

所以深爱必会迷恋，要把爱人追捧为世上最好的。

如果你认为所有人都配不上这个人，而这个人选择了你，那么在那一刻，当你们的自我产生深刻的认同，承诺要归属于彼此，在这样的爱中你们融为一体之时，你的整个自我也就超出尘世了。在那一刻，人就获得了不朽。当然，这都是在做加法。

还有一种塑造自我的方式，就是做减法。比如僧侣、隐居者。

简单来说，就是"我和谁都不争，和谁争我都不屑"。

他们的选择是从这个世界的种种标准里逃离，拒绝被任何价值体系所定义，成功和失败，对他们来说是同一个意思。

他们教导人们要看淡、放下、破执，要求人们学会克制欲望、断舍离，通过不屑、否定与拒绝，通过成为一个局外人，做到真正的与众不同。

如果说这个世界是一艘快要沉没的巨轮，人们都在拼命想抢一艘属于自己的小救生艇逃生，那么这种人宁愿放弃逃生，他们也不为蝇头小利陷入乱哄哄的竞争。

但这两种行为的动机仍然是一样的，追求排他，追求独特，是对不朽的一种另辟蹊径的寻求，说到底，人始终不可能逃离不朽的幽灵。

但那些真正获得不朽的人又是何种处境？

歌德说，不朽是一场噩梦。

在梦里，他是傀儡师，站在幕后专心操纵着舞台上的《浮士德》木偶戏的演出，可是当谢幕之时，他惊恐地发现台下空无一人，所有的观众都跑到了幕后，目光炯炯地盯着歌德上下打量。

他们不关心他的作品，没有人在乎《浮士德》写了什么，观众真正关心的是歌德——他的私生活、他的八卦，他的光荣和不堪被人津津乐道，他才是舞台上的演员，他成了一个被不朽操作的傀儡。

海明威则说，不朽是一艘贼船，一旦被拖上船，就甭想下去了，即使你开枪自杀，死后还得待在甲板上供人围观。

海明威的四个妻子向人们诉说关于海明威的一切，他撒谎，他自负，他暴力，说他所有不检点的往事。

他乞求人们让他独自待着，可是他越求，结果越糟。

在人群身后，上百个手持麦克风的新闻记者你推我搡，还有全美国的大学教授忙着分类、分析，并把点滴所得塞进他们的文章和专著中。

说到底，不朽，即是永恒的审判。

人渴求获得上帝一般的不朽，但却永远只能囿于被审判的地位，而终究不能成为上帝一样的审判者。

你要你的自我发光，但你真的经得起不朽的审视吗？

《1Q84》：
读小说的人最务实

村上春树是从二十八岁开始决定写小说的。

从那之后，他的作息之规律、写作之勤奋堪称文学界的模范，每年他都在推出新作品。但是唯有一个例外，就是在东京地铁毒气事件发生之后的那九年。

所谓东京地铁毒气事件，就是奥姆真理教的麻原彰晃教主派了一些使徒拿着剧毒的沙林毒气，放在东京地铁几个人流密集的地区，杀害了很多人。当时这件事在世界范围内都是相当轰动的恶性暴力事件。

村上春树被这个事件震惊了，此事无疑对他的精神造成了非常大的冲击，使他震惊到在接下去的整整九年里，停止了他极有规律的写作计划，投身到对这个事件的调查中去。不同于新闻记者的调查，他作为一个小说家，更关心的是这个事件中的人，尤其是那些施害者，他们是出于什么动机来做这件事，在这之后，支配着他们的到底是怎样的一种力量。

在调查中，他访问了许多的受害者及其家属，试图了解这个事件对他们的影响，对他们的创伤予以关注和理解。

但对他而言更重要的是他与那些施害者的对谈，他要看看这些人究竟是谁、究竟有何特别之处。

调查的结果是，这些人从任何层面上来看都并不是特别邪恶，又或特别愚蠢。他们唯一的不同就是他们对这个世界不满意，他们总是试图把自己和他人区分开来，给自己创造一个理想国，并且融入其中。

村上还发现，这些人有一个共同点，就是他们都从来不读小说，这可能也解释了为什么他们难以分辨真实世界与想象世界。经常读小说的人，尤其是读过好小说的人，会更容易分辨出两个世界的不同，不太容易被所谓的理想国所迷惑，不太容易深陷其中，无法自拔。

这件事调查的结果，可以说，从此在本质上改变了村上春树，改变了他看待世界的角度，此事之后，他所有的创作中都多多少少绕不开这个主题，即人类是如何在自己生命中营造出这么多的乌托邦，又是如何被它所控制，从而画地为牢，作茧自缚的。

到了《1Q84》，他终于以正面迎战的方式，对这个主题进行了前所未有的深度挖掘，算是尽力给自己多年的思索交出了一份答卷。当然，是以他一贯的预言小说的写法，不是现实写法，而是如卡夫卡的《城堡》一般，先创造出一个类现实却非现实的世界，如同一个平行宇宙，然后在这个宇宙中自由地阐发和推演这一主题的经过与结果。

这个平行宇宙，自然是从青豆那次被堵在高速公路上开始的，当她沿着梯子爬下去之后，我们就开始跟随她进入1Q84的世界。村上并没有解释这个乌托邦是怎么出现的，它从表面上看起来似乎与真实世界无异，只不过，它把很多原本内化于人心之中的东西变得更为具象了，比如小小人、空气蛹，天吾父亲的阴魂不散，等等。

很多人在疑惑小小人和空气蛹到底是什么，他们看起来纯真无害，甚至有点可爱，但很明确是邪恶的化身。

我的看法是，小小人应该就是乌托邦中意识形态的具体化，它们能从空气中抽出丝来结成蛹，就像意识形态无形无影，却可以将人困在其中。空气蛹，就是无形的牢笼。而当那些空气蛹成熟之后，它们甚至能够诞生出人的子体。

这个子体，是被异化的人，是拥有你的形象却和你完全不同的空心人，就像我们现在看到特殊历史时期的一些影像会感到恐惧，仿佛那些人是行尸走肉，他们就像从空气蛹中诞生的傀儡，没有自我，完全受控，并沉醉其中。

从书名上，我们可以看出村上很明显是在向乔治·奥威尔的《1984》致敬，这两本书探讨的主题确实极为相近——关于乌托邦对人性的扭曲、异化和控制，所不同的是奥威尔更多聚焦于国家政治层面的描写，而村上把这一触须伸展到更多的领域，包括宗教、职业，甚至NGO团体之中。

从柏拉图的理想国到近代的社会主义，人类对本体论的幻想从未放弃过，始终是哲学探讨的中心主题。用尼采的话说，人们总是不愿意相信我们所在的这个世界就是唯一的真实的世界，人类永远重视彼岸的世界，胜过关注脚下这片真实的大地，总是更愿意投身于另一个更美好的世界。尼采说，这是一种对秩序和完美的偏执而病态的索求。

从群体心理学的角度来说，就是，人们总是渴望投身于一个更庞大的理想、一个更伟大的团体，以它的目标为目标，从而逃避追求自我价值的内在召唤，掩盖自身毫无价值的空虚的恐惧。

因此，无论有意还是无意，每个人都致力于在自己的生命中打造一个乌托邦，把自己的生命价值附着其上，找到满足和充实。这本身也许无可厚非，但可怕的是，有些人对乌托邦沉迷太深，并强硬地把它视为普世标准，还用它来排挤、胁迫、控制甚至残害他人，自认为正义并且心安理得。

在《1Q84》里，乌托邦以各种面目出现。书中有两条主线，一条是青豆，一条是天吾，他们从小就认识，是同一个学校的学生。他们未曾交谈过，却在心中深埋着对彼此的深厚感情。因为，他们都是在乌托邦的控制下长大的，他们的感情，也是建立在对乌托邦的厌恶之上的。

天吾的爸爸，是一个无线电视台的收费员，对他来说，他的乌托邦就是那个庞大的电视机构。作为一个小人物，他深深地为自己能够成为其中的一员而感到自豪，那份职业，就是他的理想国。他是如此陶醉于他的职业，这份职业给了他这样的小人物一份理所当然的权威，令他感到强大。于是，每个周末，当别的孩子都被父母带去游乐园玩耍的时候，他却强迫天吾和他一起去挨家挨户收费，每一次咄咄逼人地敲门，在他看来，都是他无上光荣的明证。

青豆的处境也类似，她的父母是耶和华见证会的成员，这是一个异端团体，以禁止输血等奇特的教义闻名于世。青豆同样是一个没有童年的孩子，同样在每个周末都被父母逼迫着上街去传道，散发传单，拉人入会。

这两个孩子都生在一个迷恋乌托邦的家庭之中，因为家庭的特殊，他们在学校里受到排挤，被所有的同学嘲笑，没有朋友。他们不能够像正常人的孩子一样去玩乐，天真地长大。

只有在每一个周末，天吾和青豆，被各自的父母牵着从街头走过的时候，他们会心地望向对方的眼神，才是他们唯一的鼓励，那样的眼神，是这个世界里唯一的理解、唯一的光。

当青豆躲在那个房间里躲避邪教团体的追杀时，天吾的父亲的亡灵一直在敲门，这是一个诡异的情景，当然不是真的。我想，村上要让我们体会的其实是青豆内心的挣扎，她当然是痛恨乌托邦的，但同时也难以摆脱它的影响，那个即将死去的乌托邦的亡灵回光返照，不断地骚扰和逼迫着青豆。

青豆躲在房间里的那段时间，可以理解为她躲进自己内心的自我修行。那个始终叩击她房门的声音，就是残留在她身体中的乌托邦最后的影响力，她真正要逃避追杀的，正是这个。

所以，村上真正想写的故事，并不是对邪教团体的革命暗杀之类的，他真正写的是一个人如何在乌托邦的影响之下长大，又如何去勇敢地与它斗争，最后终于逃脱它的故事。他试图用这样一本小说，探索一条可行之路，为自己而探索，也为世界而探索。

因为小说并不只是提供给人们茶余饭后的无聊消遣，就如毕加索所说，"艺术家的作品，不是为了装饰你家客厅和厕所而存在的"。小说是对现实的描摹，又不仅限于此，它更是一面现实的放大镜，凸显出社会这个身体之上的症结和肿瘤，并且不仅仅是从理论的层面来推演，更是试图通过探索一条实践的路径给出这个问题的解答，因此，如果说哲学是社会的医学理论，那么，小说就是临床实践。

当青豆和天吾最终逃脱邪教的暗杀，顺着生锈的铁梯回到现实世界的时候，他们终于摆脱了缠绕一生的乌托邦的梦魇，他们获得了人生的意义。那意义就是脚下这片真实的大地、腹中那个真实的生命，以及他们双手紧握住对方的那种真实的温暖。

有人认为看小说的人是不务实的，而村上却说，看小说的人，才是最务实的。通过一部好的小说，我们得以探索一种出路，得以看破世界设置的种种隐形陷阱。通过小说，我们得以经历无穷的次元世界，正如梦境能够释放潜意识中的不良冲动，小说也有同样的作用。

宁愿在黑夜里做梦，而不要做一个梦游者。

梦醒之后，神清气爽地面对生活。

这正是读小说的意义。

《刺杀骑士团长》：
向内看的人都要觉醒

有人说，《刺杀骑士团长》只是写一个男人如何从情伤中自我疗愈的故事。

不，不，若这么看，那真是把村上看得太肤浅了。

如果只是疗愈情伤，他大可不必刺杀什么东西，因为疗愈最需要的其实是遗忘与温和的静养。

妻子离开，终究都只是个契机，是一个打破他平静生活的石子、一个导火索而已，但这件事本身所牵动的是一直潜藏在水底的怪兽，他始终知道却不愿意去承认和直面的东西，借着这个机会，怪兽逐渐浮出了水面。

那只怪兽，才是他真正要刺杀的目标。

那怪兽是什么呢？我想，是一切干扰他成为自己的东西。

许多作家，在成名之后就写不出好作品了。名声与其说是成就了他们，不如说是毁灭了他们。他们开始不得不受着人群的注视，承受着期待，也承受着毁谤。他们开始不得不写，被外力推动着写，却什么也写不出来了。

但一个作家必定懂得，他真正的力量，他赖以成为他自己的那个东西，始终是来自内心，必须是内心那一点悸动，痛苦、温柔的拨动，它小声地在心里说话，说的都是真话。

那是一种不求任何结果的、纯粹而热烈的倾诉欲，它是那么骄傲、羞怯，如同牡蛎打开自己的壳，一遇到拨弄或强行的撬动，旁人就再也别想打开。许多作家，就是在盛名的压力之下，彻底失去了它，失去了那个灵性的东西，从此只能言不由衷，写出的东西毫无力量，味同嚼蜡。

那给他力量的东西，如同一个高手内在的元神。当外界的干扰纷至沓来时，他开始为钱而写，为政治正确而写，为读者的期待而写，他考虑得太多，也恐惧得太多，于是，再也不能凝聚自己的元神，就这样被一点点地分散掉，摧毁掉了。

村上春树太懂得这个道理，他深知那个核心微妙的所在才是他之所以为他的泉源所在，那才是他最宝贵的立身之本。如果说多年来的写作生涯教会了他什么，那就是坚持必须为自己而写，写自己真正想写的东西。无论别人是否喜欢、评价如何、有没有好处，甚至会不会招致灾祸，它必须是真实的、自由的、纯净而不为任何外界力量所干扰的写作。

在《约翰·克利斯朵夫》中，奥里维曾这样说："我们锲而不舍地抓着那一点精神，把从它那儿得到的光明，当作神圣的宝物一般储存在心中，竭尽心力保护它，不让狂风吹灭。"

"我们是孤独的，周围有许多异族散布出的乌烟瘴气，喋喋不休的评论，像一群苍蝇似的压在我们的思想上，留下可恶的蛆虫侵蚀我们的理智，污染我们的心灵。"

"我曾为此非常痛苦，但我现在安心了，我明白了我的力量，我只要等洪水退下去，那美丽细致的花岗石绝不会因之而剥落的，在洪水带来的污泥之下，我仍然可以摸到它。你看，东一处，西一处，已经有些岩石的峰尖透到水面上来了。"

书中的"我"正是在这样的困局中努力寻找出路的画家。多年来，"我"已经轻车熟路，能够画出颇受市场欢迎的肖像画，取得不菲的酬劳。而"我"在内心却如此评价自己："时不时觉得自己仿佛绘画界的高级娼妓，不觉之间，我已不再为自己画画了。类似胸中燃烧的火焰的什么，似乎正在从我身上消失，我正在一点点忘却以其热度温暖身体的感触。"

于是他决定，拒绝再为人画肖像画赚钱，而一头扎进深山中的画室，试图在那里重新找回内心创作的冲动。换言之，去画那最想画的东西。

然而一开始绝不是那么轻松的，从丢失自我到找回自我，从来是一段漫长而艰辛的旅程。在深山长久的孤寂中，一种想画点什么的心情在"我"身上逐渐聚敛成形，那是一种类似沉静的痛感。有东西在心中萌醒，如同云层深处孕育着闪电，但始终找不到端口，让其变成具象之物。画布之上，是一片雪白。

"长年累月，为了生计画肖像画，画得太久了，因此弱化了自己身上曾有的天然性直觉，一如海岸的沙被波浪渐次掠走。总之，水流在某处拐去错误的方向，需要花些时间，我想，必须忍耐一下，必须把时间拉回自己这边。"

在村上的自述中，这一种沉痛也确凿无疑地击中了我。想起少女时代的自己，曾经是多么单纯地爱读书，爱写字，睡觉、吃饭都捧着书，写满几个厚厚本子的故事与笔记，不为了让任何人看到，纯粹是自己高兴，像个孩子，乐此不疲地玩耍，没想过有何意义、有何回报。

但是逐渐地，因为你的文字，有人开始喜欢你，有人开始与你签约，为你的写作支付报酬，也对你的写作提出意见，你的文字便不可能单纯了。

你不再着迷于记录心头稍纵即逝的灵感，而是首先想着，要先把接到的约稿写完。写作，开始变成责任，而不是玩耍。它变成一个成年人要去向世界证明自己的手段，而不是一个孩子仅仅为了内心的好奇与快乐而去写。

我知道，在这个过程中，我丢失了什么珍贵的东西。而我只是一个小作者，尚且如此，又何况村上春树这样的作家，他要对抗的、他想坚持的、他要保护的，一定更为困难。

反观村上春树的作品，自他成名之后，虽然不能说每部都好，但几乎还是保持在相当高水准之上的，我可以断定，他没有失去内心那团小小的火焰、那个说真话的东西。他是怎么做到的？

想起耶稣曾经教导他的门徒，该如何祈祷："你们祷告的时候，不可像那假冒为善的人，爱站在会堂里和十字路口上祷告，故意叫人看见。我实在告诉你们，他们已经得了他们的赏赐。"

我想，村上春树的秘诀，或许就在于，他坚持在心中留着一个密室，需要的时候，他毫不留情地关上门，独自待在里面。他很少接受采访，也几乎不看评论，他宁愿看向自己内心深处的风景，他相信那里有珍贵的财宝，有解答人生问题的最好答案。

所以，我一直反复读他的书，要说有什么深深吸引着我，那就是村上春树的小说里总有浓厚的修行意味。这修行，并不是以宗教色彩的方式呈现的，没有念经，没有磕头，或任何人们通常以为会和修行联系在一起的东西。都没有。

他讲述的唯有平凡：工作的艰难，爱欲的伤害，亲人的牵绊。而这一切，真实地构造出一个修行的场域，人在其中被推动着，被某条神秘的河流牵引着，完成并明了自己的命运。这种修行，更加能触及我内心真实的经验，触动那些日日夜夜明明灭灭，曾在心中燃过的火。

他的主人公总会有这样的自述:"我是过着极普通生活的人。"而这个日本男人,一生的兴趣所在,就是透过这些普通的面孔,看到他们心中的暗涌。

不知道为什么,总有人把村上春树的作品定义为"小资读物",他的作品里明明有很多严肃、现实的主题,他的小说对存在问题上的思考,在我看来比萨特的戏剧要来得更精彩、更深刻。

村上春树的小说里,有很多魔幻之处,不明所以的人,或许会误认为他在故弄玄虚。与其说村上有意植入魔幻元素,不如说他想要表达的那种东西,非用魔幻的方式不足以表达。

魔幻,只是人内心深处抽象迷宫的具象化,他把那个看不见的人心中缠裹之处,那个幽深、孤寂、时而纯净、时而恐怖的奇幻之地变得可见了,而他总是用一个现实中的入口与之对接,不知不觉,就完成了从外向内的无缝切换。

他会用一些新奇的形式,有象征主义甚至魔幻现实主义的味道,但又不全篇如此,不会把自己搞得满身披挂,琳琅满目,他到底还是个摩羯座的日本人,文章的底子始终是简朴干净的,魔幻元素只是简练地使用,作为作品的点睛。就像一个懂得搭配的高手,全身缟素,只擦艳色唇膏,或只在胸前坠一枚红宝石,越发显得那些色彩奇挑而夺目。他也不像通常的"严肃文学"作家那样,摆出一副晦涩的面孔,不留情面地展示灵魂和社会的大范围溃烂。

他的语言是那么简单,节奏轻盈,谁都读得懂,其中有很多生活细节,包括喝什么酒、听什么爵士乐,大概也正是这些表层的符号,让人们把他误读为一个"小资作家"。

他的故事,通常都只从一个平凡人物的平凡处境出发,比如失业、离婚,切口通常不大。就像一个经验老到的大夫,他只用微创激光在生活的表皮打开一个小口。但是他的刀触会沿着伤口一直深入下去，耐心地走下去，精准地抵达那个肿瘤，然后极细心地分辨出缠绕它的血管和神经，再把肿瘤切除，止血，缝合。

读完他的长篇，总有恍如隔世的感觉。好像被麻醉了又醒来，一台手术已经成功地做完了，没见到血肉横飞，没有嘶吼，也没有批判，似乎什么都没发生，但你却能很清楚地感觉到，体内某个沉重的东西已经消失不见了。

这台手术是极漫长的，令人疲倦，没有极大的耐心和专注力无法完成，就像跑马拉松一样，唯靠着心头那一丝信念的支撑。他写长篇，和跑马拉松本质上是同一件事，他需要写，也需要跑，来让自己变得更坚固、更干净。

如同闭关修炼，一次次潜入他小说中的枯井、密室、深海……他进入了另一个次元，从而远离了这个世界，得以把一些不断缠在身上却不需要的东西甩在背后：惰性、软弱、脂肪、人群的评论，贪欲和恐惧、缠绕心灵的幻象……以此来维持头脑和身体的清明。

村上春树在《没有标记的噩梦》中，曾经谈过自己是如何写出一个故事的：

"故事，不是逻辑，不是伦理也不是哲学。那是你持续做的梦。你可能没有意识到但你是在不间断地梦见那个'故事'的，一如呼吸……但是，你必须拥有固有的自我这个东西，才能制造出固有的物语，如同车必须有发动机才能制造出来。"

"那到底是怎样的物语呢？没必要是洗练而复杂的高档物语，也无须文学韵味，莫若说，粗糙而单纯的更好。"

而在这个故事里，《刺杀骑士团长》这幅画中，刺杀者是拜伦。村上为什么特别挑拜伦呢？我想，正是因为拜伦的身上凝聚着无可撼动的个人意志。

木心先生曾说："人类文化至今，最强音是拜伦：反对权威，崇尚自由，绝对个人自由。真挚磅礴的热情，独立不羁的精神，是我对拜伦最心仪的。自古以来，每个时代都应以这样的性格最为可贵。……拜伦的诗和尼采的哲学，在我看来是如何的乳气，生的龙，活的虎，事事认真，处处不买账。"

拜伦，是个人主义的极致。

所以，我相信，村上春树在内心深处是信仰这种生机勃勃的个人主义的，他一定也同意尼采的超人哲学，相信人类是可以进化成更强壮、更纯粹的物种，当然这种进化是从灵魂开始然后统摄身体的。

所以，不管是他的写作还是他的生活，都展现出惊人的自制力，他在全心全意地锻造自己，不断接近心目中那个完美的理想型。

只不过，他把这种哲学表达得如此低调、如此谦逊，而不是如尼采一般振聋发聩地怒吼。他不喊也不叫，只是静静地实践，试图用各种方式，在生活中用各种途径去抵达。

尼采曾说："人类之伟大处，正在它是一座桥，而不是一个目的。"超人在乎的是过程的痛快，而不是结果的完美。超人必当有不惧怕改变生存方式的勇气，他明白，有某种东西，只有他能创造、他能表达，他也自我觉察出这一点。

于是，他便朝着那个核心的东西，以充满自信的步伐，勇往直前。如同小说中的"我"，默默倾听着内心创作的冲动，把它竭力捕捉到画布之上，兴之所至，挥笔疾书，到了某个时刻，画会自己告诉你，你已经完成了。

就算没有完成，也是完成了。

超人们，是各不相同的。有些如拜伦，是谪仙，骄傲不羁，无论世界如何泥泞，他自轻盈地飞升，连一个解释也不会给我们。而有些如尼采，是斗士，是射日的后羿，他为众生哭泣，他点起烈火焚烧这个肮脏的犹如奥革阿斯牛棚的世界。

而有些如村上，是修士，是隐居者，他最剧烈的斗争永远不是和外界，而是和自己，他逼视自己内心的黑暗，极有耐性地与之相处，一日又一日，一步又一步，静静潜伏在黑暗之中，如同隐忍的猎人，只等猎物出现的那一刻，一击即中。

荣格曾言"向外看的都在做梦，而向内看的人都要觉醒"，村上无疑是一个长久向内观看的作者，一个孜孜不倦凝视内心深渊的作者。 他内心的风景是如此奇特，是不停变幻的，值得一再探索、一再书写的所在。

我想到佩索阿在《惶然录》里写到的那段话，用来形容村上的世界，再合适不过了：

"我对世界七大洲的任何地方既没有兴趣，也没有真正去看过。我游历我自己的第八大洲。有些人航游了每一个大洋，但很少航游他自己的单调。

"我的航程，比所有人的都要遥远。我见过的高山多于地球上所有存在的高山。我走过的城市多于已经建立起来的城市。我渡过的大河在一个不可能的世界里奔流不息，在我沉思的凝视下确凿无疑地奔流。……

"而在我访问过的国家里，我不仅仅有隐名旅行者所能感觉到的暗自喜悦，而且是统治那里的国王陛下，是生活在那里的人民以及他们的习俗，是那些人民及其他民族的整个历史。我看见的那些风景和那些房屋，都是上帝用我想象的材料创造出来的。

"我就是他们。"

《你一生的故事》：
如果明知要失去，你会害怕拥有吗？

虽然在我看来，这部小说的哲学意义远大于科幻价值，但我还是想先从书里的一个物理定律说起。

在中学的物理课上，我们都做过这个实验，把一根筷子放进水杯里，你会看到筷子在水中变弯了，但我们都知道那其实不是筷子真的弯了，而是光在水中发生了折射。

为什么光进入水中会发生折射呢？从前的理解是因为水的密度比空气的要大。水和空气是不同的物质，所以光进入水中的瞬间就会改变路径，但其实我们并不知道真正的原因。

真正的原因，是时间。

作者解释了这一定律，它被称为费马定律，当光进入水中时，传播速度变慢了，如果光仍然按照原来的直线走下去的话，它到达目的地的时间就会变长，所以光改变了路径。它选了一条时间最短的路，以便能更快到达它的目的地。

那么问题就来了，难道光知道自己要去哪里吗？它有目的地吗？

如果没有目的地，它为何要调整自己的路径？

如果有目的地，而且选择的是最短的路径，难道光在出发之前就已经知道要去哪里，并且能够预知这条路上将遇到的所有的障碍和物质，它已经计算并选择出时间最短的那条路来走吗？

难道光能够思考，能够选择吗？

又或者，有一种神秘的力量，已经预先安排好了光的命运，确保它走的是最好的路？

那么，这种力量，会不会同样作用在其他事物之上，会不会也因此决定人类的命运呢？

这种以目的为原点开始的思考，这种认为先有果才有因，先有结局才有过程的思维方式，你把它称作"目的论""决定论""预定论"都可以。

事实上，这不仅是物理学的迷惑，几乎在所有的人类宗教中都有类似的关于"预定"的概念。

基督教的预定观就由来已久。在《圣经》中，大卫王曾在诗篇中写过这样的句子："我在母腹中，你已覆庇我。"福音书中更是写道："就是你们的头发，也都被数过了。"

早在4世纪，奥古斯丁就明确地阐述过关于预定的理论，到了加尔文时代，更是形成了一套完备的理论，论证了人的命运是被如何预定的，这种预定又如何影响人的一切。如果有兴趣，可以读一读伯特纳的经典著作《基督教预定论》。

佛教也认为，人的命运是被各种因素影响而预定的，前世的孽与缘，已经决定了你今生会生在什么样的家庭、遇到哪些人、和他们发生什么纠缠。或是前世欠人的来还债，或者前世被人欠了来讨债。正所谓：自古穷通皆有定，离合岂无缘？

再看希腊神话，这种命运早被注定的观念就更加根深蒂固了。奥林匹斯山上的诸神，与其说是神，不如说是一群被命运玩弄于掌心的傀儡，众神都有自己的命运，无论怎样挣扎，也逃脱不了命定的悲剧。唯有命运才是主宰，是有生杀予夺大权的真正的神。

其中最有名的当然是俄狄浦斯王杀父娶母的故事，俄狄浦斯的命运在一出生就已经被预知，于是他的父亲试图逃避这个命运，将他放逐到遥远的异乡。可是，就连逃避本身最后都构成了命运的一部分，这个故事，很完美地证明了命运这一存在的强大、荒谬和讽刺。

当然，如果你认为神话和宗教都不理性，我们还可以转到哲学的领域。

预定论与意志自由论的争论，可以说是哲学中最古老的争论之一，几乎没有一个哲学家不被这个问题困扰，这并不奇怪，因为它的答案至关重要，直接关系到对人及其在宇宙中的地位的理解。

在哲学史上，断然主张绝对预定论的哲学家不少，而断然主张绝对自由论的哲学家则微乎其微。许多哲学家于两者之间摇摆，典型的如斯宾诺莎和伏尔泰，就从意志自由论转向决定论。

斯宾诺莎认为，人之所以认为自己的意志是自由的，是因为他能感知到自己的意愿，而对于产生这个意愿的原因却一无所知。愿望只是一种非常巧妙的机械装置，而这种机械装置的运行过程我们却意识不到。

叔本华认为，人是受到因果律支配的，不自由是人的宿命。

康德则认为，人只在抽象意义上是自由的（作为本体的人），在现实中不可能有自由（作为现象的人）。

到了萨特那里，更直接地阐发为：人，就是一堆无用的热情。

那么，人到底有没有自由意志来选择自己的命运呢？

难道我们的命运真的早已成形，我们只能沿着它的轨迹去运行吗？

我如果事先知道了自己的命运，我该怎么做呢？能够反其道而行之吗？

说到这里，我想起了一个段子，是关于霍金的。

据说霍金举办了一场聚会，专门宴请时间旅行者。为了确保来的人确实是时间旅行者，他在宴会结束之后才发出请柬。结果，没有一个人赴宴。

这场宴会的悖论在于，他已经知道没有人来参加，还有必要再发请柬吗？如果真的有人来了，那么请柬可以不发吗？

所以，有人说，现代物理学已经越来越像哲学，甚至是神学，确实如此。

当你越来越深地触及事物本质的时候，就会发现很多学问越来越相近，不管是物理学还是心理学，不管是神学还是科学，它们最终指向的一定是同一事物，都是殊途同归的通向真理的道路。最终指向的仍是这些问题：生命是什么？你是什么？你以什么形态存在，又该如何存在？

这部小说想探索的问题是，如果你已经知道自己的命运，并且也知道无法改变它，那么，你是否仅仅是一个傀儡呢？你是否还有必要再去经历这场命运？

作者的答案是，有必要。

因为预先知道并不等于已经实现。

作者举例说，就像在一场婚礼上，大家都知道会听到这么一句"我现在宣布你们结为夫妻"，但这种预知不是事实。重要的是，主婚人必须说出这句话，说出的时候，结为夫妻这件事才成为事实。

所以，即便你已经知道一切，仍然需要亲自去完成，它才能够成为真实。

就像道成肉身的耶稣，他对自己的命运一清二楚，却仍然需要一步一步走向他的十字架，走向他的各个他。

因为，你也许不是自己命运的预定者，但你仍然是自己命运的实现者。

这大概很难理解。

就像这本书中的露易莎，明知女儿将在未来的某一天死于一场登山事故，但她仍然选择爱上路易莎的父亲，怀孕，生下路易莎，珍惜拥有她的每一天，爱她，陪伴她，直至失去她，虽然她几乎是带着一种宿命般的悲哀爱着。

这种宿命般悲哀的爱，就像黛玉，明知要用一生的眼泪去偿还那个在三生石畔为她灌溉的少年，她也一样选择了坠入红尘，坠入恨海情天，去走那一条千红一哭、万艳同悲的路。

有人说黛玉常常落泪，不喜欢她的多愁善感，但我想，黛玉的那种骨子里的悲观又何尝不是对宿命早已预知的无奈呢？

爱上一个人，心中已有对厄运的预感，明知道会重伤，却仍然去爱，一边悲伤，一边幸福，这样的心情，谁又没有过呢？再说了，谁不是预知了自己终有一死的宿命呢？那又如何？

如果明知会失去，你会害怕拥有吗？

如果明知会离别，你会拒绝相遇吗？

欲渡黄河冰塞川，将登太行雪满山。

命运是困难的，而我明知自己是被因果限制的，是被目的牵引的，我依然向前奋进，就像一道光，看似弯曲，却是笔直地追随自己的目标而去。

这也许是被决定的，是本能。

也许是被某种力量所控制的身不由己。

也许是完全出于自由意志的选择。

正如作者所说：

"我开始知道，每个事件都有其必然性，我全身心融入，彻底理解这些必然性。它们一定是这样的。如果不知必然，那么我的一生都将浅尝辄止，跟随大小事件随波逐流，为这些事件所裹胁。这是无可避免的。

"从一开始我就知道结局，我选定了自己要走的路，也就是未来的必经之路。我循路而前，满怀喜悦，也许是满怀痛苦。我的未来，它究竟是最小化，还是最大化呢？"

迎向已知的命运，完成预定的悲剧。

这是多么的不自由，却又是多么的自由。

不明白这一点，你永远不会自由。

明白的那一刻，你也就得到了自由。

《圆舞》：
因你今晚共我唱

 有人问我，为什么喜欢亦舒。她很刻薄，对什么都看不顺眼，挑挑拣拣；一张嘴从不饶人，但凡有一点不堪，都被她无限放大。小说中的男主角，个个都完美得不似真人。看亦舒笔下的女人，眼光会被拔得太高，不会幸福。

 是的，这些我都知道，我承认。她是大小姐出身，她写的根本不是我们这些凡夫俗子够得着的生活。但是，我爱她，在心中给她留着不可取代的位置。因为，她是我在阅读生活的最初深深喜欢的作家。她是第一个我想要读完全集的女作家。

 身边的同学都在看《流星花园》的时候，我在图书馆的破架子上发现了第一本亦舒的书。她把我从一堆狗血偶像剧里拯救了出来。虽然她也曾自嘲说她不过是个下三烂言情小说家。记得那本是《忽尔今夏》，我一下就被迷住了，从那以后，一发不可收拾地到处搜罗她的书。

 这一读，就是整整十年。

 她写过九龙城寨，写暗无天日的黑帮杀戮和皮肉生意，出身不明的少女在泥泞的沼泽中挣扎求生，破茧成蝶。那是《我们不是天使》。

 她写过中年妇女，半生过中产阶级安稳日子的寄生虫，一朝丈夫出轨，她被踢向社会，终于挣出自己的一片天地。那是《我的前半生》。

　　她写过金融危机，少爷和小姐在颓唐倒下的家族大厦前后经历种种世态炎凉，看过各色魑魅魍魉。那是《风满楼》。

　　她写过华工——被人称为"支那猪猡"，时时可能成为枕木下的白骨的第一代中国移民，写他们如何赢得白人尊重，在海外安身立命，开枝散叶。那是《纵横四海》。

　　她也写过女明星，李嘉欣为原型，风光背后，无限寂寞，一回头已是百年身。大家都知道，那是《印度墨》。

　　她让我看到了许多个身外的世界。她总是一针见血地戳穿那些似乎天经地义的陋习，也总是扬扬得意地给装×的人一个响亮的大嘴巴。虽然她确实虚荣，整天把一堆名牌挂在嘴上，但如果问她，她就会大咧咧地说"没有错，我爱钱"。

　　她刻薄，对谁都不放过，连自己都鄙视。能够赢得她尊重的，只有那些懂得尊重自己的人。

　　尊重自己，这对青春期的我来说，是多么重要。如果我在那个时代没有读到亦舒的书，也许，我今天也会成为一个妄想不劳而获、等着白马王子从天而降的恨嫁女。她教会我，人唯一所有的，不过是自己这双手。她教会我，凡事不必同别人解释，过得了自己这一关，已经万事大吉。

　　我若有女儿，会推荐她读亦舒，在她还未曾经历人情冷暖的失望，未曾经历爱的甜蜜与痛苦之前，在她还不能懂得名著中曲折高深的艺术之前。我想，作为女人，生在这世间，至少能够从亦舒这里学到一件事：尊重自己。

　　她还为我打开了一扇通往更高的思想的大门。她爱看的电影是《阿黛尔·雨果的故事》，于是我知道了阿佳妮，认识了特吕弗。她爱读的书是《你喜欢勃拉姆斯吗……》，于是我开始读萨冈，读杜拉斯。

　　她给了我最生动的引导，以至我没有对这些作品敬而远之。时至今日，我已完全拥有了另一个阅读的世界，更为精彩、丰富、真实、深刻。所以我已很久没有再读亦舒。但我不会忘记，为我打开那扇大门的，正是她。

　　我看到，很多人在网上骂安妮宝贝，骂亦舒。这些人，大多在整个青春期是看着她们的书长大的。也许今天的你们已经超越了她们，能够站在更高的地方俯视她们的作品，挑出一大堆的漏洞、矫情的地方。也许她们的书已沦为大众读物，不能再衬托你出尘脱俗的文艺气质，可是不要忘记，你曾真心地喜欢过她们。她们曾经教给你的，并不全是空洞的渣滓。她们确实有自己的局限，但那并非罪不可赦，你也无须恶言相向。记住她们就好，因为她们代表了我们不可能再回头的青春。记住青涩迷茫的岁月里因为她们而感动的瞬间。她们，已经成为那个时代留在我们心上的印记。

　　　　来日纵是千千阙歌，飘于远方我路上。

　　　　来日纵是千千晚星，亮过今晚月亮。

　　　　都比不起这宵美丽，亦绝不可使我更欣赏。

　　　　Ah，因你今晚共我唱。

《伊豆的舞女》：
爱如透明的死婴

　　暮秋的伊豆。

　　二十岁的川端康成穿着高齿木屐，在落英缤纷的山谷中独行，其间与一群流浪艺人不期而遇，并默默地爱上了十四岁的舞女熏子，之后与之离别。故事简单到几乎没有情节，只有字里行间的暧昧，在清淡迟缓地流淌着。

　　川端康成的文字影像感极强，我有种错觉，以为是在看纸上的电影，阅读中脑海里总是不停浮现出一帧帧的图画，南伊豆的小阳春，熏子清白的赤身如一棵小桐树，雨后的月夜，"我"独自伏在床上听着远处舞女的鼓声，黑暗的隧道，冰冷的雨滴，通往伊豆的出口微微透出了亮光……

　　文字构建出的影像美好到虚幻，感情也纯洁到如花瓣自枝头落下，尚未染尘，却始终哀而不伤，静水深流。

　　故事里，他们反复谈论着一件事，千代子早产死去的婴儿自始至终贯穿全文："他们又谈起了旅途上死去的婴儿，据说那孩子生下来像水一样透明，连哭的力气都没有，可是还活了一个星期……"

　　我想，这个透明的死婴正是川端康成对这段感情的具象化，连哭的力气都没有，连相爱的可能都没有，这段感情如此短暂，如此稚拙，像水一样透明，逃不开必死的命运。

"我"在故事中始终在匆匆行走，开始是不停地追赶他们，后来是匆忙地逃避。川端康成说自己有着孤儿根性养成的怪脾气和受不了的令人窒息的忧郁，其实他并不是真的想逃避，只是敏感到胆怯，高傲到自卑。

在翻过险峻的爬山小道时，熏子追赶着他，使得他们终于有了一次短暂的独处，他们谈到家乡、赏花时节的舞蹈，终于再次谈到了那个死婴。爱就在唇边，却没有人能够说出口，甚至连眼角眉梢的欢欣也要妥善隐藏。

少年时期的爱情，再美好也带着没来由的恐惧与绝望，前路漫漫，谁有并肩飞过沧海的勇气呢？那么，爱，说到底终究是我一个人的事情吧。

少年离开的那天，是死去婴儿的断七之日，在祭典后他匆匆搭上了回家的客船。在黑暗的客船中，他蜷缩在陌生人的睡袋里摇晃着，潮水和生鱼的腥气越发浓烈，一种空虚的美好使他幸福地流泪。

爱，死在了那个透明婴儿的祭典上，死在了伊豆秋雨飘落的山间，死在了人间若只如初见的清白中。我相信死亡原来是如此美好的事情……

《金阁寺》：
金阁为什么必须美？

金阁啊！倘使你是人世间无与伦比的美，那么请告诉我，你为什么这样美，为什么必须美？

——三岛由纪夫《金阁寺》

无端地，我总是在脑海空白的缝隙里，想起三岛小说中的那个羸弱、丑陋、结巴的少年。

他的世界是极端的、与世隔绝的。因为这种令人疯狂的孤独和激情，他固执地迷恋上了金阁的美。无数个时辰，他长久地凝望着金阁，眼睛几乎被晚夏的烈日灼伤。这个影像如此地暴烈灿烂，以至我每每想起这一幕，都觉得眼前是一片雪白的化不开的倾城日光，金阁那非凡的光芒从此在我的意识里打上了灿烂燃烧的印记。

他无比固执地相信，金阁有着不属于白天的一面，它的表象仅仅是一种伪装。它的美隐藏在不为人知的深夜或人们目所不能及的瞬间，那种美神秘、浩大，带着无穷的忧伤和魔力，深深地迷住了这个内心黑暗的少年。

金阁为什么这样美？为什么必须美？

　　这句话是疑问，也是解惑。三岛很清楚，金阁之所以美，就是因为它必须这样美。它其实并不美的实质，三岛比谁都清楚，可是他必须要它美。他在幻梦与现实中清醒地挣扎着。

　　他固执地相信它有着无与伦比的不属于世间的美。

　　因为只有它是这样的美，才能够拯救他的绝望，才能够承载他的绝望，才能够照亮他的绝望。

　　每个人的生命里，都有一个必须美的东西。它倾注了我们对于终极状态的种种幻想和期望，但它属于世间的这一面通常是极其平庸的。在我们的精神世界里，它陷在浓黑的夜色中，散发着微茫的希望之光。它是行进在黑暗的时间之海中的船，泅渡我们肉身之外最华美的想象，最终到达彼岸。

　　这个必须美的东西，在大多数的情况下，是以某一个人的形象出现的。至于为什么通常以人的形象出现，也许是因为我们认为人与人之间具有某种可以沟通的可能。

　　这种对美的渴求，我们给了它一个新的名字：爱。这个被爱的对象身上或许具有一点和别人不同的特质。于是我们会敏感地抓住这种特质，无限地放大，无限地幻想。

　　就像少年对于金阁那种疯狂的想象和沉迷，这个人在我们的想象中变得越来越具有一种难言的美。

　　但在现实社会中我们遇到被爱对象的实体，因为落差感，有时会生出一种被美所背叛的痛苦，短暂的现实痛苦之后，又不得不让他必须美下去，如是往返不休，直至疲惫，清醒，消亡……

　　所以，有些人，对这种美与爱，尽管无比渴望，但选择的态度常常是回避和否认。因为潜意识里深知，它遭遇现实之后，便无法逃脱必然消失的命运。只有在那个精神世界里，在那个浓黑的时间之海中，它才能永恒地泅渡，永恒地闪耀着微茫的金色光芒，搭救我们心中那深不见底、无以言喻的孤独。

每个人的心中都有一座金阁寺，它是我们在这无味的绝望的世间最后的一根救命稻草。只要我们仍然在爱，那么金阁寺就永远存在，它就是我们心中明知不可能又极度盼望、无法放弃、渴望被拯救的一丝生的信念。

故事中的少年，最后一把火烧掉了金阁寺。这一举动其实也象征着三岛和肉身世界的彻底决裂。他彻底清醒了，彻底面对自己，承认了这一切虚无的本质，不再寄希望于任何世间之物，狠狠地把自己的世界分割开来。这是种毁灭，也是种成全。

杀意和慈悲往往就是同一样东西。

金阁为什么必须美？是因为寂寞的漆黑，还是因为希冀的温暖？

三岛最终决绝地任他的金阁沉入时间的深海，而茫茫众生的金阁寺仍漂浮在这无边无尽黑暗的虚无中，或明或暗，交相辉映，继续构建着令人惊叹、永难触碰的海市蜃楼。

《歌德谈话录》：
写作是个苦力活

　　某个待在家里的假期里，我用一整天的时间，读完了被尼采奉为圭臬的《歌德谈话录》。

　　全书内容不多，但是信息量巨大，囊括了歌德晚年对写作、艺术、科学等多方面的人生见解，语言凝练生动，道理深入浅出，字里行间频频闪动智芒，充满别出心裁的言论，精彩绝伦。

　　这位西欧文坛的泰山北斗，将一生的写作经验浓缩在这本小书里，堪称一本歌德式的写作秘籍。我抱着抄近路的想法，兴冲冲地读完以后才发现，原来写作根本是个苦力活儿。

　　歌德是承认天才的，但他也说，若没有好的技巧，没有好的题材，天才会被白白浪费掉。天才永远只是极少数，绝大多数作家的成功都是靠后天对自身有意识的雕琢和训练。

　　仅凭一腔热情就写出好作品的作家，几乎是没有的。就我所知的作家，无不博览群书，勤于思考，经过大量的写作练习，最终一步一个脚印，百炼成金。

　　对于才华的过分倚重，似乎是艺术一贯的偏见。对于天才的过分神话，似乎是年轻作家自我放弃的最好理由。天才不是天生就具备写作的技巧，他只是比普通人描绘思想轮廓的能力稍强一点而已，没那么神奇。

而天才之所以成为天才，恰恰是因为他具有热情，足够让他坚持下来的热情，这才是天才最根本的素质。

鲁迅先生曾说："倘说待到纯熟了才可以动手，那是虽是村妇也不至于这样蠢。她的孩子学走路，即使跌倒了，她绝不至于叫孩子从此躺在床上，待到学会了走法再下地面来的。"

音乐、绘画、雕塑，无一不是需要勤苦练习的艺术，那凭什么写作就不是呢？学英语口语的时候，老师常说，不管词汇量多匮乏，语法多么乱七八糟，重要的是胆子大，张口就敢说。如果一切都要等到成熟完美才敢开口说话的话，那永远也不可能练好口语。

写作亦然。

思考得再多再深刻，如果不记录下来，那些思考也会瞬间消失。不要害怕文字不能准确地还原你的思想，当然这在开始绝对是正常的，等写得多了就会慢慢发现它越来越趋近思想的轮廓，所谓熟极而流就是这样。尝试描述，尝试将思想的形状尽你所能地放在纸上，抓住它，让它成形，不要管最后是什么样子，也不要跟任何人比较，只要开始写就好。

作家的成因不是天才，甚至不是特殊的时代背景、童年阴影、变态人格、教育层次等，只是最简单却也最难做到的对写作的坚持。

作家都是自恋的，因为都坚信自己稍纵即逝的思想有着巨大的价值，所以他们竭尽所能地要保存和记录下来，在这种不停的记录和雕琢中，证明了自己，完成了自己。

伍尔夫每天都写下大量的日记，吝啬得连一丝灵感的火光也不愿放过。

很多作家随身带着纸笔，即便是只言片语，也不舍得让它消逝。

毛姆书中曾写过一位作家，甚至在他妻子过世的时候，他想到的只是如何描述这一场景。

正是这种自恋、这种热情、这种事无巨细的甚至无情的坚持，让他们最终成为描绘灵魂的圣手。扔掉那些所谓天才的神话和幻影，艺术原来就是勤读勤写的苦力活儿，就是这么简单。

看，和这本伟大的谈话录相比，这篇书评实在是粗糙、浅薄、片面，结构混乱，我知道。不过，没关系，重要的是，我写了。

《傲慢与偏见》：
不管那个人是否存在、来不来

　　我的枕头边常年放着几本书，其中一本就是《傲慢与偏见》，它已经陪了我快十年，很多个晚上睡不着，我就会随手翻开看一段。无论是达西与伊丽莎白在舞会上火花四溅的交锋，还是班内特太太神经质的唠叨，简·奥斯丁的睿智总能令我倾倒，会心一笑，而后回味着熟悉的情节倒头睡去。

　　简·奥斯丁的一生平淡无奇，她几乎没有离开过她所生活的那个乡村小镇，因此她的书里从来没有出现过历史性的情节，也没有对黑暗世界激愤的控诉和揭发。

　　她仅仅凭着敏感的观察天赋和出色的语言能力，反反复复地写着她生活中的普通人物，他们的小幸福、小烦恼，他们的小算计、小心机。虽然那些故事都发生在19世纪的英国乡村，但是到今天依然活泼生动。

　　她也许称不上是伟大的作家，但她绝对称得上是我心里最聪明的作者、最可爱的女人。

　　简·奥斯丁笔下的那些女人，今天依然生活在我们的世界里：有些如同夏洛蒂，凉薄清醒，果断地把握时机，选择一场不需要爱情的婚姻；有些如同丽迪亚，轻率天真，自以为是地为爱情勇敢，实际只是世俗利益的筹码；有些如同梅，相貌平平，孤芳自赏，表面视男人为浅蠢的俗物，内心却极其渴望他们的爱慕；有些如同简，柔弱善良，被动、矜持，眼睁睁地看着爱情消失，也没有挽留的勇气。还有虚荣的宾利姐妹、单纯的达西小姐……当然，还有伊丽莎白这样的女子，温柔坚定，聪明豁达，即便是承受终身寂寞的代价也从未妥协。她透彻地了解一切失望和瑕疵，却宽容地理解了它们，她是那么值得珍惜的好姑娘，就像简·奥斯丁。

而现实始终不可能让这样的美满出现吧，简·奥斯丁终身未婚，她唯一的好朋友就是姐姐卡桑德拉，她的睿智与淘气、她的倔强与温柔，终于还是没有等到达西那样值得的人来欣赏和爱护。

身边有很多朋友，是像简·奥斯丁这样的女子，她们有才华，有主见，认真地面对生活，也在努力充实自己的内心，用心感受世界的美好，也懂得妥善照顾自己，曾经奋不顾身地爱过别人，到如今却孑然一身。她们就像盛开在山谷里一树树粉白的桃李，即便没有人欣赏也要活得丰盛。她们懂得生命应该是为自己而活。

其实一直比较排斥结局完满的故事，总觉得有种粉饰太平的莫名其妙，但《傲慢与偏见》从来不会给人这样的感觉。所有的女子都得到了她们最好的结局，简·奥斯丁给她们的美满，也就是给自己的美满。她告诉我们不要因为一点孤独而对世界绝望，所以这结局没有令人觉得有一丝生硬，全是触手可及的美满和温暖。继续怀抱美好的希望，不是因为天真，而是因为我们相信自己有让自己幸福的能力。

不管那个人最终是否存在、来不来，我们都是最最美好、独一无二的女子。

《局外人》：
他的生命，与他无关

待在那里，还是走开，结果一样。

——加缪《局外人》

局外人的眼光完整地还原了这个粗糙、漠然、无理性的世界。愚昧和死亡混杂的气味渗透在生的每一个细节里，生活中所有令人难以忍受的细节都被语言的慢镜头放大和重现了。

整个故事被安排在炎热的夏季，这个季节充斥着令人发狂的暴烈阳光，以及众多无所事事、躁动不安的灵魂。邻居的混混儿与姘头在做爱时将口水吐在对方的脸上，在肮脏狭窄的楼道里尖叫着厮打，满脸是血。迟暮的老人与他浑身长满疮痂的狗相依为命，最终失散。

不管是人与人还是人与动物，都是这样相互依赖又相互憎恨着，让我们看清了生命可以多么盲目，存在可以多么荒谬，伤害可以多么彻底。

默尔索之所以成为对世界疏离的局外人，归根结底是对这个世界的厌倦。厌倦的姿态甚至算不上拒绝，只是一种无数次尝试后最终认命的惰性，这种厌倦来源于对生活本质的认识，因为认识到生活不能因为人的作为而有所改变，于是放弃了与外部世界的互动，只求在自己的世界里无所作为地活下去。

活着，就是生命唯一的意义。

默尔索在这样的世界里，选择做一个局外人，他不再关心生命的去向与意义，比起生命的意义来说，感官的欲望才是我们每一天无法回避的事实。与一群行将就木的老人整夜守灵带来的疲倦与困顿，足以淹没母亲的死亡所带来的早已预料到的悲伤。

在真实的感受面前，一切矫饰的感情都没有存在的价值，他不想掩饰，也无所谓掩饰，就像玛丽问他，是否爱她，是否愿意与她结婚。他说怎么样都行，纵使他晓得她会不高兴，然而这就是他内心真实的回答。

这个世界已经充斥着太多被夸大的感情与道德，人们通通活在别人的目光中，我们的行为不知不觉地带上了浓重的戏剧化和形式化而不自知。我们害怕别人认为我们偏离了主流世界的价值观，害怕被隔离化、被边缘化，所以强迫自己成为这个世界认可的人，耗尽一生的心力去争夺那些荣耀的标签。

纵使许多人标新立异，嚷嚷着做出各种叛逆的举动，却不过是对这个世界另一种更为时兴的媚俗。但其实，这一切并不是我们的错，加缪说："这不是我们的错。"

这个虚假粗糙的世界像一台绞肉机，它不能允许任何真实独立的个体和感情的存在，它机械残忍，日复一日地将这些个体绞碎在群体中，使之成为面目模糊、不分彼此的肉泥。

最终的结局是我们一起老去死去，成为那个与狗做伴的孤独老头儿、那些在养老院里散发腐朽气味的老人、那些在墓地中静静躺卧又消失的白骨。

我们一再地呼唤，世界固执地沉默。我们的生命与它无关，我们的痛楚与它无关，最终我们发现，世界真的只是一台荒谬的机器，于是我们渐渐变成放弃世界的局外人。

默尔索最终因为人们的指控而被剥夺自由，被判刑处死。他甚至不是什么斗士，也从来没有控诉和反抗过什么，但仍然被强大的粉碎机毫不留情地毁灭，说到底，谁能够真正地做一个局外人呢？

我们都在这片生之荒漠上艰难跋涉，暴烈日光炙烤着这具肉身，清凉的美好终有一天还是像所有的水滴那样蒸发，消失无踪。但我们不能停止，我们仍将继续，哪怕只是为了这些荒谬的意义，为了这些残忍的温柔。

《心是孤独的猎手》：
我们渴望倾诉，然而从未倾听

连续的几晚，终于读完了《心是孤独的猎手》，无数次地打开，又无数次地放下，几乎没有办法连贯地读下去，因为其中那些凶猛的孤独比闷热的天气更加令人无法呼吸。

倾诉，整本书里的人都在发疯般地渴望着倾诉。辛格飞快挥舞着的双手，闪闪发亮的眼睛，最终沉默，而在他的阁楼里，醉鬼和医生却无止境地诉说着，那些话语和情绪那么悲伤、沉重、热烈，却在说出的瞬间就完全消失，没有得到任何理解，也不具有任何意义。

到底是从什么时候开始，我们变得这样孤独，我们的灵魂像一团火，生发出无数的想法和念头，却只能在黑暗中说给自己听，而那种自我倾诉之后，却只有更深的孤独。

从那时开始，我们变得如此暴烈，我们的心像饥渴的猎手，四处捕猎着一双倾听的耳朵。也是从那时起，我们变得无比脆弱，可能只因为一点点的理解、一点点的倾听，就可以投靠一个完全不爱的人，甚至，爱上他。

辛格之所以被大家所爱，正是由于他从来不向他们倾诉，永远扮演着倾听者的角色。唯一不爱他的人，就是他的倾听者安东尼，这几乎是一个悲伤的讽刺。更悲伤的讽刺在于，辛格是个聋哑人，据我所知，能够读唇语的聋哑人，只限于极慢的语速和夸张的口型。因此他们那些飞快热切的倾诉，其实辛格是完全不可能听懂的。但他们认为他在听并且懂了，其实他们的倾听者，从来只有他们自己。

每天我打开"豆瓣"，翻看那些铺天盖地的书评、影评、博客和日记，网络时代给了我们倾诉的契机，于是我们更加滔滔不绝地、翻来覆去地申明自己的主张，描述自己的灵魂。

有时，我们甚至挖空心思地去想个绝妙的标题，千回百转地用一些华丽的词句，来捕猎读者的目光，渴望人们的倾听，整个世界像一张喋喋不休的大嘴，无止境地倾诉着，那些文字和话语间真挚的孤独和热情，也许始终没有人能理解，甚至没有人愿意倾听，每个人关注的，只是自己的孤独。

交流的不可能，正是因为我们的自私，人类这种奇怪的生物，如此地渴望被理解，却又都忽视那些渴望被我们理解的灵魂。我们可以为自己的热望奋不顾身，可是对爱着我们的人——父母、朋友——的热望却完全视而不见，即便关注，也是因为意识到，他们和我们同样孤独。

渴望倾诉而拒绝倾听，这就是人类孤独的根源，我们以为倾诉会令我们不再孤独，结果却是南辕北辙，突然间我想停止写字并且闭上嘴，试着忘掉我的想法，去理解那些孤独的灵魂。

让世界安静下来，去倾听，我相信，这才是离开困境唯一的路途，这才是拯救孤独唯一的方法。

《沉默》：
唯其沉默，他才是神

　　关于神，你是否曾经在心里问过一些问题，比如：为什么世界上有这么多贫穷、饥荒、战争和黑暗，神却从来坐视不理？为什么很多人都宣称看过超自然的神迹和显现，而你却从来没看过？为什么那些同为信徒的人却对《圣经》有如此多不同的理解和纷争，神却从来不解释，不审判谁是谁非，任凭人们曲解他的话语，甚至自相残杀呢？

　　为什么，神为何如此沉默？！如果你疑问过，你也困惑过，那么你也许不应该错过这本书——远藤周作的《沉默》。

　　17世纪，德川幕府禁教时代。

　　两个葡萄牙的天主教神父为了寻找滞留在日本的神父，远渡重洋，偷渡进入日本。其间他们经历躲藏、被监禁、受严刑，目睹当地的农民生活在极其贫穷和悲苦的状况中，依然抱持坚定的信仰。

　　这些农民在不断的逮捕中殉教，他们被绑在海中的木桩上，海浪不断地冲击他们，日日夜夜，直至他们筋疲力尽而死。他们不断地祈祷，渴望神会伸手击杀那些逼迫者，救他们脱离死境，神却始终沉默。天沉默，不断地落下瓢泼大雨；海沉默，无情地带走一个个殉教者的生命。他们的殉教毫不壮烈，甚至很卑微、寒碜。

　　神父不断地问，神为什么沉默。甚至他也想过到底有没有神。如果这个世界上根本没有神，他们所坚持的这一切就是巨大的荒谬。祷告是荒谬，反抗是荒谬，就连付出生命的殉教也只是个无知的玩笑。最后，神父在这样沉默的折磨中，最终选择了弃教。

　　读此书时，我竟好几次产生战栗的感觉，仿佛在这个神父身上看到了自己从前的影子。我也曾在几近绝望的怀疑中寻求过神迹，我甚至认为，只要我能亲身感受一个确实的超自然的神迹，那么我的信心一定可以从低谷中振奋，并且永不动摇。当然，神面对我的祈求，依然报以沉默。

　　过了很久很久，我才渐渐读懂神的沉默。我才开始慢慢从意识上理解了这句话：神是充满万有的。他充满万有，无所不在，正是这种无所不在，才让他看起来似乎成为"无所在"。

　　无所不在，恰恰成就了神的隐形。他存在于你眼睛可以看到的任何地方，在耳朵能够听到的所有声音中。他充满万有，使得他成为极其平常的存在，从另一种角度看来，他就好像消失了。

　　这才是神最为恒常和真实的样子，这才是神本身。

　　而我们通常所寻求的超自然的"神迹"，其实并不是神本该有的样子。这样的事情与其说是神迹，倒不如叫作"反神迹"。真正的神迹，本该就是我们身边所看到的一切。保罗说，神已经借着天地万物向我们宣示他的存在，这是明明可知的。

　　当我们看到耶稣把水变成酒时，我们认为这是神迹，但却没有看到神天天都在把水变成酒。他让米泡在水中，让微生物在其中发酵，于是这水变成了酒。

　　我们看到耶稣治好大祭司仆人的耳朵，说这是神迹，却没有看到当我们受伤时，神是怎样让伤口渐渐愈合，平复如初。其实这些神迹每天都在我们的生命中出现，区别只不过是时间的长短。

不是没有神迹，而是我们已经不懂得什么是神迹，也不再为它惊奇。

所以神不再给我们神迹，因为我们不在乎。其实他从来没有沉默，他每时每刻都在发出声音，用天地万物证明他的慈爱。我们不能通过神本来的样子辨认他，偏要在他对自己规则的破坏中去认识他。

我们把"超神迹"叫作"神迹"，也认为只有"超神"才是"神"。我们埋怨神太沉默，却不知这沉默中自有他的旨意，而你要去专心寻求。

是你要去寻求信仰，而不是神来讨好你。我们应该学会从平凡中认识他，学会了解他，与他相处。就像面对身边的朋友、亲人、爱人，他应该成为你生命中最深沉美好的那份感情的寄托。

他是创造你、保护你、教导你的神，而不是耍猴的、卖艺的、耍大刀的，每天要拿出十八般武艺，来让你拍手叫好的。

他不是你的马戏团，他是你的神。

你一定听过这个故事。

某个富翁要找太太，又怕女人们是因为他的钱来爱他。于是他扮作平常人，为了找到那个真心爱他的人。如果神每天令人心想事成，那么全世界的人一定都会争着来信他。但这些人中有多少人是真的关心他、了解他、爱他的呢？人尚且不要这样的爱情，况乎神？

耶和华实在是自隐的神。唯有自隐，才能在人群中分辨出真心需求他的孩子。他希望你来跟随他，不是因为他能给你什么。他希望你来跟随他，是因为你知道了他是谁，并且在乎他、爱他。

曾经他也行过毁天灭地的神迹，但那些神迹不能让人的心在他怀中安息。神迹那么大，百姓的信仰却比任何时候都更浮躁。几千年的反复不过证明了一个道理：渴慕真理的人，终会辨认，在蛛丝马迹中永远追寻从他而来的真理和自由。吃饼得饱的人，终会离去，在金银散尽后立即转背奔向更多的利益与浮华。

于是耶稣说，一个邪恶淫乱的世代求看神迹，除了先知约拿的神迹以外，再没有神迹给他们看。他不是不能，而是这样做没有用。揠苗助长的神迹只会让信仰虚浮，成为建筑在沙土之上根基不稳的屋子。唯有将信心扎根在真理之上，才能够稳妥茁壮地成长为结实百倍的麦子。

如果你信仰他，就要信仰他的沉默。如果你敬畏他，就要敬畏他的沉默。这沉默自有他所交付的真理，润物无声的神迹。

唯其沉默，他才是神。

《像艺术家一样思考》：
被忽视与被遗忘的

看此书时，我莫名地想起高中暑假的一个黄昏。那天我洗完澡穿着睡衣坐在地上，长久地凝视着窗外的一片云。我头脑一片空白地盯着那片云看了不知多久，突然有了一个神奇的发现。我本认为那片云是绵软而半透明的白色，其实并不是。

仔细看才发现它里面有许多的铅灰色和鸭青色，还有一些蓝、橘与黑，却唯独没有纯粹的白，奇怪的是，这许多复杂的色彩经过神秘的组合竟然给我的印象是清晰立体的白！

突然间，我似乎懂得了为何我画一朵云时仅仅把它涂成白色会感觉那么不真实，就好像一个人有意地去表现自己的优点时给人的感觉却是虚伪。因为真正的白色从来都不是完全的白，真正的善也不只是涂抹的善。

色彩的复杂程度让我深为迷惑，它的细微程度甚至超越了人性。从此我开始有了一种感觉，在艺术的世界里一定有一条通向灵魂的路径、一个理解世界的虫洞、一个发现真理的入口。只是我从来没想过那个入口是什么，它在哪里，被什么挡住了以致我视而不见。

当这本书说出"符号"二字时，我似乎看到了黑暗中一闪而过的火光，我紧紧地揪住这两个字，似乎发现了自己的症结所在。

符号。原来我从来没有生活在真实的世界里，只是活在一个符号的世界中。

从我认识这个世界开始，就开始学习各种符号。语言是符号，文字是符号，图像是符号，声音是符号……

符号帮助我建立经验，适应这个世界，它让我方便地理解周围的一切，使我获得粗浅的逻辑与判断力，从而获取基本的生存能力。它让我避免思考，直接做出判断，它让我避免观察，直接给出印象。

比如当我试图画自己的手时，我会画出一个五指形的符号，在我的经验中，它就等于我的手，但手本身并非如此。你有没有仔细地观察过你的手？它有能够反射出粉色柔光的指甲、灵活的关节，无数细密的纹路如小径分叉的花园，弹性的表皮之下还有许多粗细不同的血管在微弱地跳动，在不同的光线下，手有不同的色彩，在不同的动作下，手也有不同的形状，它绝不只是一个五指形状的粗陋符号。

书中有个实验可以让我们清楚地检验出自己受符号的影响多么严重，不妨一试。

找来一张人像的线条素描（推荐毕加索《斯特拉文斯基》），将这幅画临摹下来，之后再将整幅画倒过来临摹一次，你会发现倒过来临摹的那张比原先的要好很多。

这说明了并非你对线条和轮廓的把握能力不好，而是你的符号系统在固执地提醒你：这是眼睛，这是鼻子。你的逻辑迫使你将看到的一切符号化，而不是按照它真实的样子去观察它。但当你把画倒过来时，你的经验无法辨认出它是什么，于是这时直觉接手，你对图画的感知瞬间变得准确而清晰。

可是运用符号是如此省力和安全，以至人类对它产生了根深蒂固的相信和依赖。我在符号中生存，以至我也活成了一个符号，将一切贴上标签，归纳整齐，也被他人贴上标签，粗暴地分类。符号的世界建立在模仿之上，是一种对整体强行的切割与剥离，是根据事物的某些特征就强行将其归类，并任性地否决它其他特征的简化方式。

一般人安于这种简化，艺术家却不然。艺术是什么？艺术的使命恰恰是要抗拒对生活的简化，尽可能复原那些被忽视、被遗忘的细节，艺术世界的根基是直觉。

艺术是层层剥离符号世界所赋予的意识形态，深入线条与空间、色彩与空白、光明与黑暗的极其细微之处去感觉。如同婴儿，所见皆色却不知何物，所听皆声却不知何意，不去追求什么智慧，不去思考没出路的真理，那一刻只有你和你的感觉，这就是真理本身。

因此艺术家不需要任何符号、技巧、逻辑或是经验，他所做的就是向那个虫洞的深处行进，像逐步脱离地球引力那样挣脱出符号的世界，飘浮于直觉的太空中。忘得越干净，画得越美好。不思考，不判断，不去试图用逻辑解释或分析，只是服从于感官的冲动，服从于直觉的流动，这一切都不需要定义，不需要名称和理论，因为艺术的表达不是清晰的、线性的，而只是去跟随那个模糊、庞大而又完美的整体。

这个整体就是世界的灵魂，就是神。任何符号都是对它的玷污和束缚，你只有单纯而虔诚地、极尽所能地去接近它，才会感受到它是多么简单又多么神秘，你像一个盲人重见天日，对此你只能惊奇，只能卑微，只能哑口无言。

去观察，让过往在你心中熄灭。

去感觉，让经验在你脑中止息。

去看见，让世界在你眼中鲜活如初。

不知黑白，不辨善恶，不晓美丑。每一个画面都是一片深海，每一次作画都是一次潜水，让你的眼睛带着你的手去忠实地记录每一个线条的流动、每一束光影的明灭，跟随它们，一直到达这片海洋的幽微深细之处，这就是艺术。

《斯通纳》：
风乍起，吹皱一池春水

三十一岁这一年，我在读《斯通纳》。

而三十一岁的斯通纳在做什么呢？大约正戴着那副圆眼镜，穿着不合身的灯芯绒外套，在清晨，穿过无人的小路，匆匆赶往大学的图书馆。"他游历过排排书架，置身于几千册图书中呼吸着皮革、衣服、干燥的书页释放出的发霉的气息，闻着就像某种来自异国的香气"，他会用他那双因为长期做农活儿而粗壮发黄的大手，小心翼翼地翻动古老的书页，苦苦冥思着字句间微妙的含义。那时的他，置身于爱中，想必是幸福的。

而这时节的我正搭乘着上班的地铁。在冷气十足的车厢里，听着耳机里的电影原声，出神地凝望着窗外倏忽而过的黑色的风，脚因穿高跟鞋而隐隐作痛，早起的困意还使我昏昏欲睡，想起这样的斯通纳，心中却涌起一阵复杂的同情、一种遥远的爱意。

"如果偶尔有学生碰巧看到这个名字，也许会纳闷威廉·斯通纳是谁，但促使他探究的好奇心顶多止于提个漫不经心的问题。斯通纳活着的时候，同事对他并不怎么尊崇，现在几乎绝口不提了。"《斯通纳》一书的开头，作者便这样写道。

他是个小人物，来自偏远的农村，是一名大学老师。他结婚，生子，教学，退休，衰老，死亡。他度过了平凡的一生，并不被任何人所铭记。

斯通纳爱过，哪怕在一开始他就知道这爱是失败的。他却仍然抱着一种绝望而坚定的心情，温和地忍耐着。在日复一日的消磨中，他倔强地把那些微弱的火种护持在怀中，沉默地履行着枯燥的职责，如同他的名字"Stoner"。

每读到这样的片段，都会为他深深难过，而同时也会尊敬他身上那一份无言的高贵。

他的一生或许谈不上艰辛，却也被无数细小而琐碎的恶意日夜折磨，这些恶意都来自他人，或有意，或无意，尤其是来自与他朝夕相处的枕边人伊迪丝。这个他见过的最美的女人，他第一次放下所有矜持去渴求的女人，却成为他生命中最沉重的一抹灰暗的底色。

而伊迪丝的可怜在于她的不自知，以及她一系列胡乱的自救，她从生下来便学习如何打造一个精致完美的表象，这种中产阶级的虚荣的教育方式，导致了她日后扭曲分裂的性格。

她走进婚姻，却满怀着内心根深蒂固的不满，她的恶意总被伪装在光明正大的理由之下，她的策略曲折、克制又悄无声息，使人找不到合理的证据来抱怨。她的冷漠，充满控制欲，却又把自己伪装成爱与关心的模样，理所当然地伤害着身边最亲近的人。她是作者除斯通纳之外，着力最多、描画最细腻的一个人物。她有典型性，她也是女性的内在力量被长期压制的一个畸形产物。

而我在阅读的间隙常常想起我的平凡，我身边无数平凡的人，一如斯通纳，一如伊迪丝。

这平凡时常令我心惊，平凡得如同寒来暑往的候鸟，夹杂在盛大的鸟群之中，终年忙碌地迁徙，飞过喧闹的霓虹，也飞过微风乍起的湖，飞过寂静如亘古的长夜，也飞过爱人心中那片纯净而凛冽的雪原，留下一片小小的雪爪鸿泥。有时一飞冲天，志得意满，有时铩羽而归，离群千里，独自低回。而最终，我会如斯通纳一般，死在风里，死在路上，死在命运为我预定好的那个瞬间。

死亡，从来不曾停止过。盛大的鸟群，如乌云蔽日，懵懵懂懂地成片死去。而新的鸟群，那些毛茸茸的雏鸟，睁开清澈的眼睛，试探着展开稚嫩的翅膀，摇摇晃晃地起飞，又开始重复相同的旅程。

然而有时，我仍然莫名羡慕小说中的人物，哪怕是斯通纳，是伊迪丝，他们的生命是快进的，短短几天就可以读完一生。他们仅仅生活在一些典型的片段中，在岁月中跳跃前行。而我却要吃饭，赚钱，娱乐，祈祷，思索，写字……一年一年，一秒一秒，一步一步地度过今后所有漫长的时光。

再好的小说和电影都无法还原人生的痛苦。因为痛苦是个时间概念，它需要时间，才能使人穷尽其滋味。痛苦，是漫长的波澜起伏，是无穷的波峰和波谷，是没来由的慌张，是无理由的迷茫，是忽然间的不安，是周期性的绝望……

痛苦在时间里会被无穷尽地消磨和重生。而小说和电影压缩了时间，篡改了痛苦，不能言尽人生十之万一。

又想起此前与朋友谈及写诗，谈到诗歌的境界，最好的诗，其妙处都不在直抒胸臆，而在于高超的造境。"风乍起，吹皱一池春水"，句句皆实景，句句皆幻境。

《斯通纳》一书之美，也在于其中充满了诗般的造境。在每一个微妙复杂、酸楚难言的时刻，作者都将我们的双眼、我们的全部知觉带入外在的世界。

比如他参加完父亲葬礼的那个夜晚：

"那天晚上他无法入睡。他穿得整整齐齐，走进父亲年复一年干活的那片田地，走到他现在能寻找到的尽头。他努力回想着父亲，年少时就熟悉的那张脸就是不肯出现在他脑海。他在田里跪下，手里抓了把干燥的土块。他把土块捏碎，看着沙子，在月光下黑黑的，土碎了，从手指间流出去。他在裤腿上擦了把手，然后站起来，走回家。还是睡不着，他躺在床上，望着唯一的那扇窗户，直到天亮，直到地上没有任何阴影，直到大地把灰色、贫瘠和无限的空间舒展在他面前。"

那些时刻，就好像站在斯通纳的身边。沉默如同认识一生的老朋友，什么也不用说。那一刻，我们分明感受着也分担着斯通纳的悲伤，而他，也同样分担着我们的悲伤。

风乍起，吹皱一池春水。风停了，湖面仍然碧绿深邃，宁静如斯。什么也没有改变，流逝的只是时间。流逝的，只是在时间里去而不返的我们。

可是，我们能因此说生命是无意义的吗？当然不是。那阵微风曾经在世界上吹拂过，也曾吹拂过谁的鬓角，为他带去一丝清凉，也曾吹拂过春天新绿的嫩枝，吹拂过白云苍狗，日升日落。它与这个世界交汇过，然后消失了。而它却正是这个世界之所以美妙的原因。

匡匡在读完《斯通纳》之后，抄写这一段诗，并且说："这简直是阅读《斯通纳》之后，在摧毁之上的心理重建。"我深以为然。就此抄录在此文末尾：

　　繁华世界就此别过，我曾爱之弥深。即使一无所获，仍感不虚此行。

　　　　　　　　　　　　　　　　　——黑塞《朝圣者之歌》

云

光 阴 变 幻 的 流 云

杨绛与钱锺书：
多年夫妻成兄弟

等飞机的时候，又读了会儿《围城》。此时读来，感觉又极为不同，好书就是这样一种存在，每当你长大一些，你就可以重新认识它一遍。想起年少时读钱锺书先生写的《围城》，觉得他是何等精明的人，那份犀利、机智、超然、眼光之毒辣、嘴巴之刻薄，只怕整个华语文坛都找不出第二个能和他匹敌的。

但后来读了杨绛先生的《我们仨》，真要失笑，才发现，在杨绛先生笔下，钱锺书简直变了个人，丢三落四，社交恐惧症严重，生活不能自理，幼稚得像个小孩。

他总爱气女儿钱瑗，说自己书里最丑的小孩就是她，差点把女儿气哭。他还经常在女儿铺好的被窝里埋雷，把砚台、玩具等一些乱七八糟的东西藏在女儿被子里吓唬她，每每乐此不疲，得逞之后，就开心地笑个不停，完全是个恶作剧的小学生。

杨绛先生入院待产时，钱锺书每天来探望她，但不仅没帮上什么忙，还总是干些添乱的事。

每天，他们谈话的主题，都是钱先生惶惑地告诉杨绛自己又干了什么坏事。

他把墨水撒在房东的沙发上了，怎么办，墨水呀！

他把台灯给摔坏了，赔不起了……

他把门把手弄坏了，门关不上了……

这要是换作别的女人，八成就要发飙了，老娘现在是产妇啊，在这儿疼得死去活来地生孩子呢，我还烦着呢！你不说照顾我，安抚一下我的产后抑郁什么的，还整天给我添乱，跟我说这些有什么用，你个大男人不会自己解决呀，你是巨婴吗？还指望老娘给你擦屁股？

如果杨绛先生是这么想的，这段让人只羡鸳鸯不羡仙的佳偶只怕早就劳燕分飞了。

但是，杨绛先生从来没有为这些事发过脾气，她总是耐心听钱锺书说完，问清楚事情弄到什么程度，然后安慰他，别担心，有她呢，墨水嘛，她会洗，台灯和门锁，她会修。然后，她就真的都给修好了。

杨绛产后出院了，钱锺书开始学着做饭，不会用菜刀，拿剪子剪肉。他学了做汤，还剥了好些碧绿的蚕豆瓣一起煮在汤里。杨绛喝着喝着，忽然问他："谁帮你点的火？"因为平时都是杨绛生煤球炉子。钱锺书早等着她问了，立刻得意地答道："我学会划火柴了！"

想起梦露那句话，也不确定到底是不是梦露说的："如果你不能接受我最差的一面，你也不配拥有我最好的一面。"

这话常听见别人说，不过都是说给别人听的，希望别人接受自己最坏的一面，很少有人说给自己听，就像"理解万岁"一般也是说给别人听的，期待别人理解自己，而不是为了让自己理解别人。

俗气点说，就是，大家都看见贼吃肉，没看见贼挨打，大家都羡慕杨绛先生嫁了个又帅气又专一又有才华的先生，却没想过自己是否能够因为月亮的清晖就把月球背面的坑一起承受下来。

曾经有人问我到底啥是女权。我想了想，实在不知如何表达。我只有种模糊的感觉，女权是个好事情。但如果一定要说女权好在哪里，我想，它应该是一种内化于心的自尊与自爱。

在一些具体的女人身上，我认为我看到了它。比如杨绛先生，她对学问的态度，是勤奋而真诚的；对社会和时代，她关注并发出积极的声音；对家庭，她温柔、有力，从不刻意利用什么驭夫之道，丈夫却深爱她一辈子。

按理说，杨绛是钱锺书的学妹，理应是更受呵护的那一方。但她从来不觉得作为女人就该软弱，必须是受人照顾的，她知道家的意义是互相扶持，我能担待，我就多担待点。

我的友邻chloooe发过一条广播："张爱玲说过一句特别残酷的话：'中年以后的男人，时常会觉得孤独，因为他一睁开眼睛，周围都是要依靠他的人，却没有他可以依靠的人。'"

杨绛先生一定也懂得这一点，他们风风雨雨过了那么多年，经过许多险恶的政治运动，钱锺书一没钱二没势，每天就知道埋首书斋，她心里想必也一定有过惶惑的时候。

但是，她和钱锺书的关系始终非常平等，她没有把这份恐惧传染给他，没有逼他出去交际或赚钱，她不依赖，也不盛气凌人，她懂得这个男人身上那些看起来是缺点的东西，其实也是他美好的部分，她愿意尽自己的能力，让他活得更轻松点、更本真点，这就是她能给的最好的爱。

人们总是羡慕杨钱两位先生在智性上的结合，羡慕他们势均力敌的才华，但我更羡慕的是他们两人精神上的相依。世上聪明的人千千万，找个聪明人恋爱结婚不是什么难事，可是，唯有一人，她爱你的软弱和无助，爱你的幼稚和傻气，爱你的惶惑与忧愁，爱你如子，却又敬你如父兄。

所以，我想，一个真正抱持女权主义的人，一定是能给出爱的女人，能让人依靠、令人心安，不会总是充满不安，各种索要关怀，也不会老是敏感多疑，怀疑别人要害她，或是没给她充分的尊重。就像林夕在《给自己的情书》里写的那样："自己都不爱，怎么相爱，怎么可给爱人好处？"

太多人结婚，只是为了找个人来照顾自己，沾沾他的光，被呵护，被伺候，从此有终身饭票，终身苦力，自己可以舒舒服服在家里享福了。享福的时候从不谈女权，好像什么都是应得的，但凡吃点亏，受点苦，就立马跳起来讲女权了，女人凭什么要做家务，凭什么要生孩子，凭什么？对不起，女权不是这么用的，这样的伪女权，纯粹就是给女权抹黑了。

杨绛是对钱锺书的包容、照顾、谅解，与传统文化教育女人的三从四德的忍耐是不同的，前者是出于爱，而后者是出于恐惧与压抑，出于无力反抗，出于无路可走。前者能够召唤出甜蜜和更丰沛的情感回馈，而后者只能产生隔阂、怨怒。

杨绛不仅聪明，更是个智慧超群的女人，聪明和智慧的不同在于，聪明是用来解决问题的，而智慧是用来安顿内心的。

人们为何都喜欢接近智慧之人呢？因为智慧是日光，温润而成熟，催发万物生长，靠近它就能感觉到愉悦、平静和成长的力量，它不仅安顿了智者本人，也安顿了身边人内心的焦渴。

钱锺书先生去世前，眼睛迟迟不曾合上，也是杨绛先生附向他耳边，轻轻说："没关系，有我呢。"

后来，她写道："锺书逃了，我也想逃。但是逃到哪里去呢？我压根儿不能逃。得留在人世间，打扫战场，尽我应尽的责任。"

多年夫妻成兄弟。这是一份义气。你先走吧，我断后。杨绛先生如是说。

聪明而胆小，
是一个人最大的悲哀

朋友曾发过一篇文章给我《40岁财务自由？你明明距离40岁失业更近》。她还同时发表了一段感慨："中年危机太恐怖了，现在竞争激烈得可怕。从二十五岁开始，我就危机得不行，天天莫名焦虑，简直是笼罩在人头顶的乌云一样的存在。现在快三十了，整天在想着自己到底是不是该辞职创业了。"

想起身边几个开始创业的朋友有阵子没联系了，不晓得他们现在做得如何。但说真的，这些年我越来越觉得，创业拼的不是别的，就是一个傻大胆。我所知道的创业的老板，基本没几个是高明的，但就是这一点让他们敢放手去干。

很多项目，我怎么看都是困难重重，毫无前途，漏洞百出，人家愣是啥都不想，信心满满地开始搞，兵来将挡，水来土掩，他们居然做成了。

我跟一些创业的人细聊过他们做的项目，心里都是一片吐槽：这也行，这也敢干，是不是傻？叫我去干，我真心干不出来，也不相信这么干能有结果。

但是傻大胆们就去干了，结果还真搞出一片天地来。这种例子太多了。

反倒是那种想得太多、把风险计算得太清楚的聪明人，最后被吓得只敢缩在一份自己不喜欢的职业里，只为了拿份月薪，求个稳定。所以，最后，很多时候是聪明人在庸人手下打工，一肚子意见不能抒发，一肚子才华无人赏识，最后变成怨天尤人的悲观主义者，被生活捶得抬不起头。

说到底，创业啊，结婚啊，都是得有点傻大胆的人才能干出来。聪明人小算盘一扒拉，就觉得要亏本，不干不干，还是维持现状的好。

梦想固然诱人，但是风险也高得可怕，脑子一热就豁出去搞了，万一鸡飞蛋打、人财两空怎么办，不能干不能干。于是，一天又一天，纠结着，犹豫着，怀疑着，时间越来越少，选择越来越少，最后连仅有的退路都失去了，只能一路下滑，滑到不可见的底层。

很多人宁愿安居在自己的恐慌中，拿各种结局悲惨的故事来验证和强化自己的恐惧。就像小马还没过河，身边就聚拢了一群叽叽喳喳的小松鼠，告诉它，只要过河，必死无疑。可是，别人的故事，怎么能决定你的人生？你不去试一试，怎么能知道水到底有多深？

聪明而胆小，是一个人最大的悲哀，而聪明和胆小，有时候也是相辅相成的。因为聪明，看得多懂得多，了解风险和失败的概率有多高，自然胆子小。

一个人如果聪明，同时又能克服自己的怀疑和胆怯，才能成大事。

就和结婚一样，有人还没结婚没对象，光听故事都吓破了胆。啊，这么多出轨的、离婚的、被坑的、被骗的，社会风气这么差，男人根本靠不住，所以不结了，我宁愿单着，要是结婚了，傻不拉几生了孩子，回头男人变心了，你连个屁都落不着。

这个逻辑有没有问题呢？一点都没有。所以，学历越高、越聪明的人，越不想结婚生孩子，因为害怕付出没有回报，害怕亏本。失败的例子这么多，凭什么我就能成功，我就能得到一份幸福婚姻？凭什么好事都能让我给撞上了，少天真了，人还是实际点，认命点好。

但人生本质上就是一场逆水行舟，不进则退。你想图安稳，一定没有安稳。你想忍让，最后总会让你忍无可忍，不如迎难而上。

其实你会发现，困难远比你想象得小。

又有人说，不是啊，我见过的创业成功的那些人，确实很懂行的，说起来一套一套的，分析风险，掌握趋势非常准确，又有资源，比我起点高得多啊。

可是你要知道人家的思想是怎么来的、经验是怎么来的、资源是怎么来的。那是边干边想、边干边积累来的，而不是坐在家里空想，今天读个巴菲特成功学，明天看个比尔·盖茨创业记就能有的。

鲁迅先生说过，没有人是等到学会走路了，才下地走路的。这个道理连农村妇女都知道。

走得越多，摔的跟头越多，进步就越快，自然就比你成长得更快乐。但是一开始，他决定创业的时候，未必有你知道得多。

若什么都要等有底了才去做，黄花菜早凉了。有时候，促使人改变的、让人勇敢的，不是有资源、有想法，而是无路可走，是被贫穷、孤独、他人的鄙视逼得无路可走。

你如果有学历有技术，能捧个到月出粮的饭碗，职位也还受人尊敬，就算看着外面的花花世界眼馋，你也下不了决心，懒得去走这一步。

这不仅是你的问题。就算是梁山好汉们，最后看到可以被朝廷招安的机会，也一样接受了，可是被招安的好汉们是什么下场呢？不用我说，你也知道了。

有人说，我是没钱啊！如果我有钱，我就胆子大，就敢放手去创业，去做我想做的事。可是，富贵险中求，幸福一样是险中求来的。

不是有钱才能胆大，而是胆大了才可能有钱。不是幸福了才能勇敢，是勇敢了才可能幸福。

这其实和有没有钱无关，我见过很多没钱的，借高利贷也敢创业，死的确实很多，但死个九次，第十次就成了，这就叫勇敢。

虽然在这个世界上，婚姻天天在破产，人人翻脸不认人，小算盘扒来扒去，只要脚踏出去，不管选哪条路，都可能是血本无归的买卖，但是，那又怎么样？只要你知道，这就是你想要的，只要你没伤、没骗、没坑人，为什么不能放手一搏？勇敢一点，就表白了，就嫁你了，怎么着吧？就信你一把，赌你一次，输了又如何？不就是心碎吗，不就是失去吗，躲到厕所哭一场，擦擦眼泪，明天又是一条好汉。只要人不死，明天的太阳照样升起来。太阳要下山，谁也拦不住。但黑路走到头，天就一定会亮起来。

所以，真的不要神化那些创业成功或者梦想成真的人，以为人家多有才华，多有远见，多有方略、智慧、资源，人家不过都是开了个头，走一步是一步，硬着头皮往下撑。事情砸过来，你就挡，挡得住就再混一阵子，挡不住就死。拼出来就有一片天，拼不出来，死了拉倒，死不透的，从尸首堆里爬出来，再来一次。反正这辈子就这么短短几十年，不拿来浪费，才是真正的浪费。

现代女性，
你不必做全能女人

常听朋友吐槽，被冠以"现代女性"的我们，真的活得太累了！以前只要上得厅堂，下得厨房，已经算是最高赞美，但现在呢？

标准更可怕了，要能在职场上混得风生水起，要么高薪高职，要么自己创业；还要一边生养孩子，母乳喂养，给孩子最好的陪伴；生完孩子最好快速恢复身材，健身护肤当辣妈；还要搞好婆媳关系，否则就被贴上低情商的标签。

居然有些女人在摆平这一切的同时，还能兼顾读书、学习，同步拿下各种学历各种证书。

天啊，到底从哪里冒出来那么多七个头八个手的女人？每天网络、八卦、公众号，都在宣传这种女人。

天天看着这样的文章，让人生出一种幻觉，似乎只要你想，你就能轻松做到。

可为什么我就做不到？

在这个女性意识觉醒的时代，女人的野心空前膨胀，完美的女性典型一个接一个被推出来。

每一个完美的女人，都像一种无声的鞭策，或者是一种无声的指责，指责你还不够努力。

类似《你凭什么安于平庸？》这样的标题，真让人瞬间被焦虑裹挟。

平庸已经成为一种罪过。不做出努力的姿态，约等于自我放弃，已经成为天大的罪过。

于是，不论是在职场拼杀的独立女性，还是在家相夫教子的全职主妇，每个人都显得压力重重，疲倦，抑郁，一聊起来都说身不由己！

因为颜值即正义，身材管理即正义，母乳喂养即正义，陪伴孩子即正义，拥有一份自己的事业即正义。即使你把这些都做好了，那也不过是本分，是基本款女人，因为外面还有更多的完美女人。她们捎带手就兼顾了事业和家庭，读书、健身自我提升，博闻强识，精明能干，情绪还能时刻保持稳定，姿态永远积极上进。

相比之下，现实中的我们，简直是狼狈不堪，这怎么能让人不丧气，不对自己产生深刻的怀疑？

所以，你这么拼，不是因为你想拼，而是因为希望被重视，希望获得安全感，更是害怕变成失意者，于是每天活在"不得不如此"的压力下。

你把真实的自己死死地管住，像一个严厉的家长狠狠地把她关了禁闭，强迫她像一个奴隶一样去做所有该做的事，生怕一放任，她就会跑出来，造成难以控制的后果。你以为，这就是自律，其实根本不是。

"自律"的意思是，"自己约束自己"，是按自己的方式去做自己想做的事，追求自己的幸福。

而你根本不知道自己想做什么，于是总是跟随这个世界的"律"，强迫自己去顺应这世界的"正义"，所做的，大多都是自我压迫。

这让我想起《镜花缘》里的一个故事：

书生唐敖周游海上列国，来到一个奇怪的国家，那里的人从来不睡觉，即使他们困得要发疯了，也绝对不睡觉。

因为他们认为一个人只要睡下去，就会死掉。

事实是，睡觉当然并不会死。但他们因为太久没有睡觉，太久不允许自己放松和休息，直到筋疲力尽才倒下，所以一旦睡下去，就真的再也醒不过来了。

人们以为的因果关系常常是颠倒的。

我看着周围以及媒体上那些疯狂奋斗的人，恍惚觉得自己就置身于不睡觉的国度。人们崇拜那些每天晚上工作到半夜，第二天又打鸡血般跳起来工作的人，人们总在说："比你优秀的人，还比你努力。"

这真是值得鼓励的吗？还是一种病态的完美主义，一种什么都想要，什么都不想放弃，什么都不想被人比下去的失控的企图心？

完美，从来不是一个目的，而只是一个结果。

什么是完美？

只有诚实地、快乐地、真正释放内心的能量去做一件事的时候，才可能一步步走向生命状态的完满，但这仍然不是完美。

不要指望人生每个面向都完美，尽管媒体报道说有，但真实生活里没有那样的人。

一个人，一辈子如果能够做好一件事，已经是非常了不起，人是血肉之躯，不是千手观音。

我很喜欢一部纪录片《寿司之神》，片中的小野二郎一辈子只做好一件事，那就是做最好吃的寿司。

他没有为颜值而努力，没有试图让自己成为一个有八块腹肌的大帅哥。甚至他的生意已经做得如此火爆，供不应求了，他都没有想要扩大规模，开几个分店，多赚点钱，换个大房子，晋升富人阶层，走上人生巅峰之类的。

都没有。

他只是一辈子守着那间小小的店铺，把所有的热情和才华，都用在改良寿司的口味上。他专注寿司的每一个细节——米饭、鱼生，想着如何能把它们做得更好吃，他笨笨地只能做好这一件事。

但他也是真正的聪明人，懂得限制欲望，懂得放弃，懂得把所有精力放在最看重的事情上——那件他最有天赋也最喜欢的事情上。

他不管外面开了几百家寿司店，他不需要超过任何人，只是做好自己。虽然他做的只是那么小的寿司，可是人们会叫他"寿司之神"。

所有的大师，所有能做出杰出成就的人，所有拥有幸福的人，莫不如此。

他们努力辨认内心那个微小却最重要的声音，相信它，跟随它。

它就像一条漫长而黑暗的隧道，只有一个小小的出口透出一线光亮，始终看着它，才能找到正确的方向。

让所有鼓吹"××即正义"的声音都去见鬼吧，那是别人的正义，不是你的。

让别人的评价、别人的失望都见鬼去吧，因为他们不能为你的人生负责。不要去听谁谁谁告诉你谁谁谁是十项全能，那都与你无关。

最可怕的是你不能给自己时间，不能温柔地、耐心地等待自己成长。

这世界只看重结果，如果说要让人生有一个完美的结果，那么只能是成为自己，不枉此生。

前几天，在黎戈老师的书中，看到这样几段话：

"我之前接触的假道学太多，所以对很多传统的东西有点不信任。现在发现，有些东西，气质纯正的，是极美的。

"闺秀们基本都婚姻幸福，夫妻恩爱，儿女成才，而她们恪守的那个体系，就是国学里最好的那块东西，而且被营养了。

"人是这样的，如果发乎内心，那么就是滋养，反之就是虚耗。我一向认为，苦痛不堪地强作贤妇，还不如做荡妇算了。

"可是这些传统女性，她们对自己的生活方式深信不疑，而且还得到了满足。这是值得现代女性深思和学习的。"

你所相信的，就能滋养你。

无论选择尽职于一份事业，还是选择成为家庭主妇，都要相信自己的路，认真快乐地跟随内心的声音去选定了，就专注去做，无论结果如何，我们都应该为自己鼓掌。

没有什么正义，幸福就是正义。

没有什么完美，相信自己所走的路就是完美。

富二代杀人案：
我收了你的礼物，就活该被你扔下19楼？

在"豆瓣"上看到过这么一个事：富二代薛某，苦追一个叫姗姗的姑娘八年，其间给她买过价值四万块的蔻驰包包、蒂芙尼项链，还有卡西欧的美颜相机，最后这个姑娘以"性格不合"为由拒绝与其交往。薛某恼羞成怒，一把举起女孩，从19楼扔了下去。事后，薛某被捕，上了法庭，姗姗的家人提出索赔1000万元的精神赔偿。这事儿本来可能就是一起情杀案，但是帖子下面网友的回复有很微妙的意味。其中几个得到最高赞的回复，都有明显怪罪受害者及其家人的意思："你女儿贪财，你们全家都贪财。"

这个逻辑眼熟吗？非常眼熟。这些年来，无论是地铁里的性骚扰还是下毒案，总是有人跳出来，义正词严地把受害者分析一番，指出他们自己本身就有各种道德问题，所以遭人骚扰或下毒都是有原因的。

这是道德主义的鄙视链。

这让我想起我的一个朋友：她老公出轨了，趾高气扬地回家跟她摊牌，并且在没有离婚的情况下就搬去和小三同居了。朋友因为生育后在家带孩子，一直没有出去上班，没有经济来源，这下子一被抛弃，简直就是灭顶之灾。

朋友的父母，得知这件事之后的第一反应，居然是先责问她："好好的男人，为什么要出轨？你是不是做错了什么？平时你是不是脾气太坏，不给他面子？你是不是花钱太凶，不勤俭节约？是不是没有保养锻炼，变成黄脸婆……"

在朋友老公离家出走的那个晚上，她几乎哭了一夜，一边哭，一边还要照顾孩子。同时，面对父母连珠炮似的提问，每一个问题都让她无言以对，心力交瘁。

她后来告诉我，最让她痛苦的，不是背叛本身，而是她明明是受到伤害的一方，最后所有的责任还要让她来背负，好像现在的局面全都是她造成的。她哭着说，自己就是个彻底的"废柴"，连婚姻都经营不好，连老公都留不住。

我的朋友，正如被扔下19楼的姗姗一样，受到伤害的当下，首先得到的不是支持，而是声讨。全世界那么多人，我们都好好的，为什么只有你被老公抛弃？为什么只有你被人从19楼扔下来？你最好找找自己的原因。

这种问责背后的逻辑是，受害者必须是完美的。他们必须在行为和道德上无可指责，人们会把你的所有行为用放大镜检查一遍，只要你有一件事没有做到位，一句话没有说对，那么你受到伤害就是活该。

换言之，人们会觉得，伤害你的人在某种程度上讲是在替天行道，替老天爷教训你。指责受害者，背后隐藏的另一个更深的心理：你做错了，所以你应该受惩罚，我的道德标准比你高，自我要求比你严格，所以这种事绝对不会被我碰上，我会活得好好的，不会碰上这种事。

这些指责受害者的人，内心都有一个天真的概念：这个世界是有绝对公正的秩序的——"有日月朝暮悬，有鬼神掌着生死权"。这个无形的法则会赏善罚恶，有因果报应。

你做得好，就能得到好报；你做错了，才会遭逢厄运。这种逻辑，叫作道德主义。

人们总是不自觉地想在道德上占据制高点，这不能简单地理解为一种优越感和虚荣心在作祟，它更是一种心理防御：认为我若做得比你更好，我就可以逃避一切的噩运。

他们相信，这就是解释世界的终极法则，一个人只要做得够好，就必然能够掌握自己的命运。

你是无罪者吗？

我又想起之前在寓所里上吊自杀的女作家林奕含。她诚实地写下了自己被老师诱奸的往事，之后便选择以惨烈的方式离开人世。因为冰雪聪明的她太知道这个世界会怎么说。

他们会指责受害者，会有许多人明里暗里地揣测："为什么老师不性侵别人，非得性侵你呢？为什么老师性侵你之后，又抛弃你、厌倦你呢？一定是你没有让老师持续喜欢你的魅力了，你只配被玩玩而已。你觉得痛苦？那是你软弱，你自恋，你矫情，你无病呻吟。"

这种恶毒的话，她或许已经听到过很多次了吧？或有声，或无声，或有形，或无形。这些指责，就像一块块砸向她的石头，一点点将她生活的意志剥夺殆尽。她也许努力过想要走出来，但是最终还是死在这种杀人不见血的指责之中。

《圣经》的福音书里，曾写过这样一个故事：

一个女人行淫时被抓，带到耶稣面前，群情汹汹，人人举起石头，准备砸之而后快。耶稣却对人们说："你们谁是没有罪的？就可以拿起石头来砸死她。"人们听了这话，一个一个地丢下石头，惭愧地走掉了。

耶稣在这里，提醒了所有人，你们真的有资格来审判这个女人吗？她也许有错，但是错不至死，如果她的错，需要付出被石头砸死的代价，那么在场的所有人其实都应该死。

没有一个人能够拍着胸脯说，我是无罪的，我有被豁免的资格。人的一生如此漫长，你有可能在道德上、语言上、一切行为上都做到完美无瑕吗？不可能。

这就是《圣经》中反复强调的一个核心观点：这世上，没有一个义人。这是一种可贵的对道德主义的反思。

耶稣还有一句名言："凡看见妇女就动淫念的，这人心理已经与她犯奸淫了。"很多人讨厌这句话，认为耶稣这是诛心之论，是太过理想的道德标准。

实际上，耶稣这么说，并不是为了给出一个高不可攀的道德标准，让人们努力去证明自己可以做到，而是为了清楚地告诉所有人，你根本做不到。在道德的鄙视链上，没有人能够爬到顶端，没有人是完美的，是真正无罪到有资格去审判别人的。

耶稣的这句话，把所有人都从道德的鄙视链上拉下来，拉到同一个水平线上。你真有资格指责别人，拿起石头砸死别人吗？你难道就是圣人？你就没有动过一点歪脑筋，从里到外全都完美无瑕？

道德不是护身符。

事实上，道德不是护身符，从来就不是。在姗姗的故事里，她遇到了一个有严重暴力倾向的控制狂薛某，他一直试图控制她，无论送礼物还是甜言蜜语，都不过是实现目的的手段。姗姗一开始也许犹豫过，但最终拒绝了他的求爱，而被他杀害。

在这件事上，或许姗姗做得不够完美，但如果换作你，你就真能那么信誓旦旦地拍着胸脯保证自己能逃脱被薛某杀害的命运吗？即便你再怎么"独善其身"，依然难逃恶人之手，这是一个概率事件。

道德，未必能救人。甚至很多时候，人是因为太好，才招致毁灭。《西西里的美丽传说》里，玛莲娜做错了什么，要被所有人撕烂衣服、剪掉头发，当街羞辱和殴打？她的罪，无非就是因为她美，这美成了她被觊觎的原因，在女人们看来，这就是不正经，是卖弄风骚勾引男人；在男人们看来，你这么美，却不让我染指，那你就是看不起我。

而姗姗，如果有罪，她最大的罪就是不应该被一个暴力狂盯上。她如今已惨死，不能再为自己分辩，人们只能听到杀人犯的一面之词，就把所有的手都指向她的脊梁骨，谁能说这就是事实的真相呢？

君子无罪，怀璧其罪。若总以成败论英雄，那么最后必然导向最恶毒的道德鄙视和最势利的因果循环。事实上，这世上过得顺风顺水的人，未必都是君子，而那些厄运临头的人，也不见得都是有错的。

受害者必须完美，受害者不能有错，因为苍蝇不叮无缝的蛋。这种看法看起来有理，但是不要忘记，哪怕你认为自己再无缝，你也始终只是个脆弱的个体，你和你所指责的受害者一样，只是个"蛋"而已。

个体是脆弱的，而命运是强大、不可捉摸的，世界上的种种不公与恶意，是根深蒂固、由来已久的，是如同万丈高墙般冷酷而坚硬地存在着的。当有一天，你被命运的巨浪掀起，不幸要和这堵墙正面碰撞的时候，破碎的一定是你，而不是墙。那个时候，你哪怕无缝，只要撞在墙上，就会粉身碎骨，无法幸免。

村上春树曾经说过："在一堵坚硬的高墙和一只撞向它的蛋之间，我会永远站在蛋这一边。对，不管墙有多么正确，蛋有多么错，我都会站在蛋这一边。……我们都是人类，都是超越国籍、种族、宗教的个体，都是脆弱的蛋……假如我们有任何赢的希望，那一定来自我们对于自身及他人灵魂绝对的独特性和不可替代性的信任，来自我们灵魂聚集一处获得的温暖。"

这歧视的高墙，也许自有其成因，也许坚不可摧，也许无处不在。但是我们每个人总可以从自己做起，多给受害者一点温暖和鼓励，告诉他们，你们没有错，你们应该讨回公道。

人设的崩毁：
我们为什么讨厌戏精？

明星出轨的戏码，似乎永远能刺激人们的神经，尤其是那种平时看起来深情顾家或是清纯简单的公众人物，每隔一阵子就要掀起一轮全民讨论的风潮，已然成了现代社会最可怕却又最常见的剧情之一。其可怕并不在于当事人遭受多少经济或身体上的损失，而在于，它总在提醒你，一个你自以为很了解的人，很可能在一夜之间就会变成一个你完全不了解的陌生人。

无论是大众偶像还是自己身边的朋友，平时人设越完美，崩塌的时候就越让人吃惊。人们不能原谅的，不是错，而是假。错可以改，但是"假"直接威胁到了人们对很多事情基本的信任感。

人们不停地关注着此类事件，其实也是在借机发泄内心隐藏着的不安。一次次，我真的很想问，人为什么不能诚实地活着？诚实到底有多难？

为什么有的人会成为戏精？

"人设"最早是写剧本的术语，意思是从无到有地创造角色，赋予角色独特的个性，给他贴上鲜明而独特的标签。

在心理学上，人设，其实就是人际策略的选择。心理学家霍妮曾提出这样一个理论：人的一生，是一个努力克服虚弱感并在一个充满危机的世界里安身立命的过程。

为了达到这个目的，人会根据自己的情况，在三种人际策略中进行选择：一是采取顺从（谦卑）的方法迎合他人；二是以自负的方式对抗他人；三是以逃避（超脱）的方法远离他人。

这三种类型的人都会在心中给自己设立一个理想型人设。

选择谦卑型策略的人，心目中理想的自己就应该是，充满爱心，不为自己获取利益，如果做到了，就会受到命运的优待、他人的赞扬。

自负型人设通常对自己的才智或天赋很有信心。他们理想中的自我人设是，表现出杰出的才华和品质，就可以获得生活的主宰权，以及他人的爱慕和忠诚。

而超脱型的人理想中的自我是，不尝试便不会失败，无所求就不会失望。他们选择躲避，主动放弃现实生活，克制欲望，以此获得精神上的平静和满足。

这些策略的选择，通常是交替发生的，人们会根据自己的情况，在这三种取向中灵活变通，最后创造出一个独属于自己的人设。比如我曾遇到过一个雷厉风行的女上司，在业务能力上她称第二，我想，没人敢称第一。

某次，恰逢暑假，她带了自己的女儿来公司。我看见她蹲下身和女儿对话，然后温柔地捏捏女儿的小脸蛋，看女儿做鬼脸，自己还会模仿着做一个一样的，如此举动把母女俩都逗笑了。这种温柔慈爱的母亲形象与她平时不苟言笑的职场人设截然相反。

契科夫的小说《变色龙》里，有个虚伪逢迎、见风使舵的巡警奥楚蔑洛夫，他遇到平民就嚣张跋扈，遇到长官就卑躬屈膝，性格好像装了开关一样，一按就变。从某种程度上来说，每个人其实多少都有变色龙的属性，这不是完全的变形，而是某种对个性的微调，是人生存的本能。

就像自然界的动物，在不同的环境下变换体色是一样的道理。在一定程度上，这是合理的。但是当人的虚荣心开始膨胀，想要从身边攫取得越多，就越容易长期把自己隐藏在某种完美的伪装下面，对自己无法做出的要求，摆出一副完全做到了的样子。这时候，人设就变成了沉重的"人格面具"。某个明星就是如此，他面对公众时，给自己带上的人格面具就是接地气、机灵、有娱乐精神、努力又重感情，这可能是他理想中的自我的样子，也可能是他感觉人们会喜欢他的样子。但他私下里，面对其他人群的时候，也许完全不是这个样子。这一点，在微信朋友圈里特别明显。我身边就有这样的人，一个微信设置了好几十个分组：在针对老同学的分组里，晒旅游，晒美食，秀恩爱；在同事和上司的分组里，发的是认真工作、推广公司产品的信息；而到了某些特殊人群的分组里，如男神啊、前任啊、暧昧对象什么的，发的信息又变成了各种感性的倾诉，深夜的孤单、撩人的诗句和情歌一类的。这种人，就是不停切换人格面具的人。他们的朋友圈简直就像一个平行宇宙，不到另一个分组里，你永远不会发现原来他还有这样的一面啊！

人设，大家都有。但是，如果太过看重他人的评价，甚至变成了必须背着一箱子人格面具的戏精，那就会比一般的人设更加辛苦，而且高危。它的问题在于真实的自我与理想型的自我之间差距太大，沉重的人格面具后面，灵魂其实已经不堪重负，一旦被戳破，就很容易面临人设的全面坍塌。

伪君子，为什么不如真小人？

戏精，也就是带着人格面具生活的那些人，我们通常称其为"伪君子"。真小人，虽然也不是好东西，可起码大家对他能够预先警惕，但是"伪君子"就可怕了，他会精心研究人们的喜好，给自己打造出一个完美的人设。人们会关注他，喜欢他，甚至崇拜他，对他毫无戒备，不知不觉中就把自己的一切奉献给他。

在真、善、美三个字的排序中，真必须是排在第一位的，没有了真，善和美就成了无根之木、无源之水。人们可以原谅错，却不能原谅假。

在多年前那场轰动一时的"艳照门"事件里，陈冠希承受了漫天的谩骂，退出娱乐圈，这么多年过去了，他倒还是原来不羁的样子，为女友在微博怒怼某个女明星，看到狗仔偷拍女儿，他怒摔相机，破口大骂……可现在，人人都换了一套说辞："陈老师这才是真性情！'艳照门'里他才是最无辜的。"因为陈冠希只是犯了错，但他真实，所以能被原谅。但"好男人"在妻子孕期出轨，"清纯小花"在大街上抽烟，因此被骂是因为"假"，因为人设的崩塌。

"错"，很可能是因为你不知道事情的严重后果，一时糊涂，不知者无罪。但是"假"代表你有故意迷惑的企图，你很清楚自己在做什么，却一边做着坏事，从中获取利益，一边还要让人觉得你是好人，在"好人"的人设里占着另外一份利益。在"假"的背后，驱动它的本质是自私，是贪婪，是通过欺骗来剥夺他人，以满足自己无底线的贪欲。

真诚，是最好的策略。

在这个诱惑太多、选择太多的世界里，真诚成了越来越稀缺的品质。

一份关于"90后"和"00后"的性格调查报告显示，比起"70后""80后"，年轻的一代明显更加讨厌表里不一，讨厌灰暗和复杂，他们欣赏直接果断的个性，不瞻前顾后，不面面俱到，不左右逢源。

所以，他们对权威表现出更少的顺从性，对服从集体利益的教导更不屑一顾，对主流价值观更敢于反思和打破，更敢于发声，说出自己的心里话。前段时间火爆的节目《中国有嘻哈》不就证明了这一点？不爽你，我就写歌羞辱你，要不就唱段"freestyle"当众互怼，选手对张震岳、吴亦凡这些评委也不客气，凭什么你觉得不行就不行，我还偏要证明我行。

"keep real"（保持真实）成了一呼百应的新时代精神的口号。对他们来说，活出真实的自我，生命才有价值。他们讨厌"影帝"，讨厌戏精，讨厌为了获取利益而隐藏自己真实想法的人。

在这个大家都越来越聪明、信息也越来越透明的时代，谁都不是傻子，想要通过伪装和愚弄来操纵人们的感情，最后必然只会把自己的路走绝，得到的只能是唾弃。

而真诚才是最好的人际策略。不仅对别人应该如此，对待自己，更不应该自欺。如果你从来未曾为自己而活，在所有的声音里迷失了自我，你听了太多人的声音，却唯独没有听过自己的，你把自己的潜力淹没在浮华世界里，就算得到全世界，结果只会是空虚。

永远在攫取，却永远不会满足，这种空虚和无意义的感觉，就是对一个人的自我欺骗最深也最狠的惩罚。

村上春树：
身体是每个人的神殿

我曾做过一个梦，梦中的情景到现在仍然十分清晰。

我梦见自己走进一座漆黑的破庙，庙正中坐着一个神婆，我跳进一个半人高的深坑之中，双脚泡在冰水里。我问神婆："有没有多余的人头？我想要一个。"神婆找遍了整座庙，告诉我没有人头，只有一些泥塑的雕像头。我心中失望，然后就醒过来了。

醒来之后，有点困惑，于是把这个梦发到群里询问。一个心理咨询师朋友问了我几个问题：平时是不是容易手脚冰凉（泡在冰水里）？是不是特别依赖头脑（寻找人头），常常读写，却缺乏规律运动？

我回答，是。

她对我说："你要学会和自己的身体连接，因为比起头脑，身体往往有着更深的智慧。"

这句话，后来就一直停留在我的意识中，却只是模模糊糊的，我没有仔细想过它到底是什么意思。智慧不是大脑的活动吗？能和身体有什么关系？

恰在这时，我读了村上春树的《当我谈跑步时我谈些什么》。

在读这本书之前，我对创作者的整体印象其实挺刻板的。我总觉得小说家、艺术家之类的肯定都生活得很恣意，毕竟嘛，文艺创作，需要的是激情，是灵感，是对生活的丰富性的体验。人们津津乐道的，是李白斗酒诗百篇，是菲茨杰拉德浮华的夜生活，是海明威用猎枪崩了自己的脑壳，是凡·高疯了割掉了自己的耳朵，是三岛由纪夫当众剖腹自杀……

艺术家们的私生活似乎大多很不堪，男女感情混乱，欠债，酗酒，愤怒，叛逆，惹是生非，不屑过家常日子，似乎唯有这样，才称得上艺术家，才能切合人们心中对这个群体固定的印象。

所以，当黑豹乐队的鼓手被人拍到居然用保温杯泡枸杞的时候，全网一片哗然："你不是摇滚歌手吗，咋还养生起来了呢？"

这种印象如此根深蒂固，以至很长一段时间，我都羞于承认自己是个"文艺青年"。这几乎成了骂人的词，"你是文艺青年""你全家都是文艺青年"，每次听到这样的话，我都在心里为"文艺"打抱不平。到底从什么时候开始，"文艺"竟然成了"不靠谱"的同义词了？

有一阵子，我也很迷茫，如果读书、绘画、写诗这些事都不能让我们活得更明白，更平和，内心更坚定，反而带给我们更多的疯狂和伤害，让我们无止境地向黑暗中堕落，那么，为什么还要读书和创作，艺术的伟大到底体现在哪里呢？如果以创作为职业、与艺术朝夕相处的人，个个都活得这么痛苦，对生活这么无法自控，那么艺术真的是值得我们去寻求、去亲近的事吗？

而村上春树用这本书回答了我的问题：是的，它值得。

诚然，才华如同一份意外得来的财产，有些人恃才傲物，选择挥霍与燃烧，只管当下，不管明天。就像郑钧歌里唱的，"痛苦会紧随着欢乐，可我不在乎这结果，想说的说了，想做的做了，让泪水前面等我"，他们只愿意跟随直觉行动，一点都不想勉强自己，今朝有酒今朝醉。

然而也有人珍视这份礼物，如同接受了一份上天托付的财产般，耐心地守护和善用它们。比如村上春树，他在二十八岁那年决定成为一名小说家，从此过上了非常自律的生活，每日必定写作4000字，从不间断，每天长跑10公里，风雨无阻。

他也曾经不规律地生活，开酒吧的时候，常常熬夜，折腾到凌晨才入睡；吸烟，一天要吸60支，手指熏成了黄色；从早到晚伏案写作，体重增加，体力下降。

某一天，他忽然意识到这样的生活方式是不可持续的，意识到，如果真的想成为一个小说家，必须要善待自己的身体，从健康的身体中去汲取更多的智慧和力量。

他是当之无愧的天才小说家，著作等身，获奖无数，平均每年出书两本，还不包括译著，而且每一本都保持着高质量。他有很多天分，把自己活成了一颗耀眼的流星，只求一瞬光华。但村上很清楚，他想做的不是流星，他想做的是一颗能够持续发出温暖光芒的恒星。

就这样，作为资深老烟枪的村上果断戒了烟，很多人反反复复都戒不了烟，他说戒就戒，从之前的一天三包到现在一根不抽。同时他开始了长跑，从此没有停下来：每年夏季一次全程马拉松，秋季一次铁人三项。

他严格地训练自己，磨炼思想，更重视对身体的维护。身体有更深的智慧，对这一点，他应该有深刻的领会。他曾说："身体是每个人的神殿，不管里面供奉的是什么，都应该好好保持它的强韧、美丽和清洁。"

关于每天一小时的长跑，他说，他就当作每天只有23个小时，那一个小时，就是用来跑步的。近四十年来，他都是如此生活的：清晨早起，用最清醒的几个小时来写作和处理重要的事情，随后的时间用来运动和处理杂事，打理那些不需要高度集中的工作。到了日暮时分，他便不再工作，读书、听音乐，放松精神，早点睡觉。四十年中，他一直如此作息，工作顺利，效率甚高。

他常年吃着简单干净的食物，与生活建立起和谐有序的关系，他相信自己体内沉睡着未经挖掘的矿脉，相信其中一定蕴藏着无数的珍宝等待被发掘，而让这些珍宝在阳光下呈现的方式只有一种，就是持之以恒、勤奋而坚定的劳作。

他的小说里，充满着自由流动的幽微的直觉之美，而这一份浑然天成的动人，不仅仅是灵感的结果，而是来自他的坚持，甚至可以说是对自己刻意的控制才能达到的结果。其中有非常微妙的平衡。

控制太过，就成为勉强，变得僵硬而不真诚。但完全任性挥洒，就很可能过早地透支才华，变成一个厌世和虚无之人，让余生成为枯井，再也无法产出精彩的作品。

他很有耐心地去摸索让自己舒适的节奏，建立起一套稳定的习惯，如同长久地设计、建造、雕琢一栋舒适坚固的房屋，但很小心地，不去囚禁和弱化居住在其中的灵魂，而是为灵魂留下充分舞动的空间，能够自由地飞出去，也能安全地飞回来。他努力保持健康的身体和生活习惯，因为他懂得，这将是灵魂在迷失时至关重要的灯塔，会是疲倦的心最坚实的港湾。

他说："当我们打算写小说，打算用文字去展现一个故事时，藏身于人性中的毒素一般的东西，便不容分说地渗出来，浮现于表面。作家或多或少都须与这毒素正面交锋，分明知道危险，却仍得手法巧妙地处理。

"倘若没有这毒素介于其中，就不能真正实践创造行为。……这或许同河豚身上有毒的部位最为鲜美甚是相似。……

"如欲处理不健康的东西，人们就必须尽量健康。这就是我的命题。甚至说，连不健全的灵魂也需要健全的肉体。

"人有一日总会败北。不管愿意与否，伴随着时间的流逝，肉体总会消亡。一旦肉体消亡，精神也将日暮途穷。"

人必须尽量健康，才能够更好地处理不健康的东西。

所以，在他的笔下，可以看到人性最深不见底的幽暗，但他如同常年处理有毒河豚的手艺精到的大师傅，能够深入地去理解、去描写这所有的孤独、寒冷和残酷，却又能把这一切隔离在自己的世界之外，全然不被影响。所以，在这些寒冷故事的尽头，读者总会感觉到如同温泉浴般深刻的暖意。

村上春树二十二岁就踏入婚姻，之后生活清白，从无绯闻传出。他和太太阳子平静地度过了半生岁月，对于一个"文艺青年"、一个名动天下的才子来说，这绝对不是一件简单的事。

越是想要维持简单的生活，越是需要超出常人的坚忍和定力。人常说可怜之人必有可恨之处，那么，相反地，能过上令自己满意的生活，做着一份热爱的工作，拥有一个温暖的爱人、一个和睦的家庭，这样的人虽然看起来平和温柔、与世无争，实际上，也必定有不为人知的狠和对欲望贪念的毫不容情。

"静则生明养心有主，温而能断临事无疑。"

启功先生的这句话，在我看来，形容村上春树，再也合适不过。

如果下一次再有人用嘲笑的口吻对你说"搞文艺的"都是疯子、都不靠谱的时候，不用客气，直接把村上春树的故事回敬给他。

坚持跑步，对村上春树来说，除了增强身体素质，为创作积累力量以外，还有个重要的作用，就是能够带来空白。

　　对于写作者来说，思考当然是重要的，但毋宁说空白更为重要。空白，其实就是给思想留出流动的余地，留出呼吸和自然生长的空间，而不是被无法自控的思考裹挟，让脑子成为灰尘四起的跑马场，想要停止却停不下来。那样绝对不可能成为一个优秀的作者。

　　有人问村上："你跑步时都在想什么呢？"

　　他回答说："跑步时我不是人，只是一架纯粹的机器，所以什么也无须感觉，唯有向前奔跑。我跑步，只是跑着。原则上是在空白中跑步。也许是为了获得空白而跑步。"

　　在禅修中，很强调打坐，这是一种进入禅定的方法。打坐的目的，或者说最终想要进入的境界，其实就是空白，仿佛进入无梦的睡眠之中，但其实又是清醒的，是被动的，让自己彻底放松和感受，而不是分析与思考。

　　拥有这样的空白，是一种神秘而关键的体验，是语言无法形容的境界，但对人而言是重要的，也是意义重大的。

　　村上的跑步，就是他的禅定。他跑过长达100公里的超级马拉松，从早上跑到夜晚，整整一天，那本该是一场汗流浃背、精疲力竭的奔跑，却被他写得充满静气，读来居然有安抚心灵的效果，就像看一个人如何闭关，进入自己的内室，在那里岿然不动，长久地禅定。打坐之人，身体未动，其实灵魂早已走过千山万水。

　　而村上的身体虽然在奔跑中行过闹世，穿过湖畔，跑过草地，路过羊群，他的心却在这样的过程中回到一片静谧的空白之中。

　　当然，与身体建立良好的连接，不是一件容易的事。训练身体，如同教育孩子，过于强硬，则可能逆反，过于放纵，就可能毁坏。

　　循序渐进，逐渐在运动中了解自己的身体，慢慢地施压，让身体逐渐适应锻炼的强度，其中需要有坚定的意志、要有某种类似信仰的东西来支撑。

他说，坚持，尽其所能去完成一件辛苦的事，完成自己开始预定好的计划，过程越痛苦，结局越开心，因为战胜自己比战胜任何人都要快乐。战胜自己的结果，是成全自己，证明自己能克服所有的黑暗。

"这是一种个人的喜悦：'自己体内仍然有那种力量，能主动地迎击风险，并且战胜它！'这种安心感，也许比喜悦更为强烈。体内那仿佛牢固的结扣的东西，正在一点点解开，虽然我还不曾察觉这样的东西在自己体内。"

沉迷网游的孩子们，
心里到底在想什么

　　亲戚家的儿子正在上高二，最近我听到他母亲到处跟人诉苦：这孩子小时候很乖，学习也不错，但自从上了高中以后，整个人就完全变了。

　　他迷上了网游，为了在游戏里买装备，他瞒着家里去借高利贷，第一次借了1000元，后来还不了，又去另一家借，拆东墙补西墙，如此折腾一年多，高利贷者终于把电话打到了家里，告诉他母亲，他已经欠了6000多元没还，再不还就要动用非常手段了。

　　这位亲戚吓得赶紧把钱打过去还掉了，问那孩子是怎么回事。他承认自己借高利贷的事实，再被问还有没有借更多钱时，他就再也不肯说了。之后，这位亲戚没收了他的电脑和手机，再也不让他打游戏。

　　但从此以后，这个孩子再没跟她讲过一句话，放学回家就把自己锁在房间里，成绩也直线下降。不管是这位亲戚对他苦口婆心地劝，还是哭闹、打骂，对他都毫无效果，她怀疑这孩子得了精神病，现在全家都因为他的事陷入了绝望。

　　听了这位亲戚的哭诉，我想起网上从未停止过的对各种网游的讨伐。有的说网游是奶头乐，是麻痹奋斗意志的政治工具，也有人分析它的成瘾性设计原理，痛斥游戏开发商们为了圈钱，毫无社会公德心，等等。

然而，很少有人真正从孩子的角度出发，去理解他们——他们在游戏里到底经历了什么？想要获取的，到底是什么？孩子沉迷网游，真的不正常吗？

长安有男儿，二十心已朽。

"长安有男儿，二十心已朽"，第一次读到李贺的这句诗时，心里微微一震，被一种深刻的共鸣击中。那时，我不过是一个正在读高中的女孩，却完全能够体会到诗人写下"心已朽"这几个字时的心情。

大人们总说，少年是不知愁滋味的，他们不过是"为赋新词强说愁"，青春的那些喃喃自语、自艾自怜，都不过是无聊和"中二"的表现，都是闲出来的，是生活富足之后没事找事的矫情。

大人们总觉得，我顶着那么大的压力，给你创造了安宁的环境，你不好好读书，就是对不起我。你那点痛苦，算什么痛苦？

在大人的世界里，总觉得只有自己所承受的那些关于工作、关于赚钱、关于家庭矛盾的问题才能叫作真正的痛苦。

但少年的痛苦是真实存在的。

深刻感觉到自己已经走到了世界的尽头，看到了人生的本相，心已经衰老得近乎暮年，而余生还有漫长的时间要打发，那种绝望而困顿的心情，是真实的。

在这种不明所以的绝望里，少男少女们大多不懂得如何纾解，所以逐渐会变得比儿时更沉默。

在父母看来，孩子变了，变得古怪而不可理解，是不是有了心理问题？该不该打骂，要不要干预？极端一点的甚至觉得孩子已经得了精神病。殊不知，这种粗暴的"诊断"和希望孩子变得"正常"的期待，反而可能给孩子的心灵造成无可挽回的伤害。

蛹与隧道：尊重孩子成长的节奏

日本心理学家河合隼雄曾在《孩子的宇宙》里如此写道："成长过程中，大多数人都会经历到一个'隧道'或'蛹'的状态，在豁然开朗之前，必然有一段自我封闭的过程。青春期就是'蛹'的时期，在青春期即将到来的时候，作为毛虫，可以说已经迎来了晚年。"

所以，一个少年感到"心已朽"并没有什么可奇怪的。日本一代宗师明惠上人曾在十三岁那年决定自杀。他还写下了遗书，"匆匆十三年，但觉身已老"，他感觉作为童年的那个完美的世界正在离自己远去，而接下来要面对的，只是一个残破、荒谬、肮脏、令人厌恶的世界。既然人总是难逃一死，他决定舍身饲饿狼，以求冥福。他夜里一个人跑到墓地去躺着，却什么事也没有发生，他遗憾地回到家里，才打消了自杀的念头。

这种自杀的冲动，其实正是孩子已经达到自我完善的表现，作为孩子，他已经完全成熟了，已经准备好要和曾经的世界告别了，却又不知道该如何进入成人的世界。

他预感到一个完美的世界早晚会被打破和玷污，所以为了保护这种完美，甚至会产生放弃生命的冲动。

释迦牟尼的故事就是很好的例子。他作为王子出生在宫廷，年幼时生活在锦衣玉食、鲜花簇拥的世界里。直到他亲眼看见生老病死，看到人生的疾苦，他的完美世界被粉碎了。他勇敢地告别了那个作为毛毛虫的自己，进入了"蛹"的状态，他经历了苦修，在菩提树下闭目趺坐了四十九天，才恍然大悟。是日天朗气清，惠风和畅，他了悟成佛，涅槃重生。

很多宗教中都有类似的故事，犹太教的经典记载，摩西在西奈山上，远离百姓，与上帝私语四十昼夜。

而《马太福音》中记载，耶稣基督，在正式成为基督之前，也同样进入无人的旷野，四十个昼夜不吃不喝，接受魔鬼的试探。

就连很多武侠小说里都有类似的故事，某大侠需要把自己的功力提升到一个新的阶段时，总要做一件事：闭关。

可见全世界的智者一致承认"孤独"这件事的必要性。

青春期孩子的自闭，不再活泼，不再喜欢与人分享心事，未必总是坏事。这种孤独和自闭，可能是对童年纯真的悼念，也是对未知前途的小心翼翼的试探，这是孩子在与自己的内心对话的过程。

在这个过程里，孩子在迅速地成长着。

而这个走出隧道，这种从茧里酝酿、挣扎而出的过程，唯有孩子自己才能完成。这时，大人们没必要着急，没必要强行干预，也不要认为这有什么不正常的。

大人该做的就是尊重孩子的孤独，给他一个温暖的环境，好好等待。如果硬要认为孩子不正常，非要把他从"茧"里拉出来，强迫他面对现实世界，那么结果就很可能只得到一个死去的"蛹"，而无法看到他成为美丽的蝴蝶。

彼端世界：连接童年与成年的通道

那么，"蛹"中的少年远离人群的时候，他们的心到底寄居在哪里呢？通常来说，他们会有很长一段时间停留在自己的幻想王国之中。

如同耶稣的旷野、摩西的西奈山、释迦牟尼的菩提树，孩子在成为一个"蛹"之前，会为自己编织出一个隔离世界的"茧"，那个茧中的世界与童年的世界不同，与成人的世界也不同，它是一个独立存在的心灵王国。

在那里，孩子会从幻想的经历和人物身上感受与学习，逐渐掌握和获得能够应付真实世界的能力，时机成熟了，他们自然会从那个世界里离开，健康有力地走进真实的世界。

河合隼雄在《孩子的宇宙》中写道：

"此端的日常世界，是由彼端的幻想世界所支撑的。与彼端世界的接触如果被切断了，此端世界也会出现种种问题。此端世界是技术性的世界，彼端世界是超越性的世界。现代教育的盲点之一，就是热衷于传授并让孩子掌握技术，却忽略了超越性世界存在的重要性。居住在技术性世界的人，被按照在多大程度上达成'欲望'（目的）来测定。孩子被按照学校的分数测定，被相对分为优秀生和后进生。就算我们呼吁'重视每一个孩子'，但由于完全忽略了超越性的彼端世界，这种声音也是空洞的。"

在很多的儿童文学作品中，都曾描述过这样的"彼端"世界，也就是"茧"中的世界，而它们的入口通常都设置在现实世界之中。

在C.S.刘易斯的《纳尼亚传奇》中，纳尼亚世界的入口，就在一个衣柜后面；另一位英国作家菲莉帕·皮尔斯的作品《汤姆的午夜花园》中，少年汤姆会在午夜进入一个白天从来没有出现过的神秘花园里，在那里他认识了一个叫哈蒂的女孩，并和她成了知心朋友；还有圣埃克苏佩里的《小王子》，小王子离开自己的星球，在茫茫宇宙中孤独地漫游，那是属于他的幻想王国。

最为人所熟知的故事大概就是《爱丽丝梦游仙境》了。爱丽丝掉进兔子洞，通过喝下神奇药水，进入一扇小门，在仙境遇到了种种光怪陆离的景象，从仙境中出来以后，她成为与从前完全不同的女孩。

而我觉得最美的"彼端世界"还是在《红楼梦》中。贾宝玉的太虚幻境入口，同样是一个卧室——秦可卿的卧室。宝玉在那里睡着了，似醒非醒之间，跟随警幻仙子进入了太虚幻境。在太虚幻境，宝玉懂得了"假作真时真亦假，无为有处有还无"，他听说了"离恨天"与"灌愁海"，品尝了"千红一窟"和"万艳同杯"，为仙乐红楼十二曲而感伤，也为金陵十二钗的画册而感觉迷茫。宝玉还在这里，第一次领教了男女之事，得到了最初的性启蒙教育，当他醒来，从太虚幻境离开的时候，他已经从一个男孩成为一个男人。

而这一切无声无息，只在他的梦中发生，旁人无法介入也无法知晓。这个世界虽然看不见、摸不着，对宝玉而言，却比一切真实的世界更加真实，也更为重要。

我总觉得，这个太虚幻境，一定就是曹雪芹在少年时代曾经为自己编织的那个"茧"。

这样的故事，作家们总是乐于书写，是因为他们都深深懂得那个幻想王国对孩子成长的关键作用。当他们成年以后，想起自己曾经踏足过的彼端世界，心中应当有深深的怀念与感激。正是在那里，他们度过了一生最脆弱迷茫的时光，正是那里为他们提供了一个缓冲期，使他们能够从容地成长，而不再畏惧现实世界的残酷与肮脏。

这样的幻想王国，可能以各种各样的形态出现。有时，可能是一场恋爱，有时可能是一次追星，也很有可能是以网络游戏的面目出现的。

网络游戏，呈现的是一个完整而生动的虚拟世界，那里有爱情和追逐，也有杀戮和竞争，有理性的交易，也有和同伴并肩作战的默契与友谊。

在互联网时代，一切虚拟的满足触手可及，即便是成年人，也很难把持自己不被诱惑，更不要说那些一心想要并且需要进入幻想世界的青少年了。在曾经没有网络的时代，孩子不得不开动想象力，凭空为自己编造一个"茧"，而现在，网络游戏则提供了一个现成的"茧"，让孩子们栖身其中，这个世界是如此丰富和生动，让人难以抗拒。

我们应该承认，孩子需要这个"茧"的欲望，是健康的、正常的，是成长所必经的阶段。然而，他们所选择的、所投入其中的那个"茧"，却未必是真正能够让他们安全成长的所在。

更多时候，网游本身更像是一只庞大的蜘蛛，搭建起天罗地网，把猎物困锁其中，缓缓吸取他们的血液为生。身在局外的家长，清楚地看到这样的事实，自然会忧心不已。

但是，真正能够解决孩子"沉迷网游"的方法，并不是简单地通过没收手机、电脑，对他们严防死守、斥责、打骂就能够做到的。

引导者：旅途的同行者

河合隼雄在《孩子的宇宙》中写道：

"人的灵魂，本来就不是容易把握的，因而，灵魂的引导者势必带上捣蛋鬼的性质。这种角色不能由总是朝着一个方向前进的领袖或总是传授正确东西的教师来担任。"

我想起自己很喜欢北野武的一部电影《菊次郎的夏天》，故事说一个小男孩自幼丧父，和奶奶住在一起，他很想念妈妈，于是在暑假，决定离家出走去看望妈妈。邻居的阿姨想帮他完成心愿，拿出一笔钱作为旅费，还安排游手好闲又好赌的老头子，陪他一起踏上寻找妈妈的旅途。

老头子第一天就把老婆给的钱输光了，两人只能步行前往。一路惹了很多麻烦，最后小男孩找到妈妈，他才发现她早已经重新组建家庭，也有了新的孩子。小男孩沮丧又难过，在归途中老头子一直逗他开心，想出各种稀奇古怪的游戏陪他玩，最后，他告诉小男孩，自己的童年也有类似的被妈妈遗弃的经历。

　　临走时小男孩很开心，他说了一句："再见，菊次郎。"我才知道，原来"菊次郎"不是小男孩的名字啊，而是老头子的名字。原来这个故事中需要寻找妈妈的、需要获得引导和治愈的，不仅是小男孩，还有那个老头子。

　　这个故事令我感动，因为它说出了一个真理——**引导这件事，永远应该是平等的，而且是双向的，看起来是你引导了孩子，然而孩子何尝不是在引导你呢？最好的引导者，其实是旅途的同行者。**

　　父母总觉得，孩子才是最有问题的，是经验不足的，是需要获得指导的那一方。可是，不管是孩子还是大人，谁又能说自己对人世就有绝对充足、绝对无误的经验呢？哪一个人的生命里不是充满重重困境呢？

　　每个人，都有自己的缺陷，犯过各样的错误，谁又能说自己不需要被引导、被改变呢？从某种程度上来说，父母是孩子的守护者，但孩子在某些时候也可以成为父母的引导者。如果父母总是把自己放在高高在上、正确无误的位置上，总想指手画脚地纠正孩子，那么，结果很可能就是越来越深的隔阂与误解。

　　每个生命都有他自己的方向，孩子也许未必会长成父母所期待的模样。但每个生命也都有其共同追求的方向，那就是尊严、自由和爱。

　　社会心理学最早的倡导者之一卡伦·霍妮曾经在她的著作《神经症与人的成长》中写道："人，生而具有自我实现的倾向。只要移除了障碍，人就会自然地发展成成熟的、充分实现自我的个体，就像一颗橡树籽，会成长为一株橡树。"

　　河合隼雄说到的"捣蛋鬼"式的引导者，就是这种能够移除障碍的引导者，他们有一些天真和淘气，是敏锐的、变幻无穷的，是兼具破坏性和建设性的角色。他们通常不受社会常规的束缚，而能凭直觉打入人的内心。

一个好的引导者，一定不是把自己放在绝对无误的权威的位置上对孩子指手画脚的人，不是直接替孩子去做决定的人，而是努力去体谅孩子成长的艰难，理解他心中的障碍，必要时允许他"不乖""不正常"，了解他出于什么理由去破坏规则，也同样给他时间去建立规则。

曾经以为，只有批判才能改变现状。而如今，更相信温柔的力量。教育孩子，可以打骂、指责来逼他改变，也可以理解、共情、以身作则来影响他。但温柔绝不是溺爱放纵，而是一种踏实的耐心和信任，是不以善小而不为，是水滴石穿，身体力行。

世界从来不缺少愤怒的人，不缺少声嘶力竭叫骂的人，但我们缺少不急不躁，能躬身亲为带来真实改变的榜样。孩子是善于模仿的小动物，而父母是他们最贴身的一面镜子。不要总期待别人做到完美，而要一直期待我能够先成为这样的人。

林奕含之死：
书写是一场绝望的自救

　　台湾女作家林奕含自杀的新闻在当时闹得沸沸扬扬。她出版了一本书《房思琪的初恋乐园》，还接受了访谈。可是就在这本书出版后不久，4月27日傍晚，她就被发现于自家卧室上吊，自杀身亡了。

　　林奕含本人在访谈中说到，这本书的内容其实几句话就可以说完，就是一个老师诱奸了几名女学生的故事，关键在于，这不仅是一个虚构的故事，它还是一本自传性质的小说。

　　我看了一些网评，人们抨击的焦点基本集中在老师的无耻上。老师如何利用自己作为一个成年人的优势、自己丰富的人生经验、对未成年少女的心态的了解，诱奸了这些小姑娘，导致她们身心受创，不堪其辱，而自寻短见，并且呼吁要正视未成年人被性侵的问题。

　　当然，这都是对的。可是我觉得这件事远没有那么简单。林奕含的死，老师当然要负主要责任，可是这场不伦的师生恋到底是如何把一个少女的内心彻底摧毁的却没有人细致地分析过。她真的是死于诱奸的创伤吗？诱奸到底在她内心产生了什么连锁反应，又为什么能把人推向死亡的深渊？

　　在我看来，伤害林奕含的，并不是和老师发生性关系这件事本身，真正伤害她的，是那以后老师对她的态度，睡完即弃，又去睡其他的女学生，老师仅仅把她当作一个玩物、一个如同泡面的快消品。

老师根本没有爱上她，从未在心里肯定过她作为一个人的价值和尊严，老师的背叛和抛弃才是对她最本质、最致命的打击。

因为背叛本质上是对一个人的彻底否定，就如同爱，本质上是对一个人的全面肯定。

当她和老师恋爱时，她感受到了欣赏、肯定、信任和依恋，那么当老师不再爱她时，也就意味着不再欣赏她，那是一种无声却严厉的指责，指责你不够好、不够美，因此不值得被爱。这种背叛带来的否定之深，会带来一个人自我意识的严重崩塌，对自身严重怀疑。

因为恋人比任何人都更了解你，因此来自恋人的否定也比其他任何人要来得更为彻底，更加不容分辩。也许，对于一个有了足够清晰自我定位的成年人来说，背叛也会令人受伤，但不见得会摧毁其根本，但是对于林奕含这样一个正在青春期、自我人格尚在探索、脆弱敏感、世界观尚未成型的女孩子来说，这样的打击，可能就是毁灭性的。

从表面看来，她是在厌恶老师，是在叩问这个世界怎么了，爱情和一切美好的东西还值得信任吗？实质上，她是深刻的自我厌恶，她不能停止对自己内心的追问：我怎么了？为什么被抛弃？为什么他不再爱我了？我一定是个烂货，不配被爱，再也没有资格得到幸福了。

老师对她弃若敝屣，她也因此陷入了深深的自我怀疑，陷入了自我攻击的泥沼之中，无法自拔。林奕含不是没有试过自救，她看过精神科医生，而随着医生对她了解的逐渐深入，医生告诉她，你是一块被核爆过的土地。医生的判断是正确的，也是绝望的，于是，林奕含想到了另一种自救的方式，就是书写。

在她的书中，她几乎是在以一种自暴自弃、极度自我攻击的方式在书写，她以一个天才少女的敏感，把自己，把他人，用细到毫厘的描摹，从内到外剥得体无完肤，她几乎把自己写得如同娼妓一般，一文不值。她的样子看来如此温柔甜美，可在书中下手却毫不留情，她用文字书写着对自己、对世界无穷无尽的绝望，读来真是令人触目惊心。

她试图用这样残忍的书写，像一把手术刀那样剖开自己，去寻找病灶，去取出灵魂里日益庞大的肿瘤。我不知道这样的书写到底给了她多少帮助，但是，我知道，这本书的出版无疑是对她的病情雪上加霜。

当人们用猎奇的目光阅读这个故事时，一个少女和老师媾和，又被抛弃的故事，人们又将如何看待作者？林奕含本来希望用书写去宣泄、去化解的耻辱，这时却在世界的聚光灯下被无穷地放大，变成了一个永远无法摆脱的烙印，就像打在脸上的耻辱的标记。

她这时大约才意识到，她的书写根本无法带来拯救，它不过是又一次把自己钉上了耻辱柱，供世人指指点点，而她被老师玩弄和诱奸的这个标签，可能注定要跟随她一生了。

第一次，她向着老师，敞开了自己，给出了爱和身体，希望得到怜惜，结果得到的是耻辱和抛弃。这一次，她又向着世界，敞开了自己，给出了痛苦和往事，她希望得到什么呢？是理解，还是共鸣呢？或许，最后得到的，可能只是更大的羞辱。

这样一而再地雪上加霜的羞辱，根本不是这样一个敏感、骄傲、美丽、有自尊心的女孩子承受得了的。所以，她的死，几乎可以说是注定的。林奕含说，她是个张爱玲迷。

这番话，让我想起了张爱玲的《小团圆》。《小团圆》和《房思琪的初恋乐园》何其相似，都是自传体，都是试图通过书写来进行自我拯救的一次尝试，她们都是文字虔诚的信徒，相信书写中的真诚倾诉能够治愈过往恋情带来的伤痛，所以都写得足够用力，足够真诚。

　　但不同的是，张爱玲经历与胡兰成的情伤时，早已是成年人，她更懂得文字的后坐力和杀伤力，所以，在有生之年，她仅仅书写给自己，从未试图出版。她甚至嘱咐家人毁掉这部作品，因为她很清楚，这样的作品，一旦出版，就等于自杀。

　　可是，林奕含没有张爱玲这样清楚的认知，又或许她也早就明白这种可能，就像她在访谈中反复提到的："知其不可为而为之"。她对自己、对世界，已经绝望到无以复加，所以，也许她就是抱着必死之心来书写的，抱着与世界同归于尽的心情来书写的，这是一封遗书，也是一封情书。

　　这样想来，在访谈中，她语气中的那种镇静，也许是因为已经做好了必死的准备而如释重负的表现。就像《挪威的森林》里，直子最终决定自杀的时候，她也一扫以往的抑郁，甚至发自内心地充满了温柔与平静。

　　这阵子，又在重读《红楼梦》，看着林奕含美丽的脸，不知为何竟想到了黛玉。某个中午，我走在暮春温暖的阳光里，一阵微风拂过，树上的落花正纷纷扬扬地落下，想来黛玉葬花也是在这样的季节吧。心中酸楚，不知是为了黛玉还是林奕含，又或是张爱玲，唯有轻轻默念一段《葬花吟》中的句子，算作以慰芳魂吧：

　　　天尽头，何处有香丘？未若锦囊收艳骨，一抔净土掩风流。质本洁来还洁去，强于污淖陷渠沟。试看春残花渐落，便是红颜老死时。一朝春尽红颜老，花落人亡两不知。

长大以后，
我再也找不到一个悲伤的人

因抑郁症去世的名人不少，每次都引起唏嘘，比如去世多年还年年被悼念的张国荣。似乎人们对这事儿永远也习惯不了，大概多少有点感同身受的意味在其中。

虽然并非每个人都得过抑郁症，但起码每个人都曾经悲伤过，有时也因为悲伤太过沉重而怀疑过自己是否得了抑郁症，甚至曾暗暗动过想要结束生命的念头。所以，一旦这样的事真的发生了，就多少有点物伤其类，担心有一天这样的命运可能落在自己的头上。

打从成年之后，我就越来越喜欢阅读一些悲伤的作品，倒不是长大了就变得更悲伤了，而是因为，长大了就越来越不懂得也越来越不敢表达自己的悲伤了。我们所身处的这个世界是不允许人随便悲伤的，我们把悲伤打上了羞耻的烙印。

如果你已经长大了，却还像个孩子一样，一不高兴就发脾气，大哭大闹，就会被人说是"中二"、矫情、不成熟、不独立、不懂控制情绪，又或是太作、太弱、太"玻璃心"，会说"你是个巨婴"，会说"你在散布负能量"。于是，人们会像躲避瘟疫那样纷纷离你而去。

即便是曾说过爱你、会陪着你、会懂你的人，也未必能忍受你倾诉悲伤、展露残缺。他们欣赏的，是那个自信的你、聪明的你、坚强的你、美丽的你、幽默的你、大气的你，唯独不是真正的你。就像《聊斋》里的王生，爱的只是美人的一张皮，当他看到画皮之下的鬼魅时，也只会吓得惊慌失措，落荒而逃。悲伤，似乎就是那样鬼魅的存在。

于是，在这个看似越来越开放的社会里，在这个似乎能够包容一切价值观的现代社会里，唯一不能被包容的就是悲伤，它已经成为一种绝对的立场不正确、不道德、不光荣。它注定只能是一道隐秘的伤口，哪怕再痛，也得忍住，不能露出痕迹，等到夜晚无人时，再轻轻撕开被血渗透的内衣，咬牙给伤口消毒、换药，静静在心里对它说："好起来吧，你快点好起来吧。"

于是，悲伤成为所有人公开的秘密，却又是每个人缄口不提的心事，明明悲伤的情歌铺天盖地，悲伤的诗句千古流传，可你环顾身边却找不到一个悲伤的人，大家都在忙着表达"我过得很好，我一点也不悲伤啊"。那么，这些悲伤的歌曲到底是谁在偷偷地听呢？这真是现代社会的咄咄怪事。

不如意事常八九，可与人言无二三。为何不如意事总不可与人言呢？为何大家都如此孤独，却从来不能对别人的悲伤多一点点宽容呢？悲伤真的如此不体面吗？古人尚能自由自在地长歌当哭，现代人怎么连这样自然的事都做不出来了呢？这到底是社会的进步还是倒退呢？

因此，悲伤的作品，总是令我觉得格外贴心，似乎在世界上已经找不到一个能够倾心相待的朋友，唯有在文字的媒介中，保持着一个安全的距离，人们才能彼此亲近。无论是悲伤的小说还是电影，或者音乐，总之，都是表达一种普遍性的悲伤，不涉及任何个人的具体的细节，因此也就不存在耻辱和批判。人们就可以在这种普遍的悲伤中寻求一些短暂的共鸣，但对真正的悲伤永远秘而不宣。

现代社会是一个疯狂的社会，是一个把成功与美德捆绑在一起的社会，一切都在颂扬"更高，更好，更强"，人们都簇拥在成功者身边，没有人会去理会那些被时代抛在身后的人。贫穷和失败，曾经可以归咎于命运，如今却只能责怪自己无能。因此，这个时代的人，也更容易感受到存在的焦虑，以及永远不敢停止前进的压力，我们前所未有地渴望得到他人的尊重，而悲伤的情绪却与这一切背道而驰。

阿兰·德波顿在《身份的焦虑》中，曾这样写道：

"在古典社会里，底层的仆人能泰然地接受他们的命运，愉快地生活，并对自己的工作感到自豪，同时也不失自尊。然而，在一个民主社会里，有的只是报刊和社会舆论没完没了的鼓噪，让每个生活在底层的人都相信他们总有机会攀上社会金字塔的塔尖，有机会成为实业家、大法官、科学家，甚至总统。这种无限机遇的论调在一开始也许能给人一种盲目的乐观，对那些底层的年轻人尤甚。但在他们之中，只有极少数最优秀的幸运儿才有机会脱颖而出，实现他们的梦想；而多数的人，随着时间一天天过去，他们并不能改变自己的身份，他们会转而变得意志消沉，内心极度痛楚，并轻贱自己，一旦他人停止对他们表示尊重，他们就很难对自己继续怀有信心。"

所以，比起对他人悲伤的不宽容，我们更多的是对自己悲伤的不宽容。

也许你偶尔也曾要和谁谈谈心里话，倾诉所承受的压力，但心里会突然有个微小的声音提醒自己：别人真的会在乎吗？也许会表现出同情的样子，但又有多少人能真的感同身受呢？即使感同身受，又能为你改变现状做些什么呢？无非收获一些同情的眼神、几句落不到实处的安慰，但收到更多的也许只是暗暗的鄙视，还有一些看热闹的路人会在心里或背地里这样讨论：

"你看，她又在作了，我看她难过也是活该啊。"

"还以为她过得多好，原来还不如我，放心了。"

最后，自己的遭遇还是要自己承受，自己的无奈也只能自己消化，既然如此，还不如一开始就选择沉默好了。

所以，抑郁就这样开始成为一种不动声色蔓延的疾病。

抑郁，不是悲伤的泛滥，而是对悲伤的拒绝。

当很多明星因为抑郁症自杀之后，很多人提起对他们的印象时，通常都是吃惊的。根本看不出来啊！他们平时性格很好啊，非常有教养，会照顾人，温柔有礼貌，甚至非常"逗比"。却不知，正是这样的人才最容易抑郁，因为越是对自己要求高、要求完美的人，对于悲伤和软弱，就更是怀有深重的歧视。普通人能在一定程度上忍受自己的不完美，包容自己的软弱和残缺，接受生活的平庸与粗俗，他们却不能。他们对自己要求太严格，甚至有一定程度上的精神洁癖，不会允许悲伤这种"不良情绪"存在太久，而是会想尽办法去压抑它，驱赶它，否认它。他们比起普通人，更善于把悲伤藏得密不透风，面对世界只露出灿烂的笑脸。

可是，悲伤不是雪白衣服上的小污点，用洗涤剂轻轻一搓就可以溶化消失的啊！它更像苹果皮上的斑点，看起来很小，却向内不停地腐蚀，如果害怕破坏完美的表皮，不去挖开它，看看腐败得有多深，而只是一直用遮瑕膏来掩盖，那它就会一直在那里，不停地向更深处溃烂，最后再也无法掩盖，完美的表象最终会在某个瞬间彻底崩塌。

所以，面对悲伤，不要再告诉自己"我要坚强，我要争气"，而是要允许自己悲伤，认真地与悲伤进行一场面对面的谈话。可以通过写作，也可以找人倾诉，或者仅仅是痛快地哭一场，好好地睡一觉，让自己看到到底是什么令你如此悲伤。你能够解决它吗？如果不能解决，能够理解吗？如果复杂到连理解也不能，那么就允许它暂时存在，不时地回来和它再次对话，它就像肿瘤，是可以切除的、可以化疗的。最终它就会在你的直面中渐渐缩小、远去，也许永远不会彻底消失，但终会缩小到不再影响你生活的程度。

写到这里，我忽然想起小时候为了一个球和同班女生打架，撕坏了她的新衣服，她哭泣的样子，我至今也没有忘记。一转眼，已经过去了二十多年。如果还能回到那一天，我一定会把球还给她，告诉她，我不想赢了，赢了又如何，这毫无意义。那么下一个二十年呢？当我再回头看的时候，会不会也因为今天愚蠢的小小输赢曾经伤害过谁呢？

人生有几个二十年呢？为了自尊、名利，让我们不快乐的竞争无休无止，但在这短短的几十年里，赢到底能赢到多少，输又能输掉多少呢？为什么要如此你死我活，咬牙切齿，踩低拜高，幸灾乐祸，而不是在别人悲伤的时候多给予一点温柔的倾听、接纳和包容呢？

最后，我想，我离开这个世界的时候，我唯一能记取的，一定是在最最悲伤的时候某人曾经给予过的温柔。也希望，将来若还有人记起我，也会说一句，啊，她曾经倾听过我的悲伤，她是个温柔的人。

印度:
遇见与联结

印度的瑜伽修行者说，瑜伽，是一种联结，是通过安静的冥想释放自己的灵魂，让它不仅仅被禁锢在一具躯壳里，而得以进入天地万物。

让你的灵魂，住进一只飞鸟的身体里，翱翔过万水千山，去感受托举着你身体的微风，感受翅膀的酸痛，感受白云柔软的拂动，也感受着随时可能坠落的恐惧。

或者，住进一只逆流而上的鳟鱼身体里，倾听内心那原始的回到故乡的召唤，努力地扭动身体，避开激流与险滩。

又或者，仅仅是住进一块石头里，感觉自己潮湿的重量，陷入无梦的沉睡。

一片树叶的嫩芽、一具动物的腐尸，都可以是你栖身的所在。与它们一起去感受欲望，感受满足，感受饥渴，感受肮脏，感受激烈，也感受平静。

让灵魂成为空白的，才能与一切联结，如同神一样巡游，并充满这个世界。如同阳光，照白雪，也照污垢，令钻石闪烁，也令阴渠之水闪闪发光。如此，它才能理解一切，获得真正的智慧与平静。

旅行，对我的意义正如瑜伽。因为远在异乡，暂时脱离身边的群体、身份的定义，于是，没有人期待我必须做什么、说什么，不再被指示何时该微笑、何时该发言。我从而得以暂时成为空白的存在，于是我纵容自己成为《阿凡达》里的纳美人，唯一的配件就是自带的USB插头，随时与遇见的一切发生联结。

比如，在黄昏的菩提树下发呆，看无数人虔诚地磕着长头，一圈又一圈。想想，到底是什么样的经历，让他们选择来到这里，执着地重复着这样的动作；他们想要祈求什么，或是只为了兑现某个承诺。

比如，在残障儿童之家，紧紧抱住一个发羊痫风的孩子，让她渐渐安静下来，然后抱着她唱歌，给她喂饭，甚至，教会她说一个单词。看着她美丽的大眼睛，想想，她的世界出了什么错？这个孩子的生活继续下去会有多艰难？这样的生命，到底是自然物种的优胜劣汰，还是人为的罪恶？让她如此存活着，到底是慈悲还是残忍？

遇见几千年前的建筑，也遇见刚出生的小羊，遇见躺在路边垂死的乞丐，也遇见穿着干净制服排队去上学的孩子。遇见过去，也遇见未来。遇见绝望，也遇见希望。

遇见人力车夫光着脚，挥汗如雨地跑在肮脏的街道上，遇到全身赤裸的苦行僧千里跋涉，只为去河中沐浴，遇见热心带路不求回报的陌生人，也遇见想要敲一笔处心积虑讨好他人的人。遇见凶恶，也遇见善良。遇见莲花，也遇见泥泞。

在遇见这一切的同时，我遇见了自己的狭隘与愚蠢，遇见了自己已经拥有太多而不知满足，遇见了自己只想被理解而不想去原谅，遇见了自己原先执着的、恐惧的，对生命本身来说，或许是一文不值的。

因此，旅行的意义就是这样，它给的仅仅是一种联结的机会，它就像一段音乐中的休止符，在众目睽睽的繁忙演奏后，留下一段必要的空白。

它不应该是对生活的否定与逃避,而应是与当下的处境拉开距离,远远地观望,更好地理解,目前的生活到底意义何在,又该走向何方。

你可以选择只是拍拍照,吃点东西,买点衣服,行李中增加了无数纪念品,却将灵魂原封不动地带回家。也可以选择拔出你的插头,敞开你的世界,等待陌生世界可能出现的一切,以及那最大的对价值观冲击的危险,等待着未知的遇见与联结。

只是,那是极其细微又极其宏大的,那是照片和文字无法记录、无法诉说的,它只是铭刻在你的灵魂中。你只是,被这联结改变了。

梦露:
美丽的女人没有选择

在好莱坞你献出一个吻能挣5000美元，你献出自己的灵魂，只能挣50美分。

——玛丽莲·梦露

这时你正向着镜头拨乱了金发，绽放孩子般纯真的笑容。

你是光艳夺目的巨星，是令万千男人血脉偾张的尤物；你是那个时代最香艳的神话、最神秘的传奇；但你内心深处永远知道，你只是那个从小被父母遗弃、一生辗转渴求真爱的孩子。

玛丽莲·梦露。

你每一次都爱得痛心彻骨。

你从不惧怕爱情，飞蛾扑火般勇敢地奋身而上，直到被爱人亲手谋杀。你没有错，你的爱也没有错。只是纯真的你永远也不会明白这个世界早就已经没有那样温暖永恒的爱情。

身边的人来了又去，最终只留下你形单影只，独自徘徊在精神崩溃的边缘。你渴求他们懂你的灵魂，但他们迷恋的只是你华美的肉身。你想要的是平凡长久的幸福，但他们追求的只是销魂蚀骨的一夜风流。

美丽的女人多半没有选择。

你是黑暗中绽放的最丰美的花朵，在那个贫瘠灰暗的年代，为人们编织出金色的美梦。你用娇媚和俏皮温暖了人们焦灼的心灵，人们看不到你艳若桃李的躯壳之下支离破碎的灵魂。

诺玛·琼，我愿意这样叫你。这是前生的你，那个走在街上拉住陌生人衣角叫爸爸的三岁小女孩，那个在孤儿院里忍受饥饿，只为了攒钱给自己寄张卡片的小女孩，卡片上写着："给我的小宝贝诺玛，爱你的妈妈。"

多希望你永远幸福，但你终究只是曾经幸运。

诺玛，多希望你能看到，那些人最后终于懂得了你的灵魂。

为什么要把右脸给别人打？

你们听见有话说："以眼还眼，以牙还牙。"只是我告诉你们，不要与恶人作对。有人打你的右脸，连左脸也转过来由他打。

——《新约·马太福音》

有人对我说："我不能接受基督教，是因为基督教常给我一种伪善的感觉。比如，有人打你的左脸，还要让他打你的右脸，简直是傻到家了。"的确，我承认这句话听起来很傻。不仅傻，而且还懦弱；不仅懦弱，而且给人一种低三下四的感觉。

别人已经给了你一耳光，你的尊严已经受到了侮辱，这时你不但不反击，还把脸转过去让人打另一边。这完全就是反常的，有哪个正常人（包括基督徒）会这样做？可是耶稣为何还要用如此不合实际的教训来教导他的门徒？这是伪善呢，还是这句话背后宣示了更多不为人知的道理？

当我一次次地咀嚼这句经文并回想我们的生活和历史时，才慢慢体会到这句话中隐藏着的智慧、勇气和大尊严。

　　试想，如果有人打了你一耳光，通常你会有怎样的反应？第一种反应就是，你还他一耳光，然后他可能再踹你一脚，你们就这样打下去。第二种可能就是，你觉得这人太暴力，不讲理。你就走开，不同他纠缠。惹不起还躲不起吗？差不多就是这两种反应。

　　那么，耶稣在这里提出了第三种反应：既不反击，也不躲避，我可以承受你对我的一次甚至多次攻击，但我绝不会因为你的攻击就改变我的态度和立场。我仍然会面对你，我的脸就在你面前，我的立场很明显，你很清楚，你也可以轻易地攻击我，但你绝不可能改变我对自身立场的执着。

　　这种行为至少表明了两种勇气：一方面，我有我自己的坚持，承受来自敌人攻击和伤害的勇气；另一方面，我有自制的勇气，不会因为你攻击我，我就去攻击你。我不会用错误的方法去对待你，我有控制自己愤怒的能力，我有控制自己不被暴力和仇恨操纵的勇气。

　　耶稣要我们向我们的敌人表明的态度是，我不会因为你的攻击就动摇，转身离去，更不会因为要报复恶人，就让自己也成为恶人。

　　这其中包含着强大的勇气和力量，包含着一种看似柔软却很强韧的坚持。圣雄甘地将这句话奉为自己一生的座右铭，他毫不讳言自己在这句话中得到过巨大的鼓励。在他的有生之年，他始终奉行着非暴力的原则反抗殖民政府，面对政府的火力、监禁，他始终奉劝跟随者们不要反击，他说："无辜者甘愿的牺牲，是上帝或人对侮慢的独裁政权曾构思过的最有力回答。"他说："我会为我的目标而死，但绝不会为它使用暴力，和平绝不可能用暴力来换取。"这位矮小的老人，没有动用一刀一兵，却奇迹般地带领了世界上超过五分之一的人民获得了独立和解放。

　　之后，1964年，马丁·路德·金也因为坚定地奉行非暴力运动，成功地化解了美国的种族隔离。在诺贝尔和平奖的演讲中，他也再次诵读了这一句给予他力量的经文："有人打你的右脸，连左脸也转过来由他打。"

暴力或许是一种立竿见影的力量，而它的力量永远是短促的，具有毁灭性的。它所带来的恶果是无穷无尽的仇恨和没完没了的杀戮。在这一切的背后，有一种更为巨大的力量，叫作"爱你的仇敌"。

当我们对世界的黑暗愤恨不平、深感绝望的时候，却没有意识到，自己正是这些黑暗与暴力最坚定的支持者。我们不相信爱的能量，当我们看到一个人试图用爱与宽恕来面对暴力时，我们只会鄙弃他，嘲笑他的软弱。所以，因为我们的冷漠，每个人都必须为这个世界的丑恶负责。

如果你不改变，那么这个世界也永远都不会改变。

> 冷漠是恶的集中体现。
> 爱的反面不是仇恨，是冷漠；
> 美的反面不是丑，是冷漠；
> 信仰的反面不是异端，是冷漠；
> 生命的反面不是死亡，是冷漠。
>
> ——1986年度诺贝尔和平奖得主，
> 美籍犹太人作家威塞尔

他者即地狱，
自律即自由

我们常听到一句话说"他人即地狱"，这话是萨特说的。很多人把它理解为，只要和别人相处就会带来痛苦，它表达的是人际交往必然会产生摩擦与伤害。但如果这句话的意思真的是这样，那么这句话就未免太浅薄了，也太囿于受害者思维了。

如果你稍微了解一点萨特，就会知道，他终身信仰的是存在主义，终身都在鼓励人们承担起自己的自由，承担起自己的存在，而不是当一个懦夫，把责任都推给他人，让别人背负道德压力，自己当个轻松的受害者。

所以，他怎么可能说出"他人即地狱"这样的话呢？其实这是一个明显的翻译错误，这句话正确的理解应该是"他者即地狱"。

什么是"他者"？简单来说，就是"第二者"，即丧失自我，把自己当成工具去实现目的而不是把自己当作目的的人，就是他者。

如果你觉得这个概念不好理解，可以援引康德在《道德形而上学基础》一书中提出的两个重要的概念："他律"与"自律"。这两个概念能更好地帮助我们了解什么是"他者"。

康德说："自由不是你想做什么就做什么，而是你想不做什么就可以不做什么。"这句话很好地解释了"他律"和"自律"。

所谓"他律"指的是一种外律，它不是你的意愿，而是一种外在的力量，它驱使你去行动，它成为你的主人。康德认为"他律"主要表现为两种形式，第一种是生物律，比如你会饥渴，会困倦，你要吃东西、要睡觉，要为了生存去努力赚钱来满足这些生理欲望。但这些行为不是出于你的意愿，你做这些的时候，你只是自己欲望的奴隶。就像一个台球，因为球杆的推搡而滚动，或一个东西从楼上坠下，它只是受到了地心引力的驱使一样。就像雪碧有一句著名的广告词"服从你的渴望"，很生动地表明了，你不是自己的主人，你只是服从。

第二种是社会规范，要求你按照社会公认的一些行为模式去生活，比如去上学，去找工作，去结婚、生孩子，如果你本身并不认同这种人生轨迹，却在社会习惯的驱使之下去做了这些事，那么你也就成为社会规范的奴隶。

当然，康德并不是说我们不需要吃饭、睡觉，不需要上学、结婚，而是说，把这些"他律"当成真理的人，把意义建造在其上的人，这样的人，就是萨特所说的"他者"。

与"他者"相反的，是"自律者"，就是自己给自己制定规则的人。康德认为，唯有这样的人才有真正的自由，可能得到真正的幸福，也才称得上是真正的道德。**因为一件事是否道德，关键在于动机，而不在于其结果。**

他说："自律者关注的是意志本身，而非它的结果。一个好的意志之所以好，并不因为它能达到好的效果，它本身就是好的。即使他没有力量实现它的目的，即使它付出最大努力仍然一事无成，它也仍然像一颗明珠因为自身的缘故熠熠发光，它有尊严，就像那些本身就拥有完整价值的事物一样值得被尊重。"

人是如此获得尊严的：因为我们有理性，我们能给自己定规则，而当我们依据自己制定的"自律"行动时，我们就有自由，不再是工具，不再是"他者"。这种能力，赋予了人类特殊的尊严，标示了人与物的根本区别。当你失去了"自律"的能力，就是丧失尊严和自由的开始，也就是坠入地狱的开始。

在"豆瓣"上看到这样一条广播：

"最近有个困惑，一个几乎拥有一切的长辈，豪宅、豪车、名誉、地位，劝我年轻人不要企图去追求一切，丧失自我；另一个几乎什么都没有的底层长辈，在我看来一辈子老失败，劝我年轻人不要企图去追求一切，否则我会变得更加一无所有。人生迷雾。"

这两位老人，为什么明明阅历不同却都得出了同样的人生经验？为什么回顾一生时都对自己的人生后悔，都觉得这一生的追求是错误的呢？

因为他们都是"他者"，他们不是根据心中的准则来行动，而是根据目的来行动，根据结果来衡量，他们把意义建筑在自己之外。

建筑在外在的"目的"之上，目的成了主人，自己则只是实现目的的工具。当"目的"没有实现的时候，他们就觉得自己失败了，后悔了，他们为自己所付出的感到不值。他们就被困在了这样的地狱之中。

再举个例子。许多人，尤其是女人，为什么特别容易在亲密关系中患得患失，终日惶惶不安，极度依赖男人？女人为什么控制欲极强，情绪极不稳定，内心极其敏感脆弱呢？

因为社会文化教导女人要把自身的价值、幸福、满足全都寄托在男人身上，或者寄托在孩子身上，把丈夫的爱护与认可、孩子的乖巧和成功当作自己存在的意义，而不是满足于爱他们这件事本身。波伏娃曾经把女性称为"第二性"，这与萨特对"他者"的"第二者"的定义高度吻合。

第二性的女人，并不看重自己的存在，不把自己当成值得拥有尊重的独立的理性人。虽然她们表面上极其在意自己是否被尊重，但其实内心从来没有尊重过自己。当你把外在之物当作目的，而不是把自己当作目的，当你为了取悦他人而行动，却不是因为这个行为本身的美好而去行动，这一瞬间，你就会沦为他者，你就会沦为奴隶，从此失去自由。

若意识不到这一点，永远也不可能与世界、与他人建立起健康的关系。

心理学上有个提法，叫作"受害者天堂"。所谓受害者天堂，就是在这里，我永远不用改正自己的问题，我的痛苦都是他人造成的。我没做错什么，都是别人害我，都是命不好，都是社会的错。我是善良的，我是无辜的，我应该被同情，应该得到所有人的支持，如果谁敢不同意这一点，谁就是坏人，是不道德的。

许多人太喜欢沉溺在受害者天堂中无法自拔。因为这样做轻松，可以逃避对自己的指控、对自己的否定，却没有发现，这天堂本质上也是一个地狱，因为在这个地狱里，你的价值、你的悲喜，全由你的遭遇和他人对待你的态度来决定。而你只能束手就擒，毫无反抗余地，除了无奈，除了叹五更怨不遇之外，你什么也做不了。

反观人生所有的无尊严、不自由，最后都可以归结到这一点上。你已经成为"他者"，而不是"自律者"，你是为目的而行动，你在假言命令的驱使下活着，而不是为行为本身，为了绝对命令而活着。虽然这两者从外在行为看上去，似乎没有任何区别，但其内心境界有天壤之别。

又想起毛姆对我影响至深的作品《刀锋》。其中的拉里正是一位典型的"自律者"，他好像浪费了很多时间，在人间一无所有，一事无成，但我们不会觉得他是个失败者，甚至我们会承认他活得远比大多数人幸福。

他内心的圆满，正是由于理解了"自律"的重要。他懂得自己就是目的，而不是实现任何东西的工具。他给自己定下规则，并依据这一规则行事，他在所有的经历之中获得了满足。这也让他具有了一种常人难以企及的安详与温和。

与他相比，周围人等，无论是热衷于在上流社会周旋，以获取他人尊重为生的"艾略特"，还是看似家庭美满却内心空洞的"伊莎贝尔"，无疑都是"他者"。他们终身被"他律"所驱使，被自己所不能理解的欲望所驱使，追逐着一切并不必需的浮华。他们看似拥有一切，结局也似乎不错，但无论怎样，都让人感觉这样的人生是悲凉又荒谬的，毫无意义可言。

生而为人，无论你自知还是不自知，时时刻刻，我们都在为了寻求这些永恒的价值而活着，也就是"自由"和"尊严"。而这两样都不是能够通过成为"他者"，去向他人或外界乞求就能够获得的。你该成为一个人，而不是一个工具。从古至今，世上的智者们，都在这一点上达成了共识：他者即地狱，自律即自由。

反思消费：
你的物质依赖症到晚期了吗？

"双11"将至的时候，朋友圈里总会出现各种"买什么"的清单，好像"双11"如果不买点什么，就错过了一个亿，吃了天大的亏。

而我朋友的烦恼，不是不知道买什么，而是她婆婆又开始瞎买东西了，去年打折抢的洗衣液到现在还没用完，"双11"又囤了几箱，不知道从什么渠道听来的三无保健品也塞满了购物车，更奇的是，连民间信贷都开始赶到"双11"做活动，忽悠婆婆，只要把钱放在他们那里，就可以拿到比高利贷更高的利息。

这些东西，在朋友看来，交的都是智商税，但对婆婆完全拦不住，她硬要买，而与此同时，婆婆更看不惯媳妇的消费，她购物车里塞满的那些高级化妆品、国外旅游产品、名牌手包，在婆婆看来完全就是不值那个价，就是败家精，浪费钱。双方都满腹怨气，婆媳矛盾简直箭在弦上，一触即发。

朋友问我，到底谁对谁错。我告诉她，这个真不是简单粗暴地判断对错就能解决的问题。

这个矛盾看似简单，其实背后有深层的心理原因和文化原因。她们需要的，不是立刻分出输赢对错，东风压倒西风，而是去理解彼此的消费心理，也同时反思自己的消费观。

上一代的消费观：拿钱买安全感

父母那一辈人，尤其是经过20世纪60年代大饥荒的那批人，多数体验过非常严重的物质匮乏，那个时候他们还是小孩，就要经常面临吃了上顿没下顿的恐惧，以致他们的余生都留下了对物质匮乏的心理阴影。

反映到行为上，第一个特征就是在小钱上特别节俭，什么都不舍得丢，剩菜不舍得倒，买菜的塑料袋不愿意扔，但凡感觉可能还有一点用的东西都要留着，以防要用的时候找不到，还要花钱去买。什么都喜欢拣便宜的买，遇到打折就猛囤东西，囤得越多越开心，越有安全感，只要买贵了一点点就能心疼好半天。

但与此形成鲜明对照的是，他们在大钱上却常一掷千金。比如特别容易被各种功效的保健品忽悠，动辄花成千上万，又或者很容易被各种高额利息的投资项目吸引，而这种多半是骗子的把戏。

于是，催生出各种专门针对老年人的消费心理而牟取暴利的行业，被称为"银发收割"。在这些看似盲目甚至愚蠢的消费行为的背后，是他们内心安全感的极度匮乏。他们内心有深深的恐惧，恐惧没钱，恐惧物质的匮乏。他们怕浪费钱，所以爱买便宜货，怕得病了要花钱，所以乱买保健品，更怕自己守着一点积蓄坐吃山空，所以贪恋高额利息，才容易上骗子的当。

新一代的消费观：拿钱买存在感

而与父母一辈的消费观念完全不同，"80后""90后"基本是在不缺乏基本生活物资的环境下长大的，很多孩子更是家里的独生子女，是家里所有优质资源集于一身的人。所以，对物质匮乏的恐惧，往往不是这一辈人的消费动机。

他们的消费，通常是为了获得更多的关注和存在感，为了体现自己的价值感。为了体验更多，享受更好，他们在自己的能力范围内买最高级的东西。他们更加看重物质的附加价值，比如品牌、档次，这一代人有一个普遍的潜规则：用什么样的东西，代表你就是什么价值、处在什么阶层的人。所以，他们更愿意花费老一辈看来是完全不值的价格去置办行头，去买经验，去买感觉。这种消费观如果还在理性范围内，也许没有太大问题，但是一旦过了头，陷入无止境的攀比，甚至借钱去消费自己完全负担不起的奢侈品的时候，就真的有必要反思一下了，这消费行为的背后，是否也与老辈人一样，隐藏着一种恐惧？一种害怕失去存在光芒，害怕被人甩在身后，被人瞧不起的虚荣心？

消费升级：无止境的刺激与攀比

时下都在倡导消费升级，简单来说，其实就是在你已经花过钱的地方再想办法挖掘需求，让你再花一轮。这背后的本质，其实是一种无止境的攀比和对消费反复的刺激。首先的刺激当然是来自大众媒体和广告业。

什么是成功的广告？广告学回答，一个重要技巧，就是能够充分地刺激和调动观众的焦虑以及恐惧。广告的做法，是先找到一个痛点，然后夸大它，比如想推销一口无烟锅，就会拼命地告诉你，油烟是多么可怕，它会伤害你的皮肤，会让你得癌症，让你全家人每天吃着有毒的食物，毁掉你和家人的一生。当你产生恐惧之后，广告主再做出承诺，只要你买了他们的产品，就可以完全解决这些问题。这一招，非常类似江湖算命的，先告诉你有血光之灾，等你着急了再告诉你，只要花一笔钱，就能帮你破解，助你渡过难关。又或者，请人来代言和推广这些产品，比如你最喜欢的明星、皮肤超好的美女、有型有范的名模、网红，总之是和你心目中的理想自我非常接近的形象，让你产生一种"只要我买了这个商品，就能变得和明星一样"的错觉。

于是，本来你生活得挺好，但是被这些广告一刺激，你就坐不住了，觉得自己的生活简直是千疮百孔，无法直视，赶快买买买吧，买一般的还不行，必须得买最好的，才能有效果。人们心甘情愿争先恐后地掏出钱来，买最高级的车、最昂贵的护肤品和保健品，仿佛唯有如此才能重新获得生活的掌控感，青春永驻，健康长留。

另一重刺激，来自身边的朋友，尤其是微信朋友圈。这里成了另外一个攀比的大戏台，大家都在拼命忙着展示自己生活中最光鲜的一面，又买了什么奢侈品，吃了什么昂贵的美食，老公给发了多少红包。

看着别人都生活得如此精彩，你不觉得有点怅然若失吗？不觉得有点对不起自己吗？不觉得自己可能会被看不起吗？别人挎着名牌包，你却只穿布裙子，人家一年两次欧洲游，你节假日却只混周边的农家乐，看着精彩纷呈的朋友圈，你觉得自己真是可怜、苍白、白活了，完全没东西可晒，完全不引人注意，简直没脸跟人打招呼。所以，你焦虑了。于是别人有什么，你也必须有什么，人家消费升级，你也必须升级，生怕哪一步落后了，就要被人看不起，瞬间就跌入万劫不复的更低的阶层。

所以，本来也许你并不需要的东西全都变成了你的必需品，你必须买买买，才能跟跟跄跄地跟上朋友的节奏，不至于显得太落伍，甚至有时还要狠狠心，咬咬牙，买点让人羡慕嫉妒恨的东西，也享受一下被人仰视的快感。其实你买的，根本不是这个商品本身，你买的只是它的附加价值，买的是安慰剂，也是心理优势，是一种被人尊重的、鹤立鸡群的优越感而已。

另外，消费还直接和感情的深浅挂钩。"男人不肯为你花钱，一定是不爱你"，这简直成为一种标杆，不光是求婚时的钻石才代表永恒与坚贞，连平时的各种大小节日，也都不能忘记，情人节、圣诞节、七夕、生日，任何一个节日都成了消费节，仿佛不买点什么，就是对这段感情的藐视，就不能证明你时时刻刻都是他心尖上的人。

所以，迫于这些四面八方无孔不入的消费压力，人们必须拼命地赚钱，拼命地工作，郑也夫曾经说过，资本主义让每个人都成了双重人格，一重人格是工作狂，另一重人格是消费狂。两重人格天然地联手，如果你不疯狂地消费，你还会疯狂地工作吗？你真的需要挣那么多钱吗？

反思消费：你的物质依赖症到晚期了吗？

消费主义，很大程度上刺激了经济和商品繁荣，但同时也带来了人们前所未有的焦虑与紧迫感，哪怕有了满满一柜子的衣服，仍然觉得不够穿，东西永远买不完，钱永远不够花。

为了把愿望清单上的那些东西全部买到手（实际上永远买不完，只会越来越长），多少人一生做着自己完全不喜欢的工作，一生感觉不到自由，从未将内心的潜力真正释放，因为不敢掉队，不敢从这个一切向钱看的世界里抽身，去思考或追寻一些真正有价值的事物。

当然，对消费主义的反思，并不意味着你就完全不需要物质，要马上停止购物，或者扔掉你所拥有的东西，对消费的反思，最重要的是能在心态上脱离物质带来的心瘾。

了解到物质不是万能的，够用就好，能够满足生活使用就足够，可以有，也可以没有。有的时候，物尽其用；没有的时候，也能处之泰然，不致让自己被物质牵着鼻子走，成为失去了什么就活不下去的物质的奴隶。

汪曾祺在随笔中，多次写到过沈从文先生的往事，令我印象最深刻的就是他对物质的态度。因为研究古玩，他眼光奇准，收过许多名贵器物：漆器，钧窑，雍青花……但从不久留，谁看了喜欢，他就随手送掉。他喜欢美好的物质，也懂它们，却从不为物所累，永远拿得起，放得下，当断则断。

然而，我并不是鼓励大家都去扔东西，去断舍离。因为断舍离不只是一个扔东西的行为，而是拒绝把物质当成信仰的心理过程。如果你不能从根本上认识自己的物质依赖，认识到过度消费的恶性循环，而只是跟风去搞"断舍离"，那可能并不会真正让你从消费的陷阱中解脱出来，甚至可能误入更深的歧途。

首先，一时兴起的断舍离，很可能让你扔掉一些你并不真正想丢的东西，等过一阵子，当你兴头过了之后，又会后悔不迭，把曾经扔过的东西又重新买一遍，这其实反而是更大的浪费。

其次，人们对断舍离的理解有一个误区，认为断舍离就是扔掉不好的，去买更好的，人会被鼓励去买更昂贵、更精致、溢价更高的产品，而这种消费升级一旦提高了，就很难再降回去。最后的结果是，很可能非但没有让你摆脱消费的束缚，反而让你花了更多的钱，承担更沉重的经济压力。

什么是你必需的东西？

那么，什么是你必需的东西呢？说到这里，又要祭出马斯洛的需求理论了，人有生理需求、安全需求、归属与爱的需求、被尊重的需求以及自我实现的需求。物质能够满足的，只是人最基本的生存需求。

而你如果总是试图用消费去满足更高的需求，就很容易陷入过度消费的陷阱，因为消费本质上只能缓解这三种需求带来的焦虑，并不能真正解决它们，所以，没必要对买买买寄予不切实际的期待，把金钱当成万灵药。

你以为被爱、被尊重、自我实现都能够被买买买解决，但其实从本质上这是一种饮鸩止渴的行为，短暂的消费满足带来的只会是更强烈的贪欲，像吸毒一样，不断调高你的兴奋阈值，你的消费水平一旦升高，就很难再降低，那时你会把很多你本来并不真正需要的东西当作你的"必需品"，失去了就不能活。到了这个时候，就不是你在消费商品，而是成了被商品消费的奴隶。占有，就是被占有。这个道理虽简单，但很多人一生也不会明白。

想起古希腊时期破衣麻鞋的苏格拉底，他走过雅典繁华的集市，叹息道："原来这个世界上有这么多我根本不需要的东西。"我看到的是他灵魂的富足与高贵。还有住在街角的第欧根尼，当亚历山大站在他的面前时，问他："我是世上最有权势的君王，我可以为你做什么？"他只懒洋洋地说了一句："你可以站开一点吗？不要挡着我的阳光。"

当然，还有两袖清风长啸于山林的嵇康，七十多岁退隐山居、专心作画的黄公望，这些人最终被世界铭记，都不是因为他们赚了多少钱，又或者用过多少了不起的奢侈品，而是他们听从了自己内心的声音，认真地思考过许多永恒而深刻的价值，他们的灵魂光芒万丈，哪怕肉身一无所有。

如今，铺天盖地的"双11"各种购物推荐，还有各种小额贷款APP，在疯狂地鼓动人们借钱去买买买。而久远的不被金钱和物质所左右的骄傲、潇洒和自由，越来越稀少，终于淹没在甚嚣尘上的资本浪潮中，再也无迹可寻了。

而在这片声音中，愿我们还能不断提醒自己：真正能够让人获得尊严、爱和自我实现的，永远是你内在的价值，是你的品格、你的智慧。

你影响世界的能力，并不在于你戴了标价多少万的手表，又或是背着标价多少万的名牌包。你的价值，取决于你创造了什么，而不是消费了什么。

谦卑的争辩

　　我经常反省自己为什么要争辩。因为我相信这个问题是具有普遍意义的，每天生活中、网络上充斥着各种争辩。如果把这些能量集中起来，人类大概早就统一八大行星了。

　　有人说争辩是因为不够谦卑，所以我又开始思考什么是"谦卑"，我思考得越多，我就越觉得我们对此误解颇深。一般定义的"谦卑"是真正的谦卑吗？或者说"美德"与"道德"之间的差距到底在哪里？

　　要理解什么是谦卑，我想，首先要知道什么是骄傲。骄傲，是自夸吗？是说狂妄话、行狂妄的事吗？不是，骄傲是一种隐藏很深的动机。从根本上来说，它是一种竞争意识。

　　骄傲是一种敌意。每个人的骄傲都处于竞争状态，骄傲在本质上就是竞争性的，它生来就要竞争。骄傲永远不能从占有中得到快乐，只有当占有的多过别人时，它才会感到满足。

　　骄傲的人即使所得已超过了所需，他还会攫取更多的东西，以维护他的力量。其他任何罪如杀人、偷盗都不具备这种竞争意识，唯有骄傲才有。

骄傲是一种恐惧，恐惧别人抢去了自己的风头，恐惧别人拥有自己所没有的，恐惧别人的聪明把自己比成了笨蛋，恐惧别人的美好把自己比成了丑陋。

骄傲是一种不信任。不信任人，因为他们都是竞争者。不信任神，因为神是万物的创造者，承认神的存在等于承认他不能控制一切。骄傲的人只愿意信任自己，可是这个自己又是如此的脆弱，任何一点厄运、一点疾病，就可能让他苦心争到的一切都化为乌有。

于是骄傲者绝望，因为他发现他不能够依靠任何东西，不能相信，不能休息，只能恐惧，只有竞争。

骄傲之后，再来说谦卑。很多人理解的谦卑，就是要贬低自己，不能说自己美，不能说自己聪明、富有，要隐藏，要低调，唯恐引起别人的不满。其中有对自己形象的在意，同时，恐惧依然是主要的动因。

但真正的谦卑应该与骄傲相反，它不会恐惧，因为它不怀疑，它恰恰应该是一种无分别心，它不会贬低自己，也不会贬低他人，因为在谦卑的人看来，并不存在竞争，他充分信任并欣赏其他人的善意。

谦卑是能够相信，知道认识和掌握真理并不完全倚仗己力，他愿意相信更高力量的存在，愿意接受从神而来的恩典，接受比自己更高的神秘，并不觉得那会降低自己的身份，削弱自己的力量，或是显露自己的无知。

谦卑是不恐惧。因为我的美并不会使你变丑，你的聪明也不会使我变笨，我们可以各自有各自的美好，根本不存在你死我活的局面，所以根本就不需要隐藏或贬低自己来讨好你。

刻意去贬低自己说自己不美的人，往往不是谦卑，这样的人在潜意识里竞争意识是最强的，也恰恰是这种人，通常是转过身去就把自己曾经讨好和抬举的人贬得一文不值。这很正常，因为他的骄傲需要得到弥补，因为他对自己的贬低只是为了换取他人的认同，从而更加强化自己的骄傲。这种恭维并非出自真心，所以反弹的时候就会变得愈加猛烈，这就是为什么很多"谦卑"里充满令人难以忍受的虚伪。

真正谦卑的人，不是假装自己不美，而是他真的知道自己美，不仅知道自己美，也知道万物有灵，在每一件造物身上都能看到美，他为大美而赞叹，很高兴自己是这大美的一部分，他并不觉得自己有什么特别的美，更不需要去费心巩固它。

就像一棵树从不知道自己的青翠，孩子们也从不知道自己的可爱，美，就是如此存在着。

所以，谦卑是压抑，是隐藏，是伪装吗？不是，它是从内心真正地知道，所有人都是一个整体，一损俱损，一荣俱荣。它不会因为一个好的观点是别人提出的就心怀嫉妒，拼命反驳、打压，也不会因为一件好东西被别人拥有就愤愤不平，费尽心机去抢夺，它会真心地为整体的进步感到喜悦，而不会因为自己没有得到突出的优待而感到寂寞或痛苦。

"美德"与"道德"的差距正在于此。道德，往往是动听的口号，由于缺乏可操作性而必然导致弄虚作假。而道德的真正实现，需要依靠美的教育，美无私利，有普遍性，将人我之见渐渐熄灭。

为什么要思考"谦卑"，为什么它对我们如此重要？

因为骄傲，我们费尽心机想要高人一等，这种潜在的恶性竞争的基因，衍生出所有的虚荣、浮夸、贪婪、谎言，在我们中间不断地制造隔离，制造分裂。

人们经常把邪恶归咎于贪婪或者自私，但只有骄傲才是所有这些邪恶的真正滥觞。所以，其他的罪都不是"原罪"，只有骄傲才是。

如果，我们继续在自己的骄傲里打转，就只会在乎自己的地位有没有得到重视，只会在乎自己的意见有没有得到赞同、自己的品德有没有得到表彰。那么，痛苦就永远不会有停息的一天，我们所谓的道德，依然是蒙着羊皮的"骄傲"的变形。

但是，谦卑并不代表不再争辩。区别在于：骄傲的争辩，目的在于压倒、战胜对方，显出自己的智慧；而谦卑的争辩，只是在表达他认为正确和美好的，并且在辩论中用心倾听他人的观点。

谦卑的人不会为了小我的荣辱成败而与人纠缠不休，他没有羞耻，也没有畏惧，更不会因为没有得到压倒性的胜利而耿耿于怀。他不是理性，也不是不理性，他只是一种对自己和世界随时的、足够真诚的感受与觉察。他只是，追随着美，表达，并且成长。

我选择的世界

　　曾经，在中学和大学时代我交到的几个最好的朋友，全都是因为读书而认识的。

　　有因为在图书馆里看上同一套书而约好看完互换的高年级女孩，也有偶然在一个无聊的社团会议上，因为闲聊起海明威，一激动就送了我一大箱子书的其他系的男生。

　　我和这些朋友，曾经聊书聊到忘乎所以，不知不觉竟然徒步横穿整个城市，也曾经站在街头大声抢着谁能更快背出《红楼梦》里的诗句，而引得过往行人纷纷侧目。

　　如今，到了这个年龄，我们早已天各一方，当我每次翻看他们的朋友圈时，再也看不到一点关于读书的影子。每当我想和他们聊几句时，话题总是围着月薪多少、房价多少，要不就是在吐槽老板、吐槽同事的问题上打转，有时会试探地问一句最近看了什么好书。回答基本都是，哎呀，没时间看书，忙都忙死了。你还看书呢？真羡慕你，好闲啊。

　　每到这时，除了尴尬，总会有点伤感，曾经一起兴致勃勃地上路，说好要去某个地方，有一天转头时却发现大家不知何时都选了别的路，因为明显那些方向有更多的食物、更宽阔平坦的康庄大道、更值得把时间和精力投注其上的回报。而只有自己还在闷头走着，从前的同路人，连背影都已经模糊到看不清了。

所以，我常常想，如果没有"豆瓣"，我大概早就会觉得自己是个怪胎，会产生深刻的自我怀疑。放眼望去，身边的人都在研究怎么升官发财，怎么趁着风头捞一笔，趁着低潮抄个底。我却花费几乎所有的业余时间，去写一毛钱没有的书影评，看老头子都不看的哲学书，搞不好还要被人说是键盘侠，是个只会放嘴炮的废物点心。

可是，每当我跑到"豆瓣"来看看，就又觉得好像这个世界才是真实的，是我更熟悉的世界呀。"豆瓣"更像是我从少年时代就居住其间，从来未曾离开的那个世界。那时，身边的朋友都还热爱读书，对知识本身充满兴趣而不是因为它能赚钱，我们喜欢趴在书桌上写日记，对自己那些不成熟的想法分外珍惜，谈起它们就热泪盈眶。那个时候，我们从来不关心什么富豪，我们共同热爱的人、为之热血沸腾的名字，是海子，是村上春树，是曹雪芹，是昆德拉，是海明威。

其实，那个世界大概早已沉没在时间的汪洋中，一去不返。只有我还死死抱住一块甲板，不愿意承认这个事实。但是，"豆瓣"让我看到原来还有这么多抱着甲板的人。

那些写影评的、写读书笔记的、写小说的、写诗的、画水粉画的、画油画的、唱民谣的、组乐队的、拍电影的，大哭的、大笑的、温柔的、愤怒的……相同的是，他们不装，不像我每天睁开眼睛就看到的许多人那样，对我挤出笑脸，或是说着违心的场面话，他们说的唱的、写的画的都是内心最真实的东西。

大家一边沉浸在自己的世界里各玩各的，一边也会好奇别人在玩些什么，不管玩什么，都玩得那么投入，那么尽兴，那么旁若无人，好像根本不知道身边还有一片汪洋，好像全世界最重要的东西就是自己手中的这块甲板。这些甲板组装在一起，就又让我们在生活的汪洋中找到了一块小小的栖身之所。

他们热爱自己所做的事。

要做你所热爱的事，我始终认为，没有什么人生道理比这一条更重要。

没有热爱，你当然也能活着。你也许能吃饱穿暖，能够生活得波澜不惊，但你内心会有个空洞，你很清楚地知道，那不是你，你从来没有尽力完成你自己，你这一生，为了其他并不真正想要的东西，牺牲掉了内心那个明明可以发光的自己。

因为只有你热爱一件事，才能真正做好它。当你热爱它，渴望它，你就会自动变成工作狂，不用任何人来逼你。你会希望把每分每秒都拿来做这件事，用尽所能去想办法把它做得更好。你永远不会满足于60分及格就好，你会想要拿到100分，下一次，再拿到120分。

唯有热爱，能带领你成为自己，超越自己。

而这种热爱，无论结果如何，本身已十分动人。

我喜欢"豆瓣"，因为在这里，我看到许多许多人义无反顾地做着自己热爱的事，他们表达自己，成为自己，这让他们如此精彩，好像永远年轻。

写到这里，说实话，我都不太好意思把这篇日记发出来。

按照"豆瓣"人的脾气，没准会说我煽情啊、肉麻啊，保不齐还有人会说我在给"豆瓣"写软文。

但是，我今天就是想煽情，我很想感谢"豆瓣"让我认识许多这样的人，也让我成为今天的这个人。

每一个看我的文字或者被我读到过文字的"豆瓣"人，每一个说我写得好或者是诚恳地指出我还有哪里不够好的人，你们都是改变我的人。

不要跟我说什么互联网不真实，在我看来，这辈子影响我最多的人、塑造我三观的人，比如耶稣啊、老子啊，可能都没有一个是真实的，至少没有一个是我见过面的。

那又怎样，这不就是人类超越所有动物的伟大之处吗？我们不能选择自己出生的环境、生存的环境，但我们能选择让自己置身怎样的人群之中，读谁的书，听谁的歌，让谁融入我们的灵魂，成为对我们的生命产生重大影响的人。

而这就是我选择的。

这就是我选择的世界。

密

《地球脉动》：
真正活着的，只有沙漠

从小最爱的节目就是《动物世界》，每次开播，就准时搬好小板凳坐在电视机前，露出"迷妹"的表情，听赵忠祥缓缓念出："在遥远的东非，塞伦盖蒂大草原上……"

荧幕中出现一只金色的狮子王，威风凛凛地在风中凝望远方，灰蓝的象群缓缓越过广袤的大地，发出悠长的鸣叫……

《地球脉动》简直是《动物世界》的高配、顶配，无与伦比的饕餮大餐，镜头延伸到了地球的每个角落：丛林，岛屿，雪山，沙漠，草原……

它不只是美，美到每一帧画面我都不想错过。

更是真实，惊人的真实，惨烈的真实，是那种任何以人为主角的电影中都看不到的真实，在动物的故事里，没有编剧，没有演技，它们就是真实本身。

在动物的世界里，从无安全感可言，只要活着一天，就要为了生存的资格奋斗一天，绝不敢稍有松懈。从未见过哪只动物会莫名地颓废，即使是饿了几天，体力耗尽，奄奄一息，仍然会在遇到猎物的瞬间用尽全身力量，绝地反击，不到最后一刻，绝不会轻言放弃。

仅仅是为了一口水、一口食，就必须以死相拼，以命相搏，更不要说争夺交配权了，那绝对堪称惨烈，不是你死，就是我亡。

看过它们的境况，我们就会觉得，为了工作和恋爱，付出的那点辛苦、承受的那点压力，真的是轻如鸿毛，简直不值一提。

骨瘦如柴的母狮子，会把辛苦捕猎来的食物都留给孩子，为了守护小狮子，独自与几只强壮的大个头公狮厮杀，全身血痕累累，那股不要命的狠劲，终于逼退对方。

帝企鹅，为了给刚出生的小企鹅取暖，能不吃不喝不挪地地在南极的风雪中站立四个月，直到配偶穿越数千千米的冰雪找来食物，才能稍微松一口气，瘫倒在地。

沙鸡，在60多摄氏度高温的灼热沙漠里，每天飞翔200千米为小鸡取水，一路强敌环伺，随时可能毙命，再也回不了家，却日日如此，从未退缩。

这种从本能的爱所爆发出的可怕毅力，令人类真是自叹不如。

但是这样的爱全然不要一点回报，全无控制孩子的企图，也全无养儿防老的依赖和期待。虽然毫不犹豫地付出生命守护幼崽，但等幼崽稍微长大，能够生存，父母就会决然撒手离去。

往往是突然在某一天，幼崽从梦中醒来，从前时刻保护它的父母就已消失不见，没有告别，没有依依不舍，从此再也没有消息，余生不会相见。只剩半大的小兽独自面对茫茫的残酷天地，从此只能依靠自己生存下去，又开始一个新的轮回。

《走出非洲》的男主角谈起动物，曾这么说："动物做什么都是全心全意的，做每件事都像是第一次，猎食、工作、求偶，只有人类做得最差，只有人类会感到厌倦。"

人类整体，或许是最强大的族群，攀上了食物链的顶端，是地球绝对的霸主，然而单独看来，无论体力，还是意志力，人类都已严重退化，完全失去了原始的野性和独立生存的能力。

但人类是如何走到这一步的？

为何我们如此强大，又如此软弱？

在我们那独特的大脑中，到底是什么让这一切产生质的改变？

是幻想。

人类是唯一能够幻想的动物。

我们在幻想中，派生出种种概念，诸如宗教、国家、民族、公司，诸如共产主义、存在主义，唯物主义，唯心主义……这些概念让一群人聚集一起，又让另一群人彼此为敌。

我们今天相信这个，明天觉得那个也有道理，今天奉行这套主义，明天又怀有那个梦想。

我们的思想里经常天人交战，我们的欲望，通通自相矛盾。

我们不知道自己到底想要什么，也不知道当下做什么才是最好的抉择。

而动物，不懂幻想，不懂概念，它们只活在当下，只关注眼前。它们的欲望，单纯、猛烈、直接，没有自相矛盾的成分，也就不存在纠结和犹豫，它们听任本能而行动。

人类的软弱，是因为幻想。

但人类的强大，也一样因为幻想。

人类在这些强大幻想的力量之下集结起来，能够形成全球合作与分工。千百万人在同一个概念之下劳作，这种可怕的力量，以比蝗灾更迅猛的速度席卷而来，彻底改变了世界的面貌，把蛮荒的原始世界，变成了一个个叫作城市的精致的牢笼。我们因此变得更舒适、更富足，却也失去了最宝贵的野性、生命力与自由。

不仅如此，这牢笼不仅夺走了人类的原始本能，也一样残害了动物的本性。

比如，少有人知道，猪其实是一种勇猛、聪慧，而且非常爱干净的动物。野猪对于自己的领地，有治理的才能，会严格把进食与排泄的场所分开，并且面对侵略者的进攻，会非常勇敢地发起战斗。可是，当猪被人类捕获、驯化、圈养之后，就变成了我们现在看到的样子，又懒、又脏、又蠢、又臭，饱食终日，不知死之将至。

再比如海豹，是非常善良的动物。它若看到冰上有人受冻，就会爬过来，用体温来救活人类。捕猎者就利用海豹的善良，等它爬近，一棍子将其打死，食其肉，寝其皮，每一次都可以得手。

大象在远古，是有着类似猛犸象那样弯曲和美丽的长牙的，但现在，却很少能看到有长牙的大象了，是因为人类太热爱象牙，而必须杀死大象才能取得象牙，野生大象几乎被屠戮殆尽。

于是，为了逃避人类的杀戮，很多大象就在牙齿稍长之时，忍痛自己撞断，以保全生命。同样，很多美丽的驯鹿也会自毁其角，以躲避人类对于鹿茸的偏执爱好。

面对人类的残忍虐杀，明末文人李渔曾写下这样的话："以生物多时之痛楚，易我片刻之甘甜，地狱之设，正为此人，其死后炮烙之刑，必有过于此者。"

可悲的是，人类，在如此丧心病狂地占领改造世界之后，这个世界，也并未因此变得更温情美好，在费尽心思地精致包装之后，世界的本质也从来没有改变。

想起村上春树在《国境以南太阳以西》中的一段对话：

"'这里好比沙漠，我们大家只能适应沙漠。对了，念小学的时候看过沃尔特·迪斯尼《沙漠活着》那部电影吧？'

　　"'看过。'我说。

　　"'一码事，这个世界和那个是一码事。下雨花开，不下枯死。虫被蜥蜴吃，蜥蜴被鸟吃，但都要死去。死后变成干巴巴的空壳。这一代死了，下一代取而代之，铁的定律。活法林林总总，死法种种样样，都没什么大不了的。剩下来的唯独沙漠，真正活着的只有沙漠。'"

　　看着那拖曳着修长的尾羽，轻盈掠过蓝天，比彩虹还惊艳的飞鸟……

　　那健壮、修长，登临群山之巅，比天神还要俊美威严的雪豹……

　　那庞大、沉默，漂游于最深的海底，比远古巨兽还要神秘的蓝鲸……

　　当然，还有自认是万物灵长的智慧人类。

　　无论是兢兢业业的还是得过且过的，无论是循规蹈矩的还是胡作非为的，数以亿万计的血肉之躯，它们的美，它们的力量，它们的意志，它们的欲望，最后，都常埋尘土，混为一体，化为大地的肥料，而生生不息的，唯有大地本身。

　　但生命一定是太过美好之物，我想。

　　所以，虽然注定失去，但凡拥有生命的当下，生灵们都不顾一切地去想让生命延长一点，再延长一点，哪怕只多活一秒钟，也好，再多爱一秒钟，也好。

　　"'但陆陆续续都要消失的啊！'我想。有的像被斩断一样倏忽不见，有的花些时间渐次淡出。剩下来的唯独沙漠。"

　　真正活着的只有沙漠。

《少年Pi的奇幻漂流》:
所有在青春中漂流的少年

亲爱的少年：

　　你即将启程。离开家乡，你出生长大的地方，离开那个叫作童年的熟悉而安全的世界，离开父母兄弟的温暖的保护，独自踏上你的旅程。你将在颠簸苦涩、风雨无定的大海上漂流，直到找到那属于你自己的能够安身立命的大陆。

　　那载着你来到青春海洋上的渡轮已经沉没，除了向前，你已经没有退路。不要问为什么，这就叫作长大。现在你的世界，就是这艘小小救生船。

　　然而，在这艘小船上，你并不是唯一的乘客，可能你会遇到几位不速之客，他们与你同船，日夜与你相处，可能你会看到，残酷的现实逼得他们像畜生一样彼此厮杀，为了活下来，哪怕是为了蝇头小利也会拼得你死我活。

　　这时你不要软弱，你一定要强大，你必须比你的处境更强大，要懂得保护你爱的人，保护你自己。

　　但是，最可怕的敌人不是那些人，是你心中的恐惧和欲望。它是一头猛虎，它名叫"渴"，它在你心中躁动，双爪扑住船沿，向你跃跃欲扑，它令你日不能食，夜不能寐，它令你焦躁不安，精疲力竭。

但请你一定不要试图杀死它，因为它是属于你的力量，它就是你自己。要耐心地学习与它沟通，学习驯养它，不要与它为敌，而是心存慈悲，去接受它的存在，与它相依为命，和平共处。

还有一些事，是我必须要提醒你的。那就是必须要警惕在途中遇到的一些似乎能够拯救你的东西。比如，一艘大船，别人的船，不要把你的孤独和无助到处秀给别人看，以为可以就此搭上他们的船，依赖他们的水源和食物登上陆地。

你错了，别人并不会真的理会你，每个人都有自己的难关要过。你倾诉，流泪，像放烟花一样把弱点暴露给他人看，最终得到的只是厌弃，只是别人的转身离去。到那时，你只会陷入更深的痛苦与绝望。

也许，途中你会看到一些美丽的小岛，绿树成荫，有洁净清甜的淡水，连树根都美味无比，你会兴奋得癫狂，不顾一切奔向其中，享受久违的宁静。

那或许是一卷大麻、一克海洛因、一个网络游戏、一场放纵的性爱。是的，它会让你得到暂时的休息，得到无比美妙的幻觉，但你若深陷其中，就会烂掉，与世隔绝，会被它美丽的幻觉腐蚀殆尽。你得拿出勇气，离开它，尽管那旅途好疲倦，可是你一定得继续前进。

你再一次踏上旅途，看着远方的云，看着茫茫的海，每一天都在机械地重复，好像卡入死循环，你始终在怀疑明天到底会不会变得更好。有时你怀疑这个世界上是不是只剩下你一个人。亲爱的孩子，我真的明白那种感觉，那么的孤独却又无处倾诉。

但是我想告诉你，这一切都不是平白无故的。我们的命运看似毫无章法，冥冥中却有神的旨意。我不能告诉你神到底是什么，可他是存在的，他一直看着你，注视着你的每一步，他会为你送来成群发光的水母，把宇宙群星放在你的脚下，他会送来意外惊喜，让成群飞鱼像雨点一样从天而降，他也会带来暴风雨，让你痛哭，眼睁睁看着最后仅有的都被剥夺殆尽。

对，这就是神。你在他手中就像未成形的瓷胎，你不知道为什么要被搓扁揉圆，甚至经历烈火。但当你最后成为美丽的艺术品时，你会觉得这一切都值得感激，而且妙不可言。

好了，现在你已通过考验，终于抵达了属于你的大地。那曾与你相伴的青春的躁动，那些痛苦，那些力量。你心中的猛虎，也将随之安顿，它找到自己的归属，永远离你而去。

你曾经那么恨它怕它，但当你意识到终于失去它的时候，你痛哭失声，像个孩子。你知道你逝去的是青春，换来的是成熟。但你不知道这是否值得。或许不需要再发问了，就像你曾经注定被推入海洋中一路漂流，如今你也注定在大地成家立业，安静地生活下去。这就叫作成长。

所以，这个故事写得真好，不是吗？但这是属于派的故事，不是属于你的故事。听完这个故事，就忘掉它，去书写属于你自己的故事吧。你的名字是少年。你的人生，还有很长，很长。

《一代宗师》：
侠之不存，国将焉附？

国之不存，侠将焉附？

这一个侠，是作为个体的"侠客"。

侠之不存，国将焉附？

这一个侠，是作为民族魂的"侠气"。

"侠"是什么？《一代宗师》中的宫二说得好，见自己，见天地，见众生。

见自己，是要对得起自己心中的仁义、感情，为自己心中留一盏明灯。

见天地，是看透命运浮沉，守住世间正道，为混沌天地点一盏明灯。

见众生，是要传扬武学，以武强人，以德化人，在黑暗乱世中为众人指一盏明灯。

她说，她见到了自己，也算见到了天地，可惜见不到众生。她对自己的评价，倒是十分中肯，看得如此透彻，却还是没有逃脱那最后的藩篱。于是，宫二那孤寒的背影，就这样在茫茫大雪中渐行渐远。灯灭了，人散了。宫家六十四手八卦拳，也就跟随她从此湮没于尘世，再也不能普度众生。

这个问题也一度困扰我良久。我曾经问一位传道的长辈，为何我得去聚会，做义工，扶助他人？为何我不能自己读经，祈祷，独自求索于神呢？

他对我说："如果神就是爱，那么这爱必得是由内心发出，并要传承于人的。不然爱失去了附着，就成了大孤独。只有在真切的爱人中，人才能学会爱自己与爱世界。只想爱自己，只想珍惜自己羽毛的人，其实也并不真的爱自己。"

对别人冷的，也会对自己狠，一如宫二。

有一点是我很欣赏的，在王家卫这部电影里，"侠"并不是传统武侠中那些飞来飞去、纵横江湖的人，不是没有行李、不用吃饭也不用养家的人，不是独善其身、两袖清风、归隐仙境的人。在这部电影里，国之不存，连侠道也没落了。

在这部电影里，叶问受过委屈，吃过剩饭。他会哄孩子睡觉，给妻子洗脚，在国破家亡的关头，他也得去当铺卖掉皮大衣，也得跟上拥挤的货船去香港讨生活，也得寄人篱下，睡在一张小床铺上，为几块钱月薪苦苦求生。

然而，就算在这样的时刻，他也不教舞狮，不愿为了一个红包恶形恶状地争夺。他不教耍大刀，不教江湖卖艺。这是侠的尊严，有所为，有所不为。他留着的那个扣子，就是他心中的高山，就是他心中那盏信仰着侠义的明灯。

一线天，不得不开一间理发店为人剃头谋生，并应付各路上门来收保护费的青皮，他最终还是撑住了门面，让八形拳在香港这片土地上生根发芽。他们最终让这侠义的信仰照耀了众生。

看完电影走出来，正是夕阳西下。街上众人熙熙攘攘，我一时竟恍惚自己身在何方。如今距离那个时代已过去了百年，再多风流，都被雨打风吹去了。

我的祖国，早已是太平盛世，人们口口传颂的是那些各界的成功人士。"侠"这个东西，只能在电影和小说里出现，让人感慨惊叹一阵子，就继续去忙着赚钱了。

国，我们是有了，可是如果这片土地上早已没有了侠的存在，那么，这里还是我们的故土吗？侠之不存，国将焉附？

我没有答案，只有满心惆怅。

《比利·林恩的中场战事》：
你当强壮，并且纯粹

　　时隔四年，李安又带着新作归来，从少年派到比利·林恩，他依然延续了少年与成长的主题，依然是着力去刻画一场成长的阵痛，两位少年都同样失去了心爱之人，同样直面死亡本身，不同的是，这一次他试图加入更多：对战争的反思，对荣誉的质疑，以及最核心的对生存意义的探索，对信仰的追寻。而且这一次，在我看来，无疑他距离那个答案又近了一步。

　　如果说早期李安的故事更擅长的是去表现人际关系的张力，比如"家庭三部曲"，那么，从少年派到比利·林恩，李安开始越来越专注于聚焦在一个人的身上，向内挖掘故事，专注于对个人孤独的纤毫毕现的表达，再以灵魂深处的痛苦蜕变为一面镜子，反射出整个世界的光怪陆离。他也越来越确信一件事：越自我的，才会是越普世的。

　　一向佩服李安选角的眼光，无论是上一部戏里的印度少年还是这部戏中的美国少年，都带着一种既朴实羞涩如孩童又明显成熟于同龄人的复杂气质，有一双温柔眷恋尘世又对形而上的终极之物充满渴求的眼睛。他总是能准确地抓住那一份独属于少年的浑然天成的动人。

　　人一生动人的阶段不多，青春期当然是最闪耀的那一段，那时的人以惊人的速度飞快长大，骨骼、胸脯，都在时时承受着生长带来的冷不丁的疼痛。

与此同时，灵魂成长的速度更是惊人，比雨后噌噌冒尖的春笋还快，童年那纯真而黑白分明的世界观无法容纳快速成长的灵魂，就像童年的衣服无法容纳迅速成长的身体，它们在灵魂的急速膨胀之下迅速崩毁。

青春的灵魂如同困兽，在命运的冰雪之中赤身裸体，迫切地想寻找一套新的价值观，来护卫自己，从未如此迫切地渴求被保护、被温暖、被理解、被黑暗中的光芒指引。

青春的身体与灵魂，都带着初生的新嫩，无比敏感，轻轻一碰就能痛彻心扉。少男少女们对世界和自身都感到如此困惑而又陌生，那种如燃烧弹一般的生命力如此真实，种种感觉如同烟花绽放。那是成年之后的麻木的人再难重新体味的感受，所以人们总是一再地怀念青春，怀念那些疼痛又美妙的感觉。

看着比利时，我心中无数次想起拉里——毛姆《刀锋》中的那个男孩子，无疑他们是太过相似了：同样是愣头青，去服了一场兵役，亲眼见证了战友的死亡，同样陷入不可自拔的对生命意义的怀疑和困惑。

不同的是，拉里从此放弃一切。他先是钻进书堆，不舍昼夜地阅读了好几年，又徒步在异国的乡村行走。他和许多人谈话，做许多无用之事，浪费大好的光阴与前程。他一路徒步走到了印度，在这个漫长而艰辛的过程中，他心中如冰山般的疑问一点点被敲碎、溶解，最后他回到伦敦，成为一个最最平凡的计程车司机。唯有王城最堪隐，万人如海一身藏。

拉里曾说生命的欢愉就像一团云雾，它遮挡住了死亡的悬崖。但若有一天，大风猛然吹散雾霭，死亡就如此赤裸裸地出现在你眼前，试问看过这一切的人还如何像从前一样肆无忌惮地奔跑跳跃？

当比利把尖刀插入圣战徒的咽喉之中时，他一定深深记住了那双充满痛苦和仇恨的血红的双眼。那样的一双眼睛，他也曾在一个伊拉克小男孩身上看到过。盲目的杀戮和仇恨代代相传，夺走人们命中的挚爱，没有能说清楚这一切到底是为了什么，又该如何让它停止。而这一切却被冠以荣誉之名。

"我为你祈祷，"比利的嫂子如此说，"我真的为你骄傲。"当那个漂亮的拉拉队女孩吻了比利，临走之前，她说了同样的话："我为你祈祷，我为你骄傲。"为你祈祷，这话我也常常听到。可是谁又真的关心谁呢？为你祈祷的人真心在乎你的死活吗，还是仅仅表达一份惠而不费的好意呢？

比利说，只有一点，还不如没有。

圣战徒都比你更加懂得尊重。

唯有姐姐凯瑟琳有切肤之痛。她同样是被从死亡深渊中拯救回来的人，是真切经历过成长剧痛的人。只有她才知道死亡多么真实可怕，是如何地迫在眼前，也唯有她知道，与生命本身相比，所谓的荣誉都只是过眼云烟，一文不值。

但比利最终还是选择了离去。

因为布雷迪上士也就是死去的班长"蘑菇"。

全影片最美的一段镜头，莫过于"蘑菇"与比利的那段菩提树下说因果。

如果说比利是那个仍然迷茫的拉里，那么"蘑菇"无疑就是那个已经找寻到答案的拉里。他说："无须质疑，无须迷惑，我命中注定是属于这里的。"

他说，比利，别忘记那一枪已经开了，无论留在故土还是客死他乡。生命的意义不是停留在无穷无尽的思考之中，不是迷失在五花八门的选择中，不是困惑于他人形形色色的评论，它在于认定你如今到底身在何处、你肩负着怎样的责任、你的生命又与何人紧紧相连。你不需要为了国家、为了荣誉、为了任何看似伟大的命题去牺牲，你要的信仰只是那浩大于你自身的东西。

所有的不幸，都来源于不信，每当你确定一个信仰，你就不断地再去推翻它。每当你拥有希望，却又忍不住去拆毁它，用理智的显微镜去对它的缺点无限放大，挑挑拣拣，无论是一个工作还是一个爱人，你永远在怀疑：这是不是最好的？这为什么和我想象中不一样？这到底有何意义？

最终，你总是选择放弃，选择离开，你永不满足，永远满心缺憾，永远一无所有。你像掰棒子的狗熊，掰一个，扔一个，永远找不到田里最大的那个。最后当你回头时，身后只剩下被你遗弃的旷野，满目疮痍，一地狼藉。

说真的，生命最终到底能够剩下些什么？谁曾直视过逝者的双眼？谁能说，我无愧于我的一生？又有谁在现在活着，是为了在未来获得宽恕？

没有什么是可以绝对纯粹而完美的。这场战争是正义的吗？是美好的吗？当然不是。它充满了死亡和杀戮，充斥着政客的权力斗争，充斥着各种利益集团背后那无尽的盘算。

姑娘们高歌："哦，我需要一个士兵，强壮到能够保护我。"

而你的父母只需要一个被邻里夸耀的好儿子。

还有一些人，需要的只是你战争英雄的光芒，来为他商业上的筹划加持一份虚拟的情怀。更有人嘲笑你不过是个傻大兵、同性恋。

但你到底是谁？你为了谁而战？这场战争是否真有意义？你为之

付出生命的到底是什么？是国家的利益，还是商人的算计？是父母的荣耀，还是女孩们充满崇拜的眼神、热情似火的亲吻？你究竟为何而战？

如果你想放弃，你当然可以挑出1000个缺点，再找出1000个理由。但你若坚持下去，只需要一个理由，就是你在爱。你爱那些跟你并肩作战的兄弟，那些和你一样命中注定属于这里的少年。你想和他们在一起，想守护他们，他们去哪里你就去哪里，他们做什么你就做什么。就像《圣经》中的路德，不假思索地回答道："你的国就是我的国，你的神就是我的神。"

安妮宝贝很爱说一句话："这个世界不符合我的期待。"确实，这个世界不符合任何人的期待。若你足够聪明，你迟早会发现，没有什么是完美到值得信仰的：一份工作，一份婚姻，一场战争，一个团体。任何处境都可能是千疮百孔的。但是，世界不完美，所以你就沉沦得心安理得吗？

完美，是不是说你一定要在1000个处境里反反复复地跳来跳去，不断地去选择那个更完美、没有瑕疵的让它来适合你呢？不是的，而是你，可以照亮你的处境。

萨特在《存在与虚无》中曾说：

"命运本身是中性的，它等待着被一个目的照亮，以便表露自己是一个对手还是一个助手。有如一块岩石，如果我想搬动它，它便表现为一种深深的抵抗，然而当我想爬到它上面去观赏风景时，它就反过来成为一种宝贵的援助。人总是试图说明自己生活在限制中，是不自由的。如果命运并不是我的选择，还有什么责任，能够负担什么罪责呢？然而英雄与懦夫的区别，不在于他是不是怕死，是不是怕苦怕痛，而在于他敢不敢正视自己的这种自由，承担起自己的存在，那才是真正的自由。"

就像"蘑菇"在残酷得足以扭曲人性的战场之上始终不忘在每一次战斗之前，对队友说"我爱你"。因为他已明白，这场战争不是属于国家的战争，是属于他自己的战争，战争或许失败了，但是他的信念从来没有失败。

中国古话也常说："君子立恒志，小人恒立志。"到底什么是英雄，什么是懦夫呢？那些看似无比聪明的人，永不满足，永远都在挑挑拣拣。他们永远无法下定决心去做些什么。因为他们总是太容易看出这个或那个东西的破绽、这个或那个人的不堪。他们总是太容易失去信仰。所以尽管他们的选择有那么多，他们却永远不信，永远充满迷茫，永远在等待，永远在期望，也永远在绝望。

"蘑菇"对比利说，这就是欲望。

所以"蘑菇"毫不犹豫地说："我去了。"于是端起机枪冲进战场，仿佛殉道。

他的眼神如此温柔清澈。他是如此强壮，而且纯粹。

他毫不怀疑，他死于确信，他是幸福的。

最后，他说："比利，你终于来到这里了。"

补充一点：

看完几天以后，很多镜头仍不断在我脑中回放，忍不住再来夸李安导演几句：李安是完美主义者，所以他出片很慢，但是真的没有扑街的。"李安"两个字就意味着可以放心看。

四年才出一部影片，他没有被盛名催逼，慢慢地按照自己的节奏做事。选角、选本、镜头的取舍，都是心思，所以最后出来的效果自然流畅，看不出雕琢痕迹。这是大师风范。

他拍比利，其实就是在拍自己。他就像比利一样，被冠以光环，经常被拉到各种秀场，被当作英雄。但是他通过这部作品对自己说，我就是一个纯粹的战士，我能做到的就是坚守自己的岗位，守护，尽责。

因为他知道所有幸福的人都一样，没有选择。无论你们赞也好，骂也罢，觉得有没有意义都好，他只想做好自己命中注定的事。他对自己的初心坚定，不为外界环境所动，如同寿司之神，如同村上春树。

你平凡，真的不是因为你在做平凡的事，而是因为你总是自命不凡，认为你所做的配不上你。真正不凡的，是那些认真把平凡之事做到极致的。

《权力的游戏》：
命运如刀，就让我来领教

　　《权力的游戏》里女性角色很多，瑟曦、龙妈、珊莎、梅姨……她们各有光华，或残酷冷艳，或勇敢奔放，其中最引人瞩目的莫过于龙妈丹妮莉丝，很多人将她视为女性成长、女权意识的代表人物。

　　但是，在我看来，她虽然有曲折离奇的成长史、波澜壮阔的发迹史，却和我所理解的"女权意识"和"女性成长"有差距。私下里认为，《权力的游戏》里真正能够代表女性成长的角色，还是非史塔克家二小姐"二丫"艾莉亚莫属。

　　艾莉亚与其他所有女性最大的不同就在于：其他女人多少都清楚自己天生的优势，都会不时利用自己的原始本钱，懂得如何依附男权社会的法则，去获取自己想要的东西，她们知道自己是女人，是弱者，必须牢牢抓住那些能够保护自己的男人，才能在权力的游戏里拿到一手好牌，在铁血的冰火世界里站稳脚跟。

　　龙妈的强大，也大多是来自她所依凭的外在优势：她的美貌，她的出身，她的龙，她的军队，她的财富……这些为她带来了身边一众为她出谋划策、出生入死的男人，她有一串比菜名还长的头衔，但当拿走这些的时候，她其实只是个柔弱的手无缚鸡之力的女子，说到底，她仍然是个"被保护者"。

但是艾莉亚很少意识到自己身为"女人"的性别设定，并不把社会文化强加于女性的种种规范和角色放在眼里，她从来不觉得自己只是男性的附庸，是第二性，也从不觉得自己只能"被保护"。

艾莉亚孤身一人，因此，比起龙妈那种浴火重生、突飞猛进的成长来说，她的成长更为艰难、缓慢，几乎看不到什么进展，没有任何人来为她开挂，她全靠自己一点点笨拙的坚持，像野草一样，缓慢地在石缝里挣扎求生。

然而，她的成长更为真实，每一分的进步都真正属于自己，她不想依赖谁，或被谁当女王和公主一样捧着，她充满野性，勇敢，顽强，生存能力强大，虽然弱小，却立志要保护自己，也要保护所有她想保护的人。

其实艾莉亚很美，她继承了史塔克家的相貌特征。精致的小脸，灰蓝色的眼睛，褐色的头发，她也多次被形容长得像她的姑姑——倾国美人莱安娜。然而，她和姐姐珊莎那种典型的美女不同，她对漂亮衣服、化妆打扮，对一切和女人有关的事都没啥兴趣。

从小她就只喜欢舞刀弄剑，打打杀杀，但那时的喜爱更多的出于一种孩子淘气的天性，是一种对于父兄之力的崇敬与羡慕。直到父亲死去，这份对力量的向往，才变得严肃，变得执着，从此成为跟随她一生的倔强信念。

在那之前，她从没想过，像山一样的父亲，一直以宽厚和良善面对这个世界的父亲，也会在瞬间轰然倒塌，让她真实地领教了命运的残酷。

她是唯一现场亲眼见证父亲、母亲、兄长三人死亡的孩子。当奈德人头落地，导演收拢一切音效，安静地把镜头对准空中一群黑色的飞鸟，当它们在灰白的天空中缓缓飞过的时候，少女的心，也像被野火焚烧的黑色纸灰，再也无法聚拢成形，跟随着鸟群，在风里分崩离析了。

从此，她从天堂坠入地狱。从此，国破，家亡。她开始逃亡，开始踏上一条复仇的不归路。她怀抱着仇恨、愤怒、恐惧，日日夜夜地寻找让自己更为强大的方法。王小波曾说过，人一切的痛苦，都是对自己无能的愤怒。其实她在恨着那些人的同时，何尝不恨自己的弱小？她把这份仇恨，化为逼迫自己前进的力量。

从这里，我看到了一个悲哀的事实：往往是因为仇恨、骄傲、虚荣、嫉妒和恐惧，才支撑着人一路前行。人的成长往往依赖这些负能量，而不是爱与温柔。

虽然，她从未试图依赖过男人，然而她的生命轨迹确实是被四个重要的男人所标记、所改变的，他们分别标记了她的来处、启蒙、流亡和定型，这些人，帮助她突破迷障，看清自我。他们完成后即离去。

第一个当然是父亲奈德，记得周国平曾说过："一个人无论多大年龄上没有了父母，他都成了孤儿。他走入这个世界的门户，他走出这个世界的屏障，都随之塌陷了。父母在，他的来路是眉目清楚的，他的去路则被遮掩着。父母不在了，他的来路就变得模糊，他的去路反而敞开了。"对艾莉亚，对史塔克家所有的孩子，都是如此。

第二个是来自布拉佛斯、教她剑术的老师，是她的第一位引路人。他让艾莉亚第一次听说了布拉佛斯这个神秘的城市，教会她"凡人皆有一死"，也教会了她对死神说："但不是今天。"他说："疾如鹿，静如影。迅如蛇，止如水。恐惧比利剑更伤人。害怕失败者必败无疑。"

他在她生命中的出现如此短促，如流星一现，却带给她最温暖的鼓励和最真实的善意。后来，在她生命每一个关键的瞬间，这些话都支撑着她，为她注入平静的力量。

第三个是猎狗。这个孔武、丑陋，如野狗一般的男人，用马背驮着她，带着她几乎游荡了整片维斯特洛大陆，口口声声说着要把她拿去卖个好价钱，却又不断把食物分给她吃，照顾她，甚至在许多时刻有意无意地教给她很多人生道理，还曾认真地教她如何用剑杀人，他们俩在一起的时候，俨然是一出冰火版的《这个杀手不太冷》。

在那场残酷的血色婚礼上，当她想要扑向母亲尸体的时候，也是他，冷静地一把把她抱走，拖离是非之地。他无数次地救她的命，却是她仇人名单上的一员。与猎狗的感情纠葛，对一个少女来说实在太过复杂，她始终不明白到底是什么，只好执着地将其理解为仇恨。

最终，她还是以一种近乎残忍的方式离开了猎狗。

第四个，当然是无面者贾昆。这个神出鬼没、杀人于无形的刺客，他的出现，为艾莉亚打开了新世界的大门。他给了艾莉亚一枚银币作为信物，就像是留下一颗指路的北极星，她将其牢牢握在手心中，孤身一人横渡汪洋来到他的世界。

她深深俯伏在厚重的大门前，立志皈依这份神秘而强大的信仰。这位曾经的贵族小姐，从最肮脏琐碎的工作做起，卑微地把自己变成一个无名小卒，从此她就只剩下一句台词："一个女孩没有名字。"

但是，当这个用尽力气要忘却前尘的女孩突然看到一个小丑在台上将父亲诬为奸臣，戏谑着父亲的死亡时，她仍然忍不住皱紧了眉头，努力控制着自己的颤抖。看到这里，我万分心疼，那分明是对一个人内心圣地的践踏与亵渎，那是世界扇在她脸上的又一记响亮的耳光。

一年三百六十日，风刀霜剑严相逼。命运对一个孩子过度地严苛，将她塑造成一副这样的相貌：总是穿着又黑又破的衣服，瘦小如乞丐。她有一双暗夜小兽般倔强而警觉的眼睛，甚至在她盲了之后，只要她朝向我，我仍然能感觉到这双眼睛的凝视，让人无处躲藏。

她长得这么机灵，却又这么笨，不懂得转弯，所以常常吃亏，被打得死去活来，头破血流。她的世界黑白分明，她不管什么大局小局，不懂什么是权谋、什么叫权威，她只懂得好人、坏人，好人要保，坏人要杀。

她的心清澈如镜，对任何巧言令色的掩饰都绝不买账，她也从不懂得用笑容去讨好别人，只在真正领受到他人善意的时候，才会羞涩地咧开嘴角微微一笑，算是感激，而她尽管百般告诫自己，不停地在深夜里默读那份仇恨的名单，试图让自己变得冷酷，变得强大，而她的心，到底还是柔软的。

她历经艰辛才换得了成为无面者的机会，却因为一个陌生女人一点微小的善意，就不惜将前途全部葬送，让自己再度置身险境。她不是不知道，善良会令她软弱，父亲的死，已经狠狠地教育过她这一点。然而她还是不肯放弃这一份对于善良的执着，纵使这善良同样会令她死无葬身之地。

她的不屈不挠，正如朴树在《傲慢的上校》中写道的："人如鸿毛，命若野草，无可救药，卑贱又骄傲，无所期待，无可乞讨，命运如刀，就让我来领教。"

又想起小时候读小美人鱼的故事，小美人鱼舍弃了自己的鱼尾，换来一双人类的双腿，从此她走出的每一步都如走在刀锋上一般疼痛。

《奥义书》里曾说："一把刀的锋刃很不容易越过；因此智者说得救之道是困难的。"命运如刀，哪个人的成长，不是一次次越过刀锋的攀缘？更何况是一个无往不在枷锁之中的女人。

所以我总是格外激赏那些像小美人鱼一样敢于挣脱美丽鱼尾的束缚，不惧领教命运刀锋的姑娘。她们求知，求真，择善而固执，她们越挫越勇，直到成为这个世界的光。

而艾莉亚就是这样的姑娘。

《云图》：
堕地千年光不死

    要知道《云图》在说什么，真的该先看看《黑客帝国》，虽然这两部电影在剧情上看似并不沾边，但究其核心，他们探讨的是同一母题，即"存在"。简单来说，《黑客帝国》思考"存在是什么"，而《云图》探索的是"人该如何存在"。

    在尼莫吞下红色小药丸的时候，他实际上就是踏上了一条没有回头余地的哲学思辨之路，他上下求索的问题总结起来便是，我和世界，到底以何种方式存在。他发现了自己从前所置身的、他自以为无比真实的世界，不过是一个由母体操控和导演的劣质模型，只是到了这一步，还仅仅停留在政治寓意的层面。之后，在反抗母体的斗争中，他却发现，本质不只如此，原来，连母体也不过是假象，整个的"存在"原来根本是一个彻头彻尾的幻觉。

    世界，我们周围的一切，乃至我们自身，可能都不过是虚空中一组无意识的电波、一个量子无规律的颤动。它是如此的无序和短暂，如同空中偶然出现的浮云，瞬息即散，如同滑过黑暗夜空的流星，一闪即灭，如同佛说"诸法无我，众生皆随缘而起的幻象"。于是，在《黑客帝国》的尾声，存在的本质，似乎也跟随着电影的结束，彻底陷入了虚无的深渊。

之后，导演们沉寂多时，多年之后，再次为我们交出了这部《云图》。在这部电影中，无疑这一命题又再次被提出：既然存在的本质如此虚无，那么，我们是否还应该继续这毫无意义的存在？这些渺小的、偶然的、无序的、悲惨的存在者，活着的价值到底是什么，死亡的终点又是哪里？到底是什么令我们爱，令我们痛，令我们胸中激荡着对生命的渴望？

这些问题，都试图在《云图》中表达出来，也试图寻找答案。他们讲了六个故事，不同的时空，不同的人物，不同的文化背景，其中却有如草蛇灰线，绵延不绝，使这些人的命运纠缠不断。同时，似乎又在苦苦询问：这些芜杂、艰辛的生命如此纠缠，又是为了什么？

是否，我们都太过于专注自身的结局，太过于专注此世的沉浮，因而在其中苦苦求解，难逃虚无的结论呢？转而，他们又问，如果生命的本质是松散的呢？如果我们每一个人的生命只是大美之图的其中一笔呢？如果，从上帝的视角来看，历史自有它整体的面目呢？那么，我们的存在在其中是什么呢？

"我们的生命不仅是我们自己的，从子宫到坟墓，我们和其他人紧紧相连，无论前生还是今世，每一桩恶行，每一项善举，都会决定我们未来的重生。"

每当我抬起头，看着辽阔蔚蓝的天空，看着空中飘浮的云，看着夜空璀璨的星，有时我总觉得，它们是如此无序，如此杂乱，有时，我却又明明感觉到其中蕴藏着看不见的神秘蓝图，使这一切都如此秩序井然，亘古不变，充满了令我敬畏、令我倾心的情意。

每当我凝视着殿堂庙宇穹顶之上那些繁复美妙的图案，铺天盖地的重叠缠绕，要将我卷入、融化，每当《云图六重奏》在作曲家细长的手指下响起，在那样的时刻，在我胸中汹涌激荡着的、呼之欲出的，而我却无法用嘴唇诉说的，似乎就是这一切问题的答案。

曲中重复的那些温柔的节奏，那些在黑暗中缠绵的爱意，在绝境中怀抱的自由，在每个故事每个人物的命运中，明明灭灭，时隐时现。最终，它们都汇聚成清晰的语句，在星美的口中涌出。

星美，是整部电影的核心人物。我几乎觉得她是耶稣的一个暗喻，出生卑微，宣讲末世的福音，反抗着一个堕落的集权的世界，对人们诉说勇气、爱与天堂。相似的是，她在刑架上受死，死去多年之后，被人类奉若神明，说过的话，也被拿在女祭司的手中，如同福音书中的神谕一般被不断翻阅和引用。

我总相信，每个人都曾带着彗星的胎记出生。然而，并不是每个人都能了悟这个与生俱来的意义，终其一生也不会明白，生命只要好，不要长。

那些如同彗星一般灿烂地滑过这个世界的地平线的人，如今是否还存在于这个世界上？从前有人对我说过一个动人的故事：很多星星，其实在多年前已经燃烧殆尽了。可是，它们的光芒在黑暗中一路前行，穿过时空，带着微弱的温度，最终与我们的目光相遇。

就如同航海者的日记最终被作曲家读到，作曲家的音乐流转到了记者的手中，出版商的电影唤醒了星美心中的勇气，而星美说出的话让世界为之战栗。是的，此世的生命，结局或许虚无，然而它发出的光能永恒地流转于天地之间，这便是，堕地千年光不死，这便是，"存在的意义"的答卷。

再来说说这部电影的形式。一切艺术和科学发展到高阶形式，都必然只能是以抽象取代具象，都必然是思想和情感的高度远胜技巧的精致，如同数学，一开始是加减法，之后是方程，再到微积分。为什么？因为只有抽象可以最普遍地去求解形而下的难题，唯有什么也不具体说的"道"才能说尽事物的真相。

高阶的电影也必然如此，《云图》就是这样一部电影。它正是如同诗歌、音乐、微积分那样的一个抽象的求解。它不是让你置身事外地去看别人的故事，它要让你懂得，你可以用它来求解你自己的人生。

"信仰，和恐惧或爱一样，迫使我们需要去理解，像理解相对论和不确定原则还有决定我们生命进程的各种现象一样。昨天，我的人生朝着一个方向；今天它朝着另一方向。昨天，我相信自己不可能做的事，今天我却做了。"

生命如同浮云，看似偶然，瞬息消散，实则云中有图，有生生不息的旋律，总以不同的样貌拥抱着这个蓝色星球。

这一世，它是云朵，自在遨游。

下一秒，化为雨点，亲吻大地。

又或许，浩浩荡荡，奔流入海。

生而向死，死即往生，我们不会死得太久。

请相信我，只要有爱，我们就永远不会失散。

"像这样的时刻，我能清晰地感受到你的心跳，就像能感受着自己的一样，我知道分离是一种幻觉，而我也知道，我的生命远远超越了我自己的极限。"

《密阳》：
你是渴望被救赎，还是想当救世主

　　《密阳》要探讨的问题是宗教吗？不仅仅是。因为它并非把问题的矛头指向神。它指向的是人，是那些皈依宗教的芸芸众生，是人性。它想探究的，是隐藏在那些或宽恕或温柔或善良的脸孔背后的到底是一个卑微的崇拜者，还是高傲的自我。其实有时，这两者真的难以区分。

　　申爱便是如此。她在丈夫由于交通事故死去之后，便带着儿子来到丈夫的老家生活。这是她丈夫生前的遗愿：回到乡下去过平静的日子。可是随后影片就透露了一个线索，她的丈夫生前背叛了她。而她却依然以一种超乎常理的深情坚持实现这个遗愿。

　　在这一过程中，她的道德地位被迅速拔高。她来自大城市，文雅、有教养，但是寡言少语，矜持自珍。一亮相，申爱即以一个孤清洁白的形象，在密阳这个小镇上，不动声色地宣告了自己的存在。

　　看到这里，我竟然有点刻薄地想起毛姆说过的一句话："女人总是喜欢在伤害她们的男人临终前表现得宽宏大量，这种偏好叫我实在难以忍受。有时我甚至觉得她们巴不得男人早点死掉，就是怕这出好戏演出的时间被拖得太久。"

　　这看似高尚与深情的举动之后，也许隐藏着占领道德制高点的沾沾自喜。在沉痛和坚强的背后，也许隐藏着对自己导演的这个悲剧角色的陶醉与沉迷。

　　申爱始终沉迷于这样的扮演，她的存在始终建立在对上帝的扮演之上。从一开始来到密阳，进入教会，到探望杀死儿子的凶手，她一直深深地沉迷于自己所扮演的宽恕者角色、一个有悲剧美感的坚强女性。她在别人的眼光中坚定地塑造这一角色，一个几乎等同于上帝的角色。

　　所以，当凶手说"上帝已经宽恕了我，我得到了平静"时，这个突然半路杀出的上帝让她乱了阵脚，残酷地向她指出她只是个拙劣的山寨版上帝，没有人需要她高高在上的宽恕，这时她才开始意识到自己的扮演漏洞百出，这让她的整个存在瞬间崩溃了。

　　于是，她开始以盲目的报复来表达对这个更高大的上帝的反抗。她要证明，如果她不是上帝，那么这个真正的上帝也好不到哪里去。她开始搅乱聚会，引诱牧师，无所不用其极，她要摧毁一切看似美好和谐的表象，来证明上帝的虚幻。如果她不能以迎合美好来证明自己，那么就要以破坏来证明。当她不能再扮演上帝时，她便开始扮演撒旦。

　　不能做光明天使，宁可成为恶魔。这与基督教故事中撒旦的故事惊人地相似。曾经，撒旦也是一名把自己视为上帝的光明天使。从头到尾，始终不变的是申爱扮演上帝的执念。最后，在这样自导自演的悲剧情怀到达巅峰时，她划开了自己的动脉。

　　那一幕拍得极其冷清，她只定定地看着手腕汩汩涌出的鲜血。在幽蓝的灯光下，她似乎突然醒悟，她的生命就要结束，就要在这样无声无息的黑暗中死去。那一刻，在与死亡直面的瞬间，所有角色都被剥离，她终于清醒认识到了生的重要。她跌跌撞撞地跑到街上，抓住每一个过路的行人，请他们救自己。在这一刻，她才意识到原来她是那个需要被救赎的人，而不是救世主。

在影片的结尾，她静静地在镜中剪去自己的头发。她真的就此了悟了吗？我不知道。影片也没有解答，只是缓缓地转向冬日角落里的一缕金色阳光。这个镜头如此宁静而充满诗意，阳光和悦布下，无善无恶，无喜无忧。

凝视着那缕阳光，我忽然感动得想要落泪，或许是懂得了什么才是真正的宽恕与救赎。

《人工智能》：
对你驯养过的一切，负责到底

> 耶和华神用地上的尘土造人，将生气吹在他鼻孔里，他就成了有灵的活人，名叫亚当。
>
> ——《旧约·创世记》

每次读到这里，我都会想象那个画面，我始终不是太明白什么叫作"成了有灵的活人"，这件事听起来似乎就像输入了某种程序，然后启动，亚当就活了。这就是《圣经》中所述的人类最初被造的情节。就像《人工智能》里博士说的，上帝造亚当时，造的是一个会爱的人。所以，博士也要造出与人类一般，懂得去爱的机器人。

大卫，就是第一个会爱的机器人。爱对于他是一段预设程序，只有在独一无二的口令之下才会启动。一旦爱了，就再也不能更改爱的对象，除非销毁他的芯片。

当莫妮卡念出那段口令时，大卫就这样爱上她了。爱像病毒一样感染了他全部的思维，从此他的生活就只剩下一件事：全心全意地爱着妈妈。可是，妈妈却不曾被启动，妈妈不爱他。对妈妈来说，他只是一个替代品、一个电线缠成的金属机器，可以被抛弃、被销毁的玩具。

他被抛弃在废铜烂铁的垃圾丛林中。而他还在爱，他还在希望，他还相信妈妈说过的童话——蓝仙女会把他变成真正的小男孩。尽管那个童话是妈妈说给自己的儿子马丁听的，尽管妈妈说，"童话是假的，你也是假的"，但他还是固执地踏上了寻找蓝仙女的旅程，他要变成真的，他要妈妈爱他。

小小的大卫沉入深海，在蓝仙女面前祈祷了两千年。两千年，沧海桑田。妈妈不在了，博士不在了，而他的爱还在，那芯片上烙印下的名字还在。

也许是导演实在不忍心，才给了故事这样一个结局。两千年后，人类已经灭绝。一群两千年后的机器人在海底发现了大卫，提取他的记忆，为他制造了一个巨大的幻觉。

那个幻觉只有一天，妈妈和他在一起。没有马丁，没有亨利，只有爱他的妈妈。妈妈为他洗头发，做蛋糕，与他玩捉迷藏，最后他握着妈妈的手睡着了，终于沉睡在那片冰封的深海中。

这不是个机器人的故事，大卫不是机器人。大卫就是亚当。他就是我们，是人。我们难道不是与大卫一样，在被造的那天，就被输入了一段预定的程序，当某个人向你说出某句隐秘的口令，或做出某种特定的动作时，这段程序就会启动，把启动者的名字烙在"心片"上吗？

这段程序，叫作"爱"，而这个过程，就叫作"驯养"。《圣经》里说，神是爱，而我们就是按照他的样式造成的。

"人们已经忘记了这个道理，"《小王子》中的狐狸说，"可是，你不应该忘记它。你现在要对你驯养过的一切负责到底。"

负责到底，听起来好沉重。我们害怕负责，却想要不断地拥有，贪心地学习许多口令，去启动一个又一个人的爱，只想要把自己的名字烙在尽可能多的"心片"上，我们轻飘飘地说出许多美丽的誓言，却从来不说做不到会怎样，从没想过当我们不能再为驯养过的人负责的时候，这些"心片"就会被销毁，粉碎成灰。

多么自私的行为！我们却把孤独当作借口。然而孤独并不是没人爱你，而是你谁也不爱，还渴望有人义无反顾地爱你。孤独并不是没人爱你，而是有人爱你，你却欲求不满地渴望更多不要回报的爱。妄想不劳而获、朝三暮四的人类，根本不配拥有大卫那样永恒的爱。

每一个人都曾是小小的大卫，都曾是那样相信过爱的单纯的孩子。当你决定驯养他时，就请用心爱他，不要轻易破坏一颗洁白的心。你不应该忘记这个道理，对你驯养过的一切，负责到底。

《十二宫》：
萤火比顽石美丽

　　许多存在主义的哲学家都曾不厌其烦地写过西绪福斯的神话。西绪福斯因为太过聪明，所以被诸神惩罚不停地把一块巨石推上山顶，每当石头快接近山顶时，就会由于自身的重量又滚下山去，诸神认为再也没有比进行这种无效无望的劳动更为严厉的惩罚。这个简单的神话之所以被无数次提起，实在是因为它与我们的整个人生太过相似。

　　《十二宫》中杀手的故事正是西绪福斯神话的现代惊悚版。电影取材自真实的犯罪事件："十二宫"残忍地杀死无辜路人，并通过媒体刊登密码，向警方发出挑衅，一度成为轰动全城的变态连环杀手。政府投入大量精力，整个冗长的破案过程持续了几十年，无数人卷入其中，最终还是因为证据不足无法起诉犯罪嫌疑人，一直未能查出凶手是谁。

　　若不是大卫·芬奇将它改编，搬上银幕，大概这宗连环杀人案就会永远湮没于警察局档案室的灰尘中，再也不为人知。

　　整部影片片长接近三小时，整个过程就像看着一群人向山上努力推着那块石头，观众手心捏着汗水，耐心地等待着，期待着这块石头被推到山顶的那一刻。我们心潮澎湃，一次次地觉得我们就快要靠近，就快要靠近答案，总之我们笃定地相信正义将被彰显，血债将被血偿，就像我们看过的所有探案故事，不是吗？

我们将亲眼看着凶手被制裁，然后心满意足地走出影院，在阳光下深呼吸，感谢我们拥有一个可以被掌控的世界。可惜的是，三个小时之后，我们却只看到那块石头轰然落回山脚。连同落地粉碎的，还有警探、记者、漫画家、证人，他们为此案牺牲了自己全部的青春、前途和家庭幸福。

我相信"十二宫"并不是特例，这个世界每天都在上演不公平，每个角落里都有人被杀害、被侵犯、被冤枉、被夺走自己最珍贵的东西。他们为此耗尽一生的力气，赌上一切去寻求一个公正的结果。

但真实的破案率到底有多高？有没有超过20%？无果。

无果是最残忍的结果。最令人难过的事情就是残缺，就是未完成。如果没有美满的结果，那么，哪怕是一个惨烈的结果、一出悲剧也总好过没有结果，我们需要被交代，需要我们付出的一切有回应。但是，抱歉，有的时候真的没有。因为你所为之珍重和奋斗的，在命运的眼中，都实在太过卑微。

整个世界就像一座寸草不生的石头山，又或蚁穴，每个人都是不计其数的蚁群中的一只，都有属于自己的石头要去推。每个人，都携带着自己与生俱来的孤独和重量。

你悉心经营一段关系，想和某人幸福美满，白头到老。你努力工作，希望获得赏识，步步高升。你博览群书，渴望著书立言，受人仰慕。你甚至要号召一场群众运动，带给千万人幸福，名垂青史。

你和所有人较劲，你要推到山顶的石头，一定比所有人的都要大，都要多。一切在开始时都是如此美好。你一溜小跑地沿着山路推动着石头，甚至哼着歌。你看着那些已经被推到山顶的石头像纪念碑般闪闪发光，激励着你。可是步伐逐渐沉重，呼吸变得急促，最后，你实在不堪重负，只得忍痛让石头滚回山脚。于是你回到山脚，安慰自己，挑一块小一点的石头。

一次又一次，理想变得越来越小。有时你会愤愤不平，凭什么那些拥有搬运机的人轻易就能不劳而获？有时你会想，我再也不会相信什么该死的理想，或者爱情。

有时，你又由衷地羡慕那些还在执着于推动大石头的人，他们一定很强壮，很天真。可是因为种种原因，你无法成为他们那样的人。打开你生命的履历，只有满纸未完成的圆圈。

所以，我爱这部《十二宫》，虽然有人说它太过冗长平淡，虎头蛇尾。我想，那是因为大卫·芬奇要说的故事根本不是杀人凶手的，而是整个杀人的人生。他的目的不是要展示那些把石头运上山顶的成功者，为他们大放烟花。他想让我们感受到的，是石头本身的重量、司法体制的臃肿、人心的善变与顾虑。

他想说这石头的重量不是普通人可以承受的，但他仍然要拍出那个失败的过程。在片尾，他详细地打出字幕，告诉我们此案中的警探等人之后如何生存、死去。他深深地尊重这些人。

我想，他没有说出口的话是，英雄的定义应该被改写。英雄不是成功者，而是每一个正在努力以及最终失败的普通人。他想赞美的正是这种失败，赞美我们这些失败的西绪福斯，给这世界留下虚无的存在之光。

我们比萤火更微弱、短暂，却比那些长存的顽石更美丽、迷人。

《钢的琴》：
爸，我长大了

  特别特别喜欢这部电影，看了一次又一次，纯粹是出于一种私密的情感。也许，这是共同经历过国企改革的阵痛的那一代工人还有他们的孩子才能体会到的情感。

  我出生在城市的工厂区，是一个地地道道工人家的孩子。我家周围的邻居也都是同一个厂的工人。就像电影里的那些叔叔，他们穿着工装，下班后常聚在一起喝啤酒，有时候打麻将，也来我家给我带好吃的，常揉着我的头，叫我"丫头王"。

  小时候特别喜欢往爸妈的厂里跑，我还记得那个厂房叫作"装配车间"，这四个字是我这辈子认识的第一组方块字。妈妈是开行车的，我总是喜欢爬上行车，踮着脚往下看，看着很多庞大的机器在高高的厂房里被来吊去，兴奋地大喊，常躲在里面看小画书、吃零食。

  到了夏天，工厂里每天发冷饮，我就一只一只地接着吃，直到吃得肚子痛，在厂区的花园里跟同学捉西瓜虫，采野果子，演《射雕英雄传》和《新白娘子传奇》里的剧情，追来追去。大家都以为这样的日子是铁饭碗，不会有结束的一天，日子就这么平淡地过去，一直到退休。

  爸妈所在的工厂开始改革，应该是我三年级的时候，当时我发现马路上到处开始拉条幅，聚着大批工人，经常发生交通拥堵，从早到晚，吵得水泄不通。

先是妈妈不用去上班了，整条生产线的机器都被卖了，行车也没有了。她拿着128元的最低生活保障金，整天坐在家里看电视。没多久爸爸也下岗了，到处去找工作，可想而知，结果什么也找不到。他整夜睡不着觉，抽着烟，点一盏昏黄的小台灯。

他开始学着发明各种东西，想自己做小生意。我们家炸过油香，卖过咸菜，他手上常常是切咸菜切出的刀口，还一下一下地往盐水里浸。有时半夜起来，看见他还在灯下学着画糖稀画。我也不睡，就端着小板凳坐在旁边看，画坏了的，我就拿来吃掉。

有一年暑假，爸爸买了一包酸梅粉，找了一个大的保温桶，把酸梅汤用开水兑了，再加醋、糖和一大块冰，说要带我出去卖冷饮，五毛钱一杯。

我乐颠颠地跟着。烈日下，他用力蹬着三轮车，把我和一大桶的酸梅汤拉到一个卖彩票的地方。那时候的人比较傻，每次买彩票都人山人海的。一辆夏利车还是摆在最高处的台子上，刺激着贫穷的人渴望暴富的幻想。

不知道是保温桶太寒酸还是别的什么原因，总之，我们一下午才卖了四杯，卖得两块钱。就是这两块钱，我爸爸也没留住，在我的满地打滚中，他给了我，让我拿去买了一张彩票。结果，什么也没中。他又骑了八站路，把那一桶酸梅汤拉回了家。

那时候真是小，我只觉得挺好玩，一点不知道生活多么艰辛。但更多也是因为，生活再苦，爸妈都从来没有苦过我，他们在面对未知生活的巨大茫然和焦虑中，依然最大限度地保证了我有一个物质丰富的童年。

很多孩子根本没那么幸运。有个女孩，比我小一岁，叫小琴，住在我家对面的楼上。她爸爸带她来我家玩，我们俩常为了一个娃娃打得不可开交。小琴的爸妈下岗以后，他爸爸就开始不务正业，跟一群痞子混在一起，整天靠偷东西、收保护费生活。他开始打老婆，天天打，最后把老婆打成了疯子。

老婆疯了以后，他就很少回家，有一次他忽然来我家，找我爸爸借钱。我爸爸下厨做了两个菜跟他喝酒。最后好像是俩人吵起来了，他摔了我家一个碗。

从那以后，爸爸就给门上装了个猫眼，叮嘱我说，他不在家的时候，不要给任何人开门，包括熟人。

小琴稍微大一点就离开了家，不知所踪。偶尔我在放学回家的路上还能看到她妈妈，那个疯女人在街上游荡。她脏兮兮的，因为她常在垃圾堆里捡东西吃，会对我傻笑，我也不敢靠近她，完全看不出当年朴素清秀的样子。

后来，她开始和一个老乞丐在一起，老乞丐七十岁以上，一只腿没了，有时他们俩就那样坐在路边，互相喂东西给对方吃，看起来似乎是很幸福的样子。

还有一对夫妻，姓方，住在我家楼上，是有点文化的，当年在厂里是技术员。下岗以后，他们似乎也试了不少路子，始终没办法养活自己。于是，妻子开始到处串门，跟大家推销一种类似私募基金的东西，就是游说你把一笔钱放在她那里，每个月她就会给你高额分红。

他们夫妻一向给大家很好的印象，于是，很多人都中招了，尤其是学校老师。有的被骗了几千，有的被骗了几万，后来她所谓的分红渐渐赖着不给了，大家才报了警。当时这件案子还上了电视，连我妈妈也接受了采访。

　　方姓妻子一个人担起了全部的责任，被判了好多年，她把剩下的财产都悄悄转给丈夫，让他带好女儿，等她出来。后来方先生就带着女儿搬走了。据说，两年后他又娶了个老婆。方太太，一直在牢里关着。

　　这样的人生，并不是传奇，在我生活的周围有太多这样的故事，残酷到已经变得司空见惯。一年的工龄只值几百块钱，工龄几十年的人，拿了两万块钱，就从此和这个生活了大半辈子的地方再无关系。

　　在国企改革前，他们都是老老实实的工人，勤奋，善良，这一场浩劫毫无预警地把他们扔向了社会，脱离了赖以为生的母体，而这时的他们正是上有老下有小。

　　国企的改革，影响的绝不只是一代人，还有这些工人的孩子。这一段艰难的年少时光大概会是他们终生不会忘记的阴影。在《钢的琴》里，小元和我一样幸运，有个伟大的爸爸。可是其他的孩子呢？

　　我有很多同学因此退学，被扔到理发店去学徒、商场卖鞋、餐馆打工。他们过早地成家生子，成为这个社会可有可无的螺丝钉。本来，他们也许有机会和我一样，坐在办公室里电脑前面。

　　当然，我的生活也未必比他们好多少。只是，如果当初这一切来得不是这么突然，他们的人生会不会从此就会少一点遗憾呢？

　　我爸爸今年整六十岁，而我来到这座城市也有四年了，他还独自一人，住在我们那个厂区的职工楼里。当年的老工友们也熬过了最艰苦的时光，现在，仍然聚在一起打麻将，喝啤酒。有时候，他给我打电话，还是会叫我"丫头王"。

　　他和电影里小元的爸爸一样，会吹口琴，爱唱苏联歌，家里也还留着小时候他用厂里的零件给我做的各种玩具。我很想感谢张猛，把这个故事拍得这么真实动人，也让我这个没心没肺的孩子回首看去时才知道爸爸多么爱我，为我，他付出了什么。

《孤独的美食家》：
还要再开一朵小花

一位中老年大叔，一个人生活，一个人游走。他每天的工作就是帮人寻找茶杯、碗盘等小东西，客户的要求千奇百怪，所以他得东奔西走地去找来他们想要的东西。这样，他就走了日本的很多地方，吃了很多的小馆子，也就有了这部《孤独的美食家》。

有人说这位大叔选得不好，不像个吃货，我倒觉得演员选得极为传神，他正是我心中日本人的典型——克制、严肃、有礼貌、人际关系疏离，几乎没什么亲密朋友，他很少说话，要不就是礼貌用语"承蒙照顾"，要不就是"啊"这样的感叹词。

但是，在他的苦瓜脸之下，有很多可爱的内心活动，比如"两家饭店都很好，该去哪家呢？就像被两个大美女同时表白了呢""哎呀，一心吃烤肉，结果把蔬菜烤焦了，就像军队里死了军犬一样"这种让人忍不住微笑的冷幽默。

这位大叔去的都是很小的馆子，拥挤、价格便宜，也没有什么昂贵的食材，来来去去都是些面条、盖浇饭、关东煮什么的，却总是给人特别亲切家常的感觉。这位大叔每次吃起食物来那心满意足的神情，也总是能吸引着我欲罢不能，一集集地追下去。

总是有亲切的老板、大爷大妈、小弟小妹，笑眯眯地问他关于菜的每个细节，大份还是小份，辣还是不辣。镜头也仔仔细细地欣赏着每一个平凡的人、每一道普通的菜，不紧不慢地定格在那些炸猪排、担担面上，还有店里的招贴画、排气扇、菜牌、油锅上。

日本人特别擅长描绘这种城市角落里的小人物，比如《一个人住第5年》，还有《深夜食堂》，把视角放低再放低，低到没有情节，如白水般的记录。确实，在命运的荒原上，这些人就像野草一般自生自灭，也像野草一般，经受着春荣秋枯、风霜雨雪的打击，我们当然可以为这些抱怨和难过，那是正常的。但是，难过之后，我更欣赏的是像鲁迅先生在《野草》中写的那样："野草，虽经了致命的摧折，还要再开一朵小花。"

那样的小花，就在这部电视剧的每一集里绽放，以社会通行的成功标准来评价，这位大叔真是乏善可陈，用《红楼梦》的话来说，真是"半生潦倒，一事无成"，苦瓜脸大叔的脸上每一道皱纹都那么深刻地记录着岁月风尘，但是每当他吃到一口美味时，那些皱纹都微妙地绽放成了一朵花。

独自生活的孤独、社会规矩的束缚、经济压力、被客户刁难、丢业务等让人丧气的事情，都在香喷喷的白米饭和炸肉饼中得到了抚慰。

想起我爸爸说过，以前他下岗的时候，在老家的城市里找不到工作，被迫离开家，去南方讨生活，他在海边的一个小镇工厂里工作，要和八个工友挤一个房间，夏天也没有空调。可是每当放假的时候，他都会找一片空无人烟的海边，坐在礁石上吃着买来的花生，喝点二锅头，然后脱了衣服跳到海里畅快地游泳。他说这话时，那快乐的神态深深地感动了我，以至到现在，他提起那段时光还总是非常怀念。

我常想，当我们死去的时候，想起这一生，到底是什么感觉？是在怨恨中感到如释重负的解脱，还是会在心满意足的怀念中闭上双眼，如果有怀念，是什么值得怀念呢？

也许大人物们会怀念自己的峥嵘岁月，怀念自己在腥风血雨中披荆斩棘的荣光。但是，作为我这样的小人物，我想，可能我会怀念的是某个下午，在图书馆里，沉浸其中，看书和写字；是某个黄昏，在市场买菜，和小贩闲话家常；还有，像这位大叔一样，穿行在城市的角落里，寻找好吃的小馆子，默默地吃完，默默地满足，没有拍照，也没有微博，独自感受着那份圆满的、温暖的、难以分享也难以诉说的快乐。

托尔斯泰说，人生就像旅人落下悬崖，拉住了一根藤条，旅人用尽全身力气地拉住，才得以维持生命。黑夜和白天是黑白两只老鼠，不停啃噬着藤条，可这时旅人发现面前有一个蜂巢，正滴下一滴蜂蜜，他就伸出舌头去舔那点甜蜜。

那点甜蜜，就是抬头仰望蓝天的幸福，走街串巷旁观着他人生活的幸福，无所事事地坐在街边，喝一罐小超市买来的椰奶的幸福，嗯，就算没有明天，也要好好地吃饭呀。

每一集的开头都有这么一段话："能够不被世间和社会所束缚，幸福地填饱肚子的时候，短时间内变得随心所欲，变得自由，谁也不打扰，毫不费神地吃东西的这种孤高行为，只有这种行为能够与现代人平等，能够最大限度得到治愈。"

的确，在这些小小的食物里，有尊严，有自由。民以食为天，这不是平庸，而是一种踏踏实实的幸福。于是，静静地看着大叔埋首于小小的食物中享受幸福。我也在看这部小小的剧集的时候找到了幸福。

后记：
亚比煞是谁？

十六岁那年，我写了人生的第一部小说，名为《亚比煞》。

后来，我就用着这个笔名，直到如今。

亚比煞是谁？为什么她会让十六岁的我有创作小说的欲望？

这一切，都要从《圣经·列王纪》说起。

《列王纪》，是一卷记录了以色列帝王传序更迭的历史书。

这卷书，从大卫王的晚年讲起。

其中有荣耀，也有阴谋；有权术，也有单纯；有红颜，也有老朽……

用时下流行的话来说，它算得上一出宫斗大片、史诗大剧。

而这卷记载了以色列人命运的书卷是从一个女孩的故事开始的：

> 大卫王年纪老迈，虽用被遮盖，仍不觉暖。所以臣仆对他说："不如为我主我王寻找一个处女，使她伺候王，奉养王，睡在王的怀中，好叫我主我王得暖。"于是在以色列全境寻找美貌的童女，寻得书念的一个童女亚比煞，就带到王那里。这童女极其美貌，她奉养王，伺候王，王却没有与她亲近。

整部《列王纪》的故事，就从这一个美貌童女亚比煞开始了。

她有多美呢？熟悉《圣经》写作风格的人都知道，《圣经》很少在叙述中使用形容词，却给了亚比煞一个形容词"极其美貌"。

这样的赞誉可以说是顶天了，无论是之前还是之后，都没有在其他任何女人身上用过。

要知道，《圣经》中可是美女如云的。

群臣们费尽心思，找来这个美貌的童女，真的只是为了给大卫王暖身不成？

当然没那么简单。

在大卫王出现之前，以色列民族受尽了战争和欺压的苦难。

而大卫王，英明神武，一手建起这个强大的帝国，几乎是所有人的主心骨。现在，他却老了，连让自己温暖都做不到了。于是人们恐惧了，他们想唤回王的青春，他们用的方法，就是献上一个美女。

谁都知道，大卫王最爱美女。

他一生几乎是完人，最大的一次失误，就是栽在美女拔士巴的手上。

为此，他不惜陷害、杀人，赔上了自己一生的名誉，还被先知诅咒，死了四个儿子。

而就是这么一个热爱美色的国王却对美女再也没有兴趣了。

亚比煞来到他的身边，奉养他，伺候他，他却没有与她亲近。

从此，群臣们才死了心，看来这一次，大卫王是真的、无可挽回地老了。

该筹划的，该站队的，都要好好打算起来了。

一场夺嫡之战的暴风雨就要来临。

少女亚比煞，就这样进了宫，好似进了活棺材。陪着行将就木的大卫王，身份也是相当尴尬：说宫女，不是宫女；说妃子，也不算妃子。她极其沉默，极其神秘，就这样在《圣经》寥寥一笔的记录之后，这位"极其美貌"的女子就退场了。

然而，关于她的故事并没有退场。

大卫对美女没有兴趣了，可他的儿子却不一定。

最先跳出来的是亚多尼雅。

这位王子是个大帅哥，非常英俊，也非常嚣张。他觉得自己肯定是未来的继承人莫属啊，于是各种摆排场，四处笼络人心。结果，被所罗门的母亲，也就是拔士巴，杀了个措手不及。她直接在大卫王的病榻前，让大卫承诺，把王位传给了所罗门。

亚多尼雅发现事败，好不容易逃到祭坛，才留下一命。

本来他老老实实夹着尾巴做人就应该没事了。但他偏偏爱上了亚比煞。于是在大卫王死后，他求所罗门把亚比煞赐给他做老婆。结果，所罗门就把他砍了。

所罗门为什么这么生气呢？

我猜他也是喜欢亚比煞的，这不是瞎猜，是有根据的。

在说出这个根据之前，我要稍微介绍一下所罗门。

所罗门这个王，也是个传奇，比起他父亲大卫毫不逊色，一生享尽世间荣华，把以色列帝国带到空前绝后的高度。

所罗门时代的以色列，繁华程度相当于中国的盛唐时期吧。坐享来自全世界的奇珍异宝，留下各种传说，什么士兵都穿纯金铠甲啊，示巴女王的香艳传说之类的，这些都不赘述了。

他不仅有钱，还被称为"智慧王"，聪明得无与伦比，不但会治国，文笔还超级好，《圣经》中的《雅歌》《传道书》《箴言》这三卷经典，都是所罗门写的。

他一生拥有的女人更是数不胜数，保守估计得有一千多个吧，有异国的公主，也有当朝的贵族，林林总总，各款各型。相比起所罗门，古代那些三宫六院的帝王，还是弱爆了的……

但是，他真心爱过的女人，只有一个，就是《雅歌》的女主角"书拉密女"。他为她写下整卷雅歌，毫不吝惜地把世上最美的词都送给了这位姑娘，称她："我的鸽子，我的完全人……如晨光发现，美丽如月亮，皎洁如日头，威武如展开旌旗的军队……"

而根据后人的考证，"书拉密"应该就是"书念"，也就是亚比煞的家乡。所以，有极大的可能，《雅歌》的女主角，就是亚比煞。所以，所罗门为此杀掉亚多尼雅也就毫不奇怪了。

所罗门的一生，分成两个截然不同的阶段。

前半生，他简直是完美的典范：虔诚，热情，聪明，上进……

而到了后半生，简直是如泰山崩塌一般，他整个人都颓废了，于是开始写《传道书》：虚空的虚空，虚空的虚空，凡事都是虚空……

到底是什么让他变成这样？有人说，很可能就是因为他失去了心爱的女人。这个女人，或许离开了，或许去世了，没有人知道。

是的，《圣经》里再没有交代过亚比煞的下落。她如流星般耀眼的美貌只是一闪而过，却长久地影响了整个帝国的命运。她的神秘，让我好奇，我想写她，我想更多地了解她。

今天，全世界无数女性在用《圣经》中女人的名字来命名：Eve，Mary，Naomi，Rachel，Sarah……却很少见到这个名字"Abishag"。人们也许没有注意到她，或许已经忘记了她。但她不该被忘记。无论她度过了怎样的一生，她是曾经真实存在过的人。

一个牧羊女，一个被选入宫中，从此身不由己的少女。她的美，带给她的到底是幸运还是不幸，没人知道。

于是我用了这个名字。作为一种纪念吧。

因为我喜欢她的含义。

亚比煞，这个名字的意思是"漂流之因"。

美貌，是她漂流的原因。而她的美，也埋下分裂的种子，为之后整个帝国的崩塌埋下伏笔，也成为后来整个犹太民族漂流千年的起因之一。

整个犹太民族的命运，不也很像这个女子吗？

几千年来在世界各地身不由己地四处漂流，这些苦难，很大一部分原因是犹太民族太优秀，如同亚比煞拥有美貌一样。这些漂流和苦难的过往，也让他们成长得更优秀，更坚强。

在我看来，亚比煞已经成为一个标记，她代表了一切因为美好而受难的事物。

附一段《雅歌》，所罗门写给书拉密女的情歌：

我的佳偶，你甚美丽！你甚美丽！你的眼在帕子内好像鸽子眼。

你的头发如同山羊群卧在基列山旁。

你的牙齿如新剪毛的一群母羊，洗净上来，个个都有双生，没有一只丧掉子的。

你的唇好像一条朱红线，你的嘴也秀美。

你的两太阳在帕子内如同一块石榴。

你的颈项好像大卫建造收藏军器的高台，其上悬挂一千盾牌，都是勇士的藤牌。

你的两乳好像百合花中吃草的一对小鹿，就是母鹿双生的。

　　我要往没药山和乳香冈去，直等到天起凉风、日影飞去的时候回来。

　　我的佳偶，你全然美丽，毫无瑕疵！

　　……

　　我妹子，我新妇，你夺了我的心！

　　你用眼一看，用你项上的一条金链，夺了我的心。

　　我妹子，我新妇，你的爱情何其美！你的爱情比酒更美，你膏油的香气胜过一切香品！

　　我新妇，你的嘴唇滴蜜，好像蜂房滴蜜；你的舌下有蜜有奶。

　　你衣服的香气如黎巴嫩的香气。

　　我妹子，我新妇，乃是关锁的园、禁闭的井、封闭的泉源。

　　你园内所种的结了石榴，有佳美的果子，并凤仙花与哪哒树。

　　有哪哒和番红花、菖蒲和桂树，并各样乳香木、没药、沉香，与一切上等的果品。

　　你是园中的泉、活水的井，从黎巴嫩流下来的溪水。